Jakobsplatz

Annegret Wochele

Jakobsplatz

Bibliografische Information der Deutschen Nationalbibliothek.
Die Deutsche Nationalbibliothek verzeichnet diese Publikation in der Deutschen Nationalbibliografie; detaillierte bibliografische Daten sind im Internet über http://dnb.dnb.de abrufbar.

Satz, Umschlaggestaltung, Herstellung und Verlag:
BoD – Books on Demand, Norderstedt

ISBN 978-3-7597-2288-1

»Nu Mädel, was weinste denn so jämmerlich?“, fragte Luley, der Schreiner, das Kind. Er schraubte im Wohnzimmer der neuen Wohnung den Bücherschrank zusammen und war dabei, den Eckschrank mit der gebogenen Scheibe einzupassen, was kniffelig genug war. So ein plärrendes Kind kam ihm da ziemlich ungelegen. »Schau, so ’nen scheenen Schrank hab’ ich geschreinert für den Papa. Das kannste ni koofen im Laden. So was macht nur noch der alte Luley«, sagte er in einem Singsang, der dem Kind fremd war.

Er sprach anders als die Leute am Ort. Alles war dem Kind fremd: die weitläufige Wohnung, das dunkle bis zur halben Höhe mit braun gebeizten Nut- und Federbrettern verkleidete Treppenhaus, der Geruch nach Holz und Leim und überall standen Kisten und Wäschekörbe und überall war es im Wege. Der alte Luley fingerte aus einer viel zu weiten Cordhose ein Taschentuch heraus, ging in die Knie, wischte dem Kind den Tränenrotz von der Oberlippe und ließ es noch einmal kräftig schnäuzen. »Nu Mädel, jetzt is aber gudd!«, sagte er in einem strengeren Ton, was erneut lautes Geplärre zur Folge hatte.

Der Vater kam ins Zimmer, noch im weißen Kittel, nahm das Kind auf den Arm und tätschelte ihm den Rücken, begleitet von einem sonoren »Ist ja gut, Anna, ist ja gut!«.

»Doktor, ich weeß ni, was se hat. Sie plärrt und plärrt!«

»Was fehlt dir denn, hm? Tut was weh?« fragte der Vater in der Tonlage, die er auch seinen kleinen Patienten gegenüber anschlug. Auch er zog ein gebrauchtes Stofftaschentuch aus seiner Hosentasche. Es roch nach Vater und stoppte den Tränenfluss sofort.

»Das Schemelchen ist nicht da«, brachte das Kind stockend hervor.

»Welches Schemelchen?«

»Na, mein Fußschemelchen, auf dem ich immer sitze! Ich hab' schon überall geguckt, aber es ist nicht da! Ihr habt es hinten beim Opa gelassen, aber ich brauch es doch!«

»Das kann passieren bei dem Trubel. Aber schau, es ist ja noch hell, du kannst das Schemelchen hinten holen. Du kennst ja den Weg, bist ihn doch immer mit der Mutti gegangen, wenn ihr zum Einkaufen seid. Du gehst raus auf den Platz, dann links um die Ecke und dann immer geradeaus bis zum Schulhügel und von dort siehst du das Haus vom Opa schon!« Luley schüttelte den Kopf, legte den Schraubenzieher weg und wischte sich die Hände am Kittel ab. »Dokterchen, die Kleene weeß ni, was rechts und links is! Die find ni hin un ooch ni heeme!«

Das leuchtete dem Vater ein, dass er die dreijährige Anna damit überforderte. Er setzte das Kind ab, blickte noch einmal anerkennend auf Luleys Meisterwerk und ging mit der Kleinen an der Hand durch die weitläufige Wohnung in den Raum, der das Kinderzimmer werden sollte. Seine Frau bezog gerade die Kissen für das Stockbett, in dem Anna und ihr Bruder Wolfgang schlafen würden. Wo die fünf Jahre ältere Schwester Ev-Marie schlafen sollte, war noch unklar. Vielleicht erstmal auf dem Sofa, war die Überlegung der Mutter, die mit der organisatorischen Planung des Umzugs sehr eingespannt war.

Beiläufig blickte sie auf das verheulte Gesicht des

Kindes, deutete das als Hunger und meinte energisch: »Abendessen gibt es erst, wenn ich hier fertig bin.«

»Nein, sie vermisst ihr Schemelchen. Wir haben es wahrscheinlich hinten beim Opa vergessen.«

»Kind, das holen wir morgen. Dafür hab' ich jetzt keinen Kopf,« sagte sie und tätschelte der Kleinen, die sich an ihr Bein schmiegte, die Wange. Das Kind klammerte sich an sie, versteckte das Gesicht in ihren Rock, der ganze Körper wurde geschüttelt.

Die Eltern blickten sich an. Es gab offensichtlich nur eine Lösung: Das Schemelchen musste her. Man rief nach der großen Schwester, die mit dem Kind nach hinten gehen sollte, um es zu holen.

Von da an spaltete sich nicht nur die Welt von Anna, sondern die der ganzen Familie in hinten und vorne.

Hinten, das war der Opa, Opas Haus, Tell, sein Jagdhund, der Garten, der Bach im Garten, die kleine Kapelle im Garten, die der Opa als Protest gegen die Nazis gebaut hatte, wie es hieß. Hinten, dort war der Hühnerstall, denn Eier brauchte man immer, hat sie im Krieg tauschen können gegen Mehl oder Rahm. Hinten, dort waren die Spargelbeete, die Erdbeerbeete und Beerensträucher, das Spalierobst. Hinten, dort war das Gartenhaus, dahinter die Garage, in die der Vater seinen grauen Volkswagen mit dem geteilten Heckfenster stellte, darüber war die sogenannte Halle, die als Wäscheboden diente.

Hinten, das war die Holzlege, in der das alte Ehepaar Rundel, das seit Kriegsende bei Opa in zwei winzigen Räumen unter dem Dach wohnte und ein paar Stallhasen fütterte, die man auch streicheln durfte.

Hinten, das war Paula, die nach dem Tod der Großmutter dem Opa den Haushalt führte und mit der man so wunderbar singen konnte. Hinten, das waren die Sommerabende, an denen der Großvater auf der Knopfharmonika spielend eine Runde durch den Garten ging, die drei Enkelkinder bereits in Schlafanzug und Nachthemd mit ihren Lampions im Schlepptau, dann zurück zum Haus ins Schlafzimmer, wo die Lampions im Wasserkrug des Lavoirs abgestellt wurden, aber noch eine kurze Weile leuchten durften, bis die Kinder eingeschlafen waren.

Hinten, das war das Paradies, und dass es den Flurnamen »Heiligengarten« trug, schien nur gerechtfertigt. Unweit von dort gab es die Heiligenquelle und die Teufelsquelle und Opa war der festen Überzeugung, dass das Wasser der Teufelsquelle, von dem er sich täglich einen Krug ins Haus holte, den besten Kaffee ergäbe.

Vorne, das war das große Mietshaus mitten im Ortskern am Jakobsplatz, es gehörte ebenfalls dem Opa. Dort wohnte nun die kleine Anna mit ihrer Familie und ihr Vater hatte in drei Räumen eine Arztpraxis eröffnet.

Er hatte schon eine Weile auf der Untersuchungsliege in seinen Praxisräumen übernachtet, weil dort das Telefon war und er schnell erreichbar sein musste. Seine Frau Anneliese, die mit den Kindern noch bei ihrem Vater im Heilgengarten wohnte, war am Abend mit dem Essen im Korb und manchmal auch mit einer Flasche Wein nach vorne, um mit ihrem Mann den Tag abzuschließen. Obwohl seit seiner Rückkehr aus dem Krieg nun schon ein paar Jahre vergangen waren und zwei der Kinder danach geboren wurden, waren sie einander immer noch ein bisschen fremd. Berny war nicht mehr der lebenslustige Medizinstudent, den sie, die Krankenschwester, in der Klinik in Würzburg kennengelernt und dann mitten im

Krieg geheiratet hatte. Er hatte nicht nur ein Glied seines Mittelfingers verloren, sondern auch die Hoffnung, dass er doch noch seinen Facharzt in Gynäkologie machen könnte. »Hyperemesis gravidarum«, das Erbrechen in der Frühschwangerschaft, war das Thema seiner Doktorarbeit und sein Doktorvater war auch nicht weit weg. Nur zwanzig Kilometer waren es, aber dazwischen lag die Zonengrenze und jetzt, mit drei Kindern und dem Neuanfang in Malstadt schien das alles unerreichbar. Die Überbleibsel seines beruflichen Lebensplanes, ein gynäkologischer Untersuchungsstuhl, stand in seinem Sprechzimmer, Geburtszange und Spekula lagen sterilisiert im Instrumentenschrank.

»Sie haben das Zeug dazu, spezialisieren sie sich und machen den Facharzt«, hatte der Doktorvater damals gemeint, »das ist die Zukunft«. Für den Fünfundzwanzigjährigen war die Zukunft aber der Krieg, der ihn als Stabsarzt durch halb Europa schickte. Nachts in seinen Träumen war er immer noch dort, hörte die Schüsse und Schreie. In einem besonders schlimmen Traum kommt ein junger Soldat zu ihm ins Lazarett. Schwer blutend und laut schreiend. In der rechten Hand trägt er seinen linken Arm, vom Feind abgeschossen. »Was soll ich mit dem abgerissenen Arm? Den kann ich dir nicht mehr anflicken«, versucht der Arzt vergeblich dem verzweifelten Verwundeten klarzumachen und muss gegen die eigene Verzweiflung ankämpfen. »Doktor, das ist doch mein Arm, der gehört doch zu mir, den kann ich doch nicht wegwerfen!« Und schweißgebadet schreckt der Träumende aus dem Schlaf hoch. Immer wieder plagten ihn solche Bilder und das jaulende Schluchzen so vieler seiner Generation, die er »draußen im Feld« nur notdürftig versorgen konnte, ging ihm nicht aus dem Ohr. Und er konnte und wollte nicht darüber sprechen, was ihn immer noch ängstigte und umtrieb.

Aber jetzt, hier in der Rhöner Kleinstadt, wollte er seinen Frieden haben. An den Krieg erinnerten nur die Schlagbäume und Überwachungstürme an der Grenze und die täglichen Patrouillenfahrten der Amerikaner dorthin. Im offenen Jeep fuhren sie durch die Hauptstraße und die Kinder staunten, wenn auch ein Schwarzer dabei war, winkten und riefen »chewing gum, chewing gum!«. Und immer warfen die Amerikaner ein paar Kaugummi-Briefchen, nach denen sich die Kinder lachend bückten und sie untereinander aufteilten.

Er hatte das seinen Kindern verboten. Sie sollten die Amerikaner nicht anbetteln, denn er tat sich schwer, sie als Befreier zu sehen. Obwohl er nicht zu den Kämpfern in der ersten Linie gehörte und nur in der Grundausbildung ein Gewehr in der Hand gehabt hatte, fühlte er sich als besiegter Kämpfer und sein Stolz ließ das nicht zu.

Die ersten Tage in der neuen Wohnung waren für Anna nicht einfach. Außer dem Teddybären, der schon etwas abgeschabt war und auch nur ein Auge hatte, waren die anderen Spielsachen noch nicht ausgepackt oder sie waren noch hinten beim Opa. Den Teddy jedoch nahm sie mit ins Bett und er durfte auch seine Schuhe anbehalten, kleine rote Schnürstiefelchen aus Leder, die der Vater aus Frankreich mitgebracht hatte, damals, als die große Schwester noch klein und »der Vati noch im Feld war«, wie sich die Mutter jedes Mal erinnerte, wenn sie den Bären mit den roten Stiefelchen sah. Sie hätten nie gepasst und der Vater sei ganz enttäuscht gewesen, dass seine Tochter schon laufen konnte, als er mit den Stiefelchen auf Heimaturlaub kam. Anna fand, dass dem

Teddy die roten Stiefelchen bestens zu dem honiggelben Fell standen.

Nachts, wenn es im Haus ganz andere Geräusche gab als hinten beim Opa, wo man durch das offene Fenster den Malbach rauschen hörte oder das Rascheln der Birkenblätter, da fürchtete sich Anna und kletterte ins Stockbett darüber, wo der Bruder schlief und schlupfte bei ihm unter die Decke. Er war nur ein Jahr älter, aber als großer Bruder taugte er schon ein bisschen. Die beiden flüsterten, um die große Schwester nicht aufzuwecken, die auf einem Sofa gegenüber schlief.

»Ich will wieder hinter zum Opa«, jammerte sie. Das gehe nicht, meinte er. Ihr Bett sei doch jetzt hier und wenn sie hinter gehe, sei ja er allein. Das leuchtete ihr ein. Sie kuschelte sich an den kleinen großen Bruder.

»Hab dich lieb.«

»Weiß ich doch!«

Bis alles in der Wohnung an Ort und Stelle war und weil die kleine Anna dabei störte, brachte die Mutter sie nach hinten zum Opa, wo sie herzlich willkommen war. Der Großvater war nicht unglücklich darüber, dass nun im Haus etwas mehr Ruhe herrschte. So gern er seine Enkel und seine einzige Tochter bei sich hatte, war ihm das Toben der drei manchmal ein bisschen zu viel geworden, vor allem abends, bis endlich Ruhe einkehrte. Jetzt, am späten Vormittag saß er auf der kleinen Veranda, die Richtung Garten angebaut war, seinen Jagdhund Tell zu den Füßen. Er hatte ein Achtele Weißwein vor sich stehen und aß ein paar Würfelchen Schweizer Käse, die er mit einem Hirschfänger aufspießte. Als Anna die Treppe zur Veranda hochkletterte, hellte sich seine Miene auf.

»Ja, da is ja mei Moggele! Komm setz dich e wengle bei mich bei«, meinte er im breitesten Unterfränkisch und rückte auf der Bank ein Stückchen beiseite, um ihr Platz zu machen. »No, Moggele, willste aach e Bröggele?« Sie nickte eifrig und pickte einen Käsewürfel von der Spitze des Hirschfängers und genoss es sehr, den Opa ganz für sich zu haben.

Die Zeit bis zum Mittagessen vertrieben sie sich manchmal mit einem Kapellenrundgang, wie er es nannte. Tell trottete vorneweg und der Großvater pfiff ihn zurück, wenn jemand entgegenkam. Sie spazierten an den Gärten vorbei, die rechts und links den Weg säumten, hinunter zur Heiligenquelle, dann zur Teufelsquelle, dort tranken sie aus der hohlen Hand ein paar Schluck, stiegen dann hinauf zur Großenbergkapelle, setzten sich auf die Bank unter der Linde mit dem Blick Richtung Bahnhof. Hier erzählte Opa gern die Geschichte, wie dort in den letzten Kriegstagen seinem Neffen, der zu neugierig gewesen sei, vom Feind der Arm abgeschossen wurde. Auf dem Schoß von Opa sitzend, wurde das blutige Ereignis zum spannenden Abenteuer, auch wenn Anna nicht wusste, was Krieg bedeutete und wer der Feind war. Vor der Schutzengel-Kapelle, die neben der Großenbergkapelle stand, betete er laut, dass der Herr sie vor Blitz und Ungewitter bewahren möge und vor allem vor Krieg. Danach gingen sie zurück in den Garten, wo am Malbach auch eine kleine Kapelle stand, von der Anna wusste, dass der Opa sie selbst gebaut hatte und dass darunter ein schmaler Bunker in den Kalkfelsen geschlagen war, der sie im Krieg schützen sollte. Der Bunker war ein beliebtes Versteck, wenn die Kinder »Versteckeles« spielten. »Eins, zwei, drei, vier Eckstein, alles muss versteckt sein ... ich komme!« Anna konnte da schon mitspielen und kannte die geheimen Verstecke der Geschwister gut. Die aber wussten, dass sie sich vor dem Bunkerversteck fürchtete und verbargen sich umso lieber dort.

Zwischen dem Kind und dem Großvater waren enge Fäden gespannt. Als die Mutter ihren Eltern im Frühsommer 1948 eröffnete, dass sie schwanger sei, schlug die Großmutter die Hände über dem Kopf zusammen: »Jössas na, scho wieder?! Der klenne Bu steckt doch noch in de Windel! Ja muss des sei! Kann sich dei Mo net e weng zammreiß! Jetz, wo's Geld nix mehr wert is, muss mer doch net drei Kinner hab!«

Der Großvater blickte seine Frau entsetzt an, nahm die Tochter wortlos in den Arm und ging mit ihr ins Gartenhaus, das gegenüber lag. Sie weinte, während er ihr beruhigend über den Rücken strich. »Weißte«, sagte er, »ich hab mir immer mehr Kinner gewünscht, aber leider biste ällens gebliebe. Ich freu mich über jedes Enkele, des kömmt. Dei Mo hat ja aach noch vier Geschwister g'habt. Mir nemmes, wie's kömmt! Dei Mutter hat's scho früh mit em Herze g'habt, mehr Kinner hätt' se einfach net g'schafft.«

Als dann elf Tage vor Heiligabend Anna das Licht der Welt erblickte, kam sie doch ein bisschen ungelegen, denn die beiden Geschwister hatten schweren Keuchhusten. Das Neugeborene durfte nicht mit nach Hause, damit es sich nicht ansteckt und die Mutter musste und wollte nach Hause, weil doch Weihnachten war und die kranken Kinder gerade jetzt nicht alleine bleiben sollten. Die junge Familie wohnte damals zwei Ortschaften weiter, wo der Vater in der Wohnung in zwei kleinen Zimmern Sprechstunde hielt. So ließ man den Säugling zur Sicherheit im Kinderzimmer der Wöchnerinnenstation in Malstadt und der Opa kam täglich am Nachmittag zu seinem dritten Enkelkind, wiegte es im Arm und sang dabei: »Drauße im Wald hat's e kleins Schneele g'schneit, drum is so kalt drauße im Wald«. Oder, weil Weihnachten vor der Tür stand und es ihm besonders passend erschien: »Ihr Kinderlein kommet, oh kommet doch all ... «.

Die Krankenschwestern wussten schon, wenn der alte Will auftaucht, wird gesungen und im Säuglingszimmer ist dann für eine Weile Ruhe, denn der Gesang des alten Mannes wirkte sich beruhigend aus auf die Kinder in den Bettchen, auf die Schwestern, die draußen bei Kaffee und Plätzchen eine Pause einlegen konnten, und auch auf ihn selbst. »So e Klennes muss doch e weng genomme wer ... !«, sagte er halblaut und streichelte der kleinen Anna in seinem Arm die Wange. Man hatte ihr den Namen seiner Frau gegeben, obwohl er das nicht gerecht fand. Aber das behielt er für sich. Da mischte er sich nicht ein. Er blickte in das kleine Gesicht und bestaunte die winzigen Finger, die sich an seinem hingestreckten Zeigefinger festhielten.

Als die Keuchhustengefahr nach einigen Wochen vorüber war und das Kind zu seinen Eltern und Geschwistern nachhause durfte, vermisste er die Nachmittage auf der Wöchnerinnenstation regelrecht. Er fuhr, so oft er konnte, mit dem Rhönbockel, einer kleinen Dampflokomotive mit drei Wagen, in der Holzklasse in den Nachbarort, um dort seine Enkel zu besuchen. Als ehemaliger Beamter der Eisenbahn fuhr er immer noch verbilligt.

Seine Frau, die inzwischen mit einer Angina Pectoris ans Bett gefesselt war, konnte den nach ihr benannten Säugling nur ein paarmal auf dem Arm halten. Nicht einmal bei der Taufe, die in der Krankenhauskapelle stattfand, konnte sie dabei sein. Sie habe es nicht vermisst, so glaubten ihr Mann und ihre Tochter zu spüren. Und wenn nicht der traditionelle Name Anna in der Familie hätte weitergegeben werden sollen, hätte es zwischen der Kleinen und ihrer Großmutter keine Verbindung gegeben. Am Ende des Winters starb sie und so wuchs Anna ohne Großmutter und ohne Patin auf, denn die Mutter ihres Vaters, die zufälligerweise auch Anna hieß, war schon weit vor dem Krieg verstorben. Umso mehr kümmerte sich der der Großvater um die Kinder.

Das ganze Haus am Jakobsplatz war, bis auf den Teil im Erdgeschoss, wo die Volksbank der Rhön Geschäftsräume hatte, bis auf die letzte Dachkammer von Flüchtlingen bewohnt. Die am Ortsrand rasch gebauten einfachen Mehrfamilienhäuser reichten nicht aus, die Flut derer zu beherbergen, die da keine sechs Kilometer von der Zonengrenze entfernt, gestrandet waren. So mussten viele auch in den bestehenden Häusern der Innenstadt untergebracht werden und auf engstem Raum und ohne Luxus zusammenleben, so auch im Haus am Jakobsplatz. In vier Stockwerken im Vorderhaus und zwei im Hinterhaus teilte man sich die Toiletten mit den anderen Bewohnern, in den oberen Stockwerken waren das manchmal mehr als zehn Personen. Nur zwei Wohnungen hatten ein eigenes Badezimmer. Für die anderen gab es ein Bad hinter der Waschküche, die im Hof lag. Waschkessel und Badeofen musste man mit Holz anschüren. Trotz der beengten und einfachsten Wohnverhältnisse war das Haus wie eine Burg zu den anderen Bewohnern der Kleinstadt hin. Sein Erbauer, der alte Oskar Will, Annas Großvater, der hinten wohnte, stammte aus dem Ort und dessen Vater auch. Sie waren keine Bauern mehr, hatten auch kein Geschäft und das genügte, dass die andern ein bisschen auf Abstand blieben. Und dass sein Schwiegersohn, der jetzt seine Arztpraxis dort eröffnete, auch nicht »hiesig« war, wie die Malstädter sagten, das verband alle Hausbewohner miteinander. Man begegnete sich mit Hilfsbereitschaft und Respekt, denn alle mussten einen Neuanfang suchen, die alteingesessenen Bewohner von Malstadt ebenso wie die Flüchtlinge. Verbunden durch die Heimatlosigkeit und die Erinnerung an das, was sie verloren hatten, versuchten sie in der neuen Heimat Fuß zu fassen. Die Voraussetzung, schnell heimisch zu werden, war nicht gut. Zwar sprachen alle deutsch, aber sie redeten in verschiedenen Dialekten. Die meisten waren protestantisch und dies in der überwiegend katholischen Rhön.

Von den vielen Menschen fasste Anna zu Oma und Opa Grau als erstes Vertrauen. Die beiden wohnten im Hinterhaus in drei Räumen, die früher Stallungen waren. Man kam gleich vom Hof aus über ein paar Stufen in die Küche, in der Oma Grau oft Köstlichkeiten auf der Herdplatte briet. Sie waren aus Kartoffeln und Quark hergestellt und dazu gab es Zwetschgenkompott. Obwohl es ganz anders schmeckte als das, was Paula hinten bei ihrem Opa kochte, liebte es Anna, der Oma Grau dabei zuzusehen, wie Kartoffeln und Quark zum Teig verknetet wurden und manchmal durfte sie auch mithelfen und meinte spitzbübisch: »Gell, jetzt mantschen wir wieder und machen Matsch.« Und wenn Oma Grau die im Hof spielende Anna rief: »Heut' gibt's wieder Matsch, willst du mitessen«, dann war das Kind nicht zu halten. Nichts schmeckte besser als die auf der Herdplatte gebratenen Kartoffelküchle.

Oma Grau hatte schlohweiße Haare, über die sie ein hauchfeines Netz trug, auch nachts, damit die Wasserwelle möglichst lang hält, wie sie dem Kind erklärte. Ihre Schwiegertochter, die Zenzi, hatte in der Bauerngasse einen kleinen Friseursalon aufgemacht und frisierte sie immer wieder.

Am Nachmittag, wenn Licht in den Hinterhof kam, saß Oma Grau auf einem Stuhl vor der Tür, hatte eine Kissenrolle auf einem Holzgestell vor sich stehen und klöppelte. Das hatte man in Malstadt noch nicht gesehen. Es wurde genäht, gestrickt, gestickt und gehäkelt, aber Klöppeln, das kannte man nicht. In beiden Händen hielt die alte Frau mehrere Garnfäden, an deren einem Ende Holzhülsen befestigt waren, das andere war mit Stecknadeln im Kissen fixiert. Die Hülsen drehte sie nach einem geheimnisvollen Takt mit- und gegeneinander, so dass ganz filigrane Spitzen entstanden. Dabei erzählte sie Geschichten und Sagen aus ihrer Heimat. Und von der Flucht erzählte sie immer wieder. Anna saß auf ihrem Schemelchen oft dabei, schaute gebannt auf die immer noch flinken Finger, die die Holzhülsen von einer Hand in die andere gleiten ließen, hörte den hellen Ton, wenn die Hülsen aufeinandertrafen. Sie stellte sich vor, wie Oma und Opa Grau vor Rübezahl abgehauen sind, denn Opa Grau hatte ihr erklärt, dass Flucht abhauen heißt. Abhauen, weil der Feind kommt. Das Wort Feind kannte sie von ihrem Opa und von ihrem Vater, war sich aber nicht sicher, ob alle vom selben sprachen.

Opa Grau übernahm ungefragt Hausmeisterdienste im Haus. Er kehrte den Hof, schippte im Winter Schnee vor dem Haus und hatte eine Methode entwickelt, wie er die schweren Mülltonnen, runde gusseiserne Tröge, durch den Gang auf den Jakobsplatz rollte. »Zu irgendetwas muss unsereiner ja noch nütze sein«, meinte er.

Der hagere Mann trug meist einen Hut über dem schütteren Haar und man hatte den Eindruck, dass die großen, etwas abstehenden Ohren den Hut davor bewahrten, über die Augen zu rutschen. Diese Ohren hatten es Anna angetan. Der äußere Teil der Ohrmuschel war dünn und durchsichtig und von feinen Äderchen durchzogen. Manchmal stellte sich Anna hinter ihn und sah das Licht durch die rötliche Haut scheinen und sagte: »Opa Grau, ich seh' durch deine Ohren die Sonne!« Der lachte: »Siehste, da haste Kintopp ganz umsonst!«

Auch wenn die kleine Anna die schwere Metalltüre zum Hinterhof nur mit Mühe öffnen konnte, schlüpfte sie gern in den Hinterhof, wenn die alten Hausbewohner dort im Sommer auf der Bank saßen und miteinander redeten. Als sie eines Tages hörte, dass sie von Adolf sprachen, wollte sie wissen: »Wohnt der auch hier?«

»Dummerle, der ist schon ein paar Jahre tot«, meinte dann Oma Grau und ihr Mann ergänzte: »Dem haben wir das alles hier zu verdanken!« Er nickte dabei mit dem Kopf und hob seine großen Arbeiterhände Richtung Himmel, so dass Anna daraus schloss, dass der Adolf wohl ein guter Mensch gewesen sein müsse, denn genauso machte es ihr Opa auch, wenn er Gottseidank sagte, weil etwas gut ausgegangen war.

Oma Grau war von allen Frauen im Haus Annas Herz am nächsten. Sie konnte immer bei ihr anklopfen und war willkommen. Sie und ihr Mann freuten sich, wenn das lebendige Mädchen bei ihnen saß, beim Klöppeln zuschaute und immer wieder neugierig fragte, wie es denn bei ihnen zu Hause gewesen sei und ihnen so Stichworte lieferte, davon zu erzählen. Bei uns zu Hause, so begann vieles, was sich die Bewohner des Hinterhauses an Sommernachmittagen im Hof erzählten. Anna kannte das Gefühl, für das sie noch kein Wort hatte, das aber irgendwie mit »hinten« zu tun hatte, mit dem Großvater und allem, was es dort gab, wenn man am Morgen die Augen aufschlug und was jetzt »vorne« anders war.

Eine der alten Frauen in Annas Umfeld war Emma Rossmann. Sie wohnte mit ihrem Mann Rudolf im Hinterhaus im ersten Stock in zwei Räumen, die ineinander gingen. Plumpsklo und den einzigen Wasseranschluss teilten sie sich mit Familie Böhm, die zu viert in drei kleinen Räumen gegenüber wohnten.

»Ich bin die Emma«, sagte Frau Rossmann zu Anna, die noch etwas scheu an der Tür stand und in den ersten Raum schaute, in dem ein Doppelbett und ein großer Schrank standen. Über dem Bett hing ein Bild, das zeigte einen übergroßen Engel, der einen kleinen Jungen über eine schmale Brücke ohne Geländer führte, darunter toste ein wilder Gebirgsbach.

»Nu Mädel, kumm rein«. Anna folgte der kleinen Frau, die meist ein weiß gemustertes Kopftuch trug, das sie unter dem Kinn zusammengebunden hatte. Sie schlängelten sich an großen Kisten vorbei, in denen viele Metallteile lagen und Kupferdraht, auch ganz feine bunte Kunststoffröhrchen. In der Küche dahinter saß Herr Rossmann am Tisch, steckte eine bestimmte Anzahl von Metallteilen ineinander, legte sie in eine Presse, die er mit einem Hebelarm bediente. Emmas Aufgabe war es, die fertig gepressten Teilchen mit Kupferdraht zu ummanteln und auf die hochstehenden Drahtenden die bunten Kunststoffröhrchen zu stecken.

»Wofür brauchst du das?«, wollte Anna wissen.

»Das sind Teile für Transformatoren. Die braucht der Herr Battorf für seine Maschinen.«

»Für welche Maschinen?« – »Weiß der Himmel?! Ich weiß nur, dass ich das Geld brauche, damit wir was zum Beißen haben!«

Anna blickte auf den Küchentisch, auf dem schon etliche Teile standen und meinte: «Da kriegst du aber heute viel Geld.« Herr Rossmann unterbrach kurz seine Arbeit, zog die Augenbrauen hoch und lachte: »Ja, einen dreiviertel Pfennig pro Stück!«

Anna schaute eine Weile schweigend zu, wie die beiden Hand in Hand arbeiteten. »Ist der Bub auf dem Bild überm Bett euer Kind?«

Die beiden schauten sich an und Emma bekam ganz wässrige Augen. »Auf unseren Jungen hat kein Engel aufgepasst. Der ist in Russland geblieben.«

»Wo ist Russland?«, fragte sie weiter. »Gleich hinter der Grenze, dort steht der Russe und schießt auf alle, die rüber wollen!«

»Wie heißt euer Bub?« – »Der hieß Eberhard«, sagte Emma mit belegter Stimme.

»Und wieso ist der in Russland geblieben, wenn sie dort rumschießen?«

Die beiden Alten schauten sich wieder an und Emma schnäuzte sich in einen Zipfel ihrer Kittelschürze.

»Du fragst Sachen, Kind!«, sagte Rudolf Rossmann, legte die Metallteile unter die Presse, drückte den Hebel kräftig nach unten und schob das Werkstück zu seiner Frau, die damit begann, es mit Kupferdraht zu umwickeln.

Kontakt hatte das muntere Kind Anna auch zum alten Böhm. Der lehnte oft über dem Geländer der Fachwerkaltane und rauchte seine Overstolz. Wenn auch die Zeiten schlecht waren und nur seine beiden Söhne Arbeit gefunden hatten, gönnte er sich diesen kleinen Luxus. Zehn Stück waren in der roten Packung, damit kam er drei Tage hin. Im Sudetenland hatte er in einem Sägewerk gearbeitet und sich dabei den Rücken kaputt gemacht. Die winzige Rente, die er jetzt bezog, reichte gerade für ihn, seine Frau und die Söhne. Zum Glück waren die mit heilen Knochen aus dem Krieg gekommen und gaben aus ihrer Lohntüte für den gemeinsamen Haushalt was dazu.

Er und sein Nachbar Rossmann schwadronierten oft über die, die sich mit Hilfe des Lastenausgleichs größere Summen unter den Nagel gerissen hätten und damit schon wieder auf stabileren Füßen stünden. Die beiden waren vor dem Krieg nicht wohlhabend gewesen und jetzt waren sie es erst recht nicht. Dass sie als Flüchtlinge in der fränkischen Kleinstadt nicht mit offenen Armen empfangen wurden, spürten sie und wollten durch Fleiß wettmachen, was ihnen an Misstrauen und Argwohn entgegenschlug. Da gab es Leute, die die Wäsche abhängten, wenn Flüchtlinge einquartiert wurden. Ja, war man denn ein Schubiak?

Böhm zog an seiner Overstolz, blies den Rauch in die Sonne und blickte auf das spielende Kind, das ein paar Stufen unter ihm auf dem Küchenbalkon der Hausbesitzer spielte. Kinder gab es viele im Haus und das ließ ihn optimistischer in die Zukunft blicken. Irgendwann würden auch seine Söhne Frauen finden und er dann Enkelkinder haben. Da war er deutlich besser dran als

Rossmann, dessen Sohn war in Stalingrad gefallen und die zwanzigjährige Tochter hatten sie auf der Flucht aus den Augen verloren. Er hat sie durchs Rote Kreuz suchen lassen und nach einiger Zeit auch gefunden. Sie lebe ihr Leben anderswo, hatte sie ihm gesagt. In so ein grenznahes Kaff wolle sie nicht ziehen. Der Rossmann hat ihm richtig leidgetan, damals. So ganz ohne Unterstützung durch die Jungen wollte er, Böhm, nicht alt werden. Der Rossmann hatte sich damals wortlos umgedreht und ist zu seinen Transformatoren gegangen.

Böhm streifte die Asche seiner Overstolz am Blumenkasten ab, was seine Frau nicht gern sah und erst recht nicht Annas Mutter. Ihr war der Blumenschmuck im Hinterhof wichtig. Sie gab den Mietern sogar Geld, womit sie im Sommer rote Geranien und weiße und blaue Petunien pflanzen sollten. Schön wollte sie es im Haus haben. Alles sollte sauber und adrett sein, so wie sie, wenn sie am Sonntagmorgen mit großem Hut und Kostüm in die Kirche ging. Auch ihre drei Kinder putzte sie heraus. Dunkelblauer Bleyle-Anzug für Wolfgang und die beiden Mädchen in dunkelroten Samtkleidern mit weißem Spitzenkrägelchen. Dass alle Mieter und viele Patienten sie mit Frau Doktor ansprachen, ließ sie sich gerne gefallen, auch wenn der Titel nur ihrem Mann zustand. Bei den gebürtigen Malstädtern blieb sie jedoch die Tochter vom Will, den man ja kannte, denn der war »ein Hiesiger«, wie auch sie, auch wenn sie ein paar Jahre in einem Schweizer Internat gewesen war und später in Würzburg ihre Krankenschwesterausbildung absolviert hatte.

Das wusste der alte Böhm aber alles nicht, als er der kleinen Anna zusah, wie sie ihr Puppenbettchen auf dem Küchenbalkon hin- und herschob und dabei »Schlaf, Kindlein schlaf,« sang.

»Wie heißt denn dein Püppchen?«, wollte er wissen.

»Rosele«, war die knappe Antwort.

»Und? Schläft das Rosele schon?« –

»Nein, es will nachmittags nicht mehr schlafen«, sagte Anna.

»Das glaub ich gern. Ich könnt auch nicht schlafen, wenn die Räder an meinem Bett so quietschen. Komm, ich repariere dir das!«

Der alte Böhm verschwand und kam mit einer Holzkiste zurück, in der er Werkzeug und ein Ölkännchen hatte. Er bat Anna, das Rosele mit Decke und Matratze auf den Arm zu nehmen, drehte das Bettchen um, schraubte die Räder ab, legte Unterlegscheiben unter die Schrauben und gab einen Tropfen Öl drauf. Nach dem Festziehen schob er das Bettchen ein paarmal hin und her und im Nu war das Quietschgeräusch verschwunden. Anna staunte.

»Kostet eins fuffzich«, sagte der alte Böhm. Anna war verunsichert. Soviel hatte sie zwar sicherlich in ihrer Sparbüchse, aber den Schlüssel dazu verwahrte ihre Mutter. »Da musst du warten. Ich bring's dir dann!«

Der alte Böhm lachte und strich dem Kind über den Kopf, das ganz verlegen sein Rosele an sich drückte. »Nein, du musst nichts bezahlen! Dein Vater schenkt mir ja auch immer Tabletten, dass mein Rücken nicht so wehtut. Eine Hand wäscht die andere. Da sind wir quitt.«

Anna nahm ihr Puppenbettchen und verschwand über den Küchenbalkon in der Wohnung. Abends erzählte sie ihrem Vater, dass der Herr Böhm sich die Hände mit Quitten wäscht.

Frau Johannson wohnte mit Sohn, Schwiegertochter, Enkelin Lilian und Dienstmädchen Selma im zweiten

Stock des Vorderhauses. In Riga hatte man bessere Zeiten gesehen und wollte die auch schnell wieder erreichen. In der dreieinhalb-Zimmerwohnung war noch Herr Hansen einquartiert, ein liebenswerter Junggeselle mittleren Alters. »Nur vorübergehend«, wie Frau Johannson betonte, denn eigentlich wollte sie nicht mit jedermann unter einem Dach wohnen und hielt deshalb auch Abstand zu den Hinterhausbewohnern. Selma, das Dienstmädchen, schlief auf einem Feldbett in der Besenkammer. Eine andere Unterbringung war unter den gegebenen Umständen nicht möglich. Unmöglich war es jedoch, auf Personal zu verzichten.

Frau Johannson war eine hoch gewachsene Dame mit grauem Haarknoten, den sie mit einem Netz schützte. Wenn sie bei Hofmann, dem einzigen Feinkostgeschäft in der Hauptstraße, einkaufte, dann sah man sie nie Kartoffeln oder gar eine Milchkanne schleppen, das erledigte Selma. Sie trug neben ihrer Handtasche ein dunkles Einkaufsnetz, aus dem zwei Bananen und eine Orange herausleuchteten. Anna schaute sehnsüchtig auf diese Südfrüchte, die in ihrer Familie zu den raren Köstlichkeiten zählten. Orangen gab es vielleicht auf dem Adventsteller neben Äpfeln und Nüssen und man musste sie mit den Geschwistern teilen. Und Bananen wurden scheibchenweise zusammen mit eingemachten Kirschen am Sonntag auf einem Obstboden verteilt. Aber dass unter der Woche solcherlei Obst verspeist wurde, das machte die Familie Johannson für Anna zu etwas Besonderem. Nie hätte sie gewagt, die alte Dame, die stets im grauen Schneiderkostüm die Wohnung verließ, anzusprechen, wie sie das bei Oma Grau oder Emma Rossmann tat. Deren Haltung, der gemessene Schritt und ein Blick, als würde er immer noch über den Rigaer Meerbusen schweifen, hielten Kinder und andere unterhalb ihrer Augenhöhe auf Abstand. Sie achtete auch streng darauf, dass ihre Enkelin Lilian nur mit den Kindern spielte, die sie für guten Umgang hielt. Ballspielen auf der Gasse oder gar ein Besuch im Bauernhof in der Nachbarschaft, wo man beim Melken oder bei der Hausschlachtung zuschauen konnte, so etwas war für Lilian nicht vorgesehen. Das blonde kleine Mädchen spielte mit den Kindern im Haus und am liebsten war es ihren Eltern, wenn das in der eigenen Wohnung unter ihren strengen Augen stattfand. Obwohl man dort nicht wagte herumzutoben und auch mal Unsinn zu machen, wie Anna das mit ihren Geschwistern oft tat, war sie doch immer wieder gerne bei Johannsons im zweiten Stock. Lilian hatte eine Neger-Puppe mit Baströckchen und schwarzen Haaren, ein Geschenk ihrer Tante aus Amerika. Das war etwas anderes als ihr Rosele, die nicht nur so hieß, sondern auch aus rosa Zelluloid war mit blauen Augen und Schneckenfrisur über den Ohren. Anna durfte nicht mit der Negerpuppe spielen, weil die nur Englisch verstand und Lilian mit »Hello« und »Okay« das Gespräch bestritt.

An Lilians Mutter bewunderte Anna die knallrot lackierten Fingernägel und dass sie immer Lippenstift trug. Sie war eine Dame, so wie auch ihre Schwiegermutter, bloß anders, aber aufregend, fand Anna, deren Mutter nur manchmal, wenn sie am Abend mit dem Vater nach Bad Kissingen ins Konzert fuhr, ein bisschen Lippenstift benutzte. Sie solle sich nicht schminken wie eine Ami-Schickse, eine deutsche Frau schminke sich nicht, das hatte er noch im Hinterkopf und seine Frau hielt sich daran. Anna fand ihre Mutter auch schön, besonders wenn sie mit Hut in die Kirche ging, aber noch schöner hätte sie es gefunden, wenn sie, wie die junge Frau Johannson, täglich Lippenstift und rote Fingernägel getragen hätte.

Die Stunden mit Lilian waren meistens ruhige Malstunden. Sie erzählte von ihrer Tante in Amerika und dass dort unter Sonne und Palmen viele Neger in runden Hütten mit Strohdächern wohnten. Deswegen seien die Neger auch so braun. Das leuchtete Anna ein. Neger kannte sie nur von ihrem Kinderbuch »Zehn kleine Negerlein«, das sie auswendig konnte und staunenden anderen Kindern weismachen wollte, dass sie bereits lesen könne, genauso wie Ev-Marie, die große Schwester. Neger saßen ja auch manchmal in den amerikanischen Jeeps, die täglich an die Zonengrenze fuhren. Lilian und Anna malten die Palmen, die Hütten, darüber eine lachende Sonne und viele große und kleine Neger, so dass Lilians Mutter die Braunstifte im Farbkasten bald nachkaufen musste.

Wie gut, dass Lilians Vater, Herr Johannson, aus der Druckerei, wo er es bereits zum Chef gebracht hatte, immer genügend Papier mitbrachte, so dass Lilian und ihre Spielkameradinnen nicht daran sparen mussten, wenn sie Amerika mit dem Buntstift eroberten.

Wenn Herr Johannson aus dem Büro kam, stets im grauen Anzug mit Kravatte und äußerst korrekt gezogenem Mittelscheitel, zog Anna es vor, einen Stock tiefer nach Hause zu gehen. Sie spürte, dass die Familie jetzt unter sich sein wollte. Großmutter Johannson ging in ihr Zimmer und Selma suchte sich eine Arbeit in der Küche oder setzt sich im Sommer auf den Wäscheboden, den man über einen Balkon von der Küche aus erreichen konnte.

Auch Herr Johannson wirkte, wie seine Mutter, unnahbar. Nur einmal hat Anna ihn anders gesehen, als sie am Sonntagmorgen zu ihrer Spielkameradin Jutta in die Dachwohnung im vierten Stock wollte, begegnete sie Herrn Johannson auf dem Weg von der Toilette im Treppenhaus. Er trug einen gestreiften Schlafanzug, eine schwarze Frisierhaube und verschwand nach einem knappen Gruß rasch hinter der Korridortür seiner Wohnung. Das allein hätte Anna nicht verwundert, denn auch ihr Vater trug morgens eine Frisierhaube, aber dass der stets korrekte gekleidete und frisierte Herr Johannson wohl nachts seine Kravatte ablegte und sich sogar in Hausschuhen außerhalb der Wohnung zeigte, das brachte ihr Bild doch ziemlich durcheinander. Sie konnte sich nicht vorstellen, dass Lilian ihrem Vater Zöpfchen flocht, wie sie das gerne machte oder gar auf seinem Schoß saß und sich die Bilderwitze aus der Schweizer Illustrierten erklären ließ, die man für das Wartezimmer abonniert hatte und bei denen Anna oft nicht wusste, wo der Witz steckte. Bei Johannsons schien vieles anders zu sein und es war eine scheue Neugier, die Anna immer wieder nachmittags auf den Küchenbalkon treten und nach Lilian rufen ließ, deren Balkontür einen Stock darüber ebenfalls offenstand. Wenn dann die junge Frau Johannson die Erlaubnis gab, durfte sie zum Spielen nach oben kommen. Einfach zu klingeln, hätte Anna nicht gewagt.

Inzwischen traute sich Anna den Weg von vorne nach hinten alleine zu. Immer wieder war sie die Strecke mit ihrer Mutter gegangen, die regelmäßig nach dem Großvater sah, der nach dem Tod seiner Frau ein junges Mädchen aus einem der Nachbardörfer zu sich ins Haus geholt hatte, die ihm den Haushalt führte. Paula war erst sechzehn Jahre alt und manche Malstädter zerrissen sich das Maul darüber. Der alte Will, nach dem sich früher die Mädchen umgedreht haben, wenn er mit seinen beiden Jagdhunden die Hauptstraße hinauf gegangen war, der habe sich nochmal was Junges hergetan, der alte Schwerenöter. Um solchen Gerüchten entgegenzutreten, ging Annas Mutter beinahe täglich hinter, einerseits um Paula anzuleiten, wie der Haushalt zu führen und der große Garten zu bewirtschaften sei, andrerseits um nach ihrem Vater zu schauen, der, nachdem die Familie nach vorne gezogen war, sichtlich körperlich abbaute. Es war, als hätte man ihm das Licht ausgeschaltet und er hätte keine Kraft mehr, zum Schalter zu gehen. Seine Tochter spürte das und war hin- und hergerissen zwischen der Sorge um den alten Vater und ihren Verpflichtungen als Mutter und Ehefrau. Die Kinder, dachte sie, vor allem Anna, die Jüngste mit ihrer fröhlichen und unbeschwerten Art, könnten ihn auf andere Gedanken bringen. Obwohl er sich stets freute, wenn die Enkelkinder kamen, war er nach einer Stunde schon sehr müde und dankbar, wenn sie sich selbst ein Spiel suchten. Eine Untersuchung durch seinen Schwiegersohn lehnte er ab. Er sei halt ein alter Mann und das dürfe man mit siebundsiebzig doch wohl sein. Das Gerede der Malstädter über ein vermutetes Verhältnis mit Paula tat er mit einer müden Handbewegung ab. Es interessierte ihn nicht, wie es ihn nie interessiert hatte, was die anderen über ihn redeten.

Es waren gut achtzehn Jahre her, da hatten sie ihn bedrängt, er solle wie alle anderen auch die Hakenkreuzfahne an seinem Fahnenmast hochziehen. Das kam für ihn nicht in Frage, mit denen von der NSDAP wollte er nichts zu schaffen haben. Eisern hisste er die rotweiße

Fahne mit dem fränkischen Rechen, wenn es galt, Fahnen hochzuziehen. Ein Nachbar nahm ihn beiseite und sagte: »Oskar, mach dich net unglücklich, des ist doch bloß e Fahne!« Selbst da war er hart geblieben. Er konnte nicht nachvollziehen, wie die Malstädter schon im März 1933 eilfertig den Roßmarkt in Adolf-Hitler-Platz umbenannten und dass der Viehmarkt plötzlich zum Hindenburgplatz wurde. Jedes Mal ärgerte er sich, wenn er durch die Kastanienallee zum Friedhof ging über das Schild »Ritter-von-Epp-Straße«. Von Epp war Reichsstatthalter in Bayern. Das war ihm suspekt, da wollte er nicht mitmachen. Es reichte ihm schon, dass im Hegering plötzlich nationalsozialistische Töne gespuckt wurden. Da hatte er sich angelegt mit so einem, ihm unwaidmännisches Verhalten vorgeworfen, nachdem der Jungfüchse vor dem Ende der Schonzeit einfach abgeknallt und liegen gelassen hatte. Der hatte die Welpen als Ziel für Schießübungen genommen. Das wollte ihm der alte Will nicht durchgehen lassen. So einer hatte im Hegering nichts verloren. Und als er sich wegen einer Jagdpachtangelegenheit ans Landratsamt wandte, um Falschinformationen richtig zu stellen, schickte ihn der nationalsozialistische Bürgermeister für vier Wochen ins Gefängnis. Er verstand die Welt nicht mehr. Recht muss doch Recht bleiben. Und als im September 1933 bei der Heidelstein-Feier seines geliebten Rhönklubs Männer in SA-Uniform mitwanderten und beim Singen des Rhönliedes die rechte Hand zum Hitlergruß erhoben, da war für ihn das Maß voll. Wie oft waren er und seine Tochter mit dem Rhönklub gewandert, im Winter mit Skiern über die Hochrhön von Hütte zu Hütte. Das war seine Heimat, da war er verwurzelt, aber es wäre ihm im Traum nicht eingefallen, dieses Stück Erde über andere zu stellen. Er hatte für Malstädter Verhältnisse schließlich ein bisschen von der Welt gesehen und konnte mit dem »Deutschland, Deutschland über alles« wenig anfangen. Als Eisenbahner hatte er die Möglichkeiten, verbilligt oder sogar umsonst auf den Schienen in Europa unterwegs zu sein. Dies hatte er in seiner Junggesellenzeit weidlich genutzt. Und überall war er auf gastfreundliche und offene Menschen gestoßen, offener und gesprächiger als die meisten der doch wortkargen Rhöner. Warum sollte er jetzt auf die herunterschauen? Schon als junger Mann fuhr er zu den ersten Olympischen Spielen der Neuzeit 1896 nach Athen. Die bronzene Erinnerungsmedaille von dort zeigte er gerne seinen staunenden Gästen. Er hatte »Goethes sämtliche Werke« in rotlederner Reclam-Ausgabe nicht nur im Schrank stehen, sondern auch gelesen. Dessen italienischen Reisen folgte er nach und begeisterte sich für dieses herrliche Land. 1908 wanderte er über die Trümmer des vom Erdbeben zerstörten Messina, trauerte mit den Bewohnern über das Ende dieser herrlichen Stadt. Zwischen den Ruinen fand er drei Endstücke eines zerbrochenen Kruzifixes aus Marmor, suchte nach dem vierten und fand es schließlich unter dem Geröll. Er nahm das als Glücksverheißung und baute zu Hause das Kreuz wieder zusammen, versah es sogar mit einem goldenen Strahlenkranz. Für sich nannte er es »Katastrophenkreuz«. Es hing immer über der Eingangstür und er war überzeugt, dass ihn seither die Katastrophen gemieden und das Glück nicht mehr verlassen hätten, auch wenn es manchmal zunächst nicht danach aussah.

1935, als um vier Uhr morgens drei SA-Männer ihn und seine Familie aus dem Schlaf rissen, das Haus nach

Waffen durchsuchten und alle Schränke und Schubladen durchwühlten, sah es wahrlich eher nach Katastrophe als nach Glück aus. Die Uniformierten rissen in der Diele die Lanzen von der Wand, das waren Erinnerungsstücke von einer Reise nach Marokko. Den Gewehrschrank mit Jagd- und Luftgewehr öffnete er selbst, damit sie ihn nicht aufbrechen mussten. Aber es ging nicht um Waffen, man wollte ihn einschüchtern und drohte ihm mit Inhaftierung in Dachau. Man wollte nicht hinnehmen, dass er weiterhin nicht ordnungsgemäß flaggte oder, wenn die Hand zum Hitlergruß gehoben wurde, er sie ebenfalls hob, aber »drei Liter« vor sich hinmurmelte.

So saß er in dieser Nacht im Schlafanzug, über den er notdürftig seine graue Strickjoppe gezogen hatte, in der Diele seines Hauses, über sich seine Jagdtrophäen, die Geweihe, der ausgestopfte Auerhahn in Balzpose, der Goldfasan mit den langen Schwanzfedern, die Kuckucksuhr. Dreimal hatten sich die beiden Türchen geöffnet und Kuckuck und Wachtel nickten heraus, als wollten sie nach dem Rechten sehen. Sie sahen einen bebenden alten Mann, der verängstigt zum Katastrophenkreuz aus Messina hochschaute, den Kopf schüttelte und zu sich sagte: »Herrgottzack, das waren doch alles auch Malstädter!« Er ging hinaus, kettete Tell von der Hundehütte los und nahm ihn mit ins Haus.

Künftig war er vorsichtiger. Es waren wenige, mit denen er offen sprechen konnte. Zu denen gehörte sein alter Schulfreund Lammert aus Bad Kissingen. Dessen Eltern hatten dort eine Wein- und Spirituosenhandlung und Oskar Will erlebte bei ihnen schon als junger Mann ein bürgerlich städtisches Leben, das er aus Malstadt nicht kannte. Die beiden absolvierten an der Oberrealschule das Einjährige, verbrachten eine flotte Jugendzeit und genossen das Leben in dem Badeort, wo im Sommer alles, was international Rang und Namen hatte, zur Kur war. Mal im Gehrock mit Fliege, mal sportlich auf dem Rennrad ließ man sich beim Fotographen ablichten und verdrehte so manchem Mädchen den Kopf. Später reisten sie auch gemeinsam, mal nach Paris, mal nach Venedig, mal nach Istanbul. Große Ideen spukten seinerzeit in ihren Köpfen. So investierten sie in ein Hotel in der Hoffnung, durch den regen Kurbetrieb würde sich das rechnen, was eine trügerische Einschätzung war und, was die Mitinvestoren anbelangte, sogar eine betrügerische Sache. Er verlor seinen Einsatz.

In späteren Jahren, überredete Oskar Will seinen Vater, der in Malstadt Stadtschreiber war, das noch bäuerliche Elternhaus am Jakobsplatz teilweise abzureißen und stattdessen ein vierstöckiges Wohnhaus zu bauen, in dessen Erdgeschoss ein feines Café sein sollte. Billiardzimmer, Kaffee und Kuchen, Eis, feine Weine und kleine Speisekarte waren die Offerten an die Malstädter. Mit dem Namen »Café Wittelsbach« wandte man sich an Besucher, die es in Malstadt nicht in der Zahl gab, dass man das Café hätte wirtschaftlich betreiben können. Will wollte ein bisschen von dem Flair, das er in Bad Kissingen und auf seinen Reisen kennen- und schätzen gelernt hatte, in sein bäuerlich geprägtes Heimatstädtchen bringen. Das Vorhaben misslang. Zum einen hielt man ihn für einen Stenz und Spinner, der sich zu weit von seinen Wurzeln entfernt hatte. Man gönnte ihm keinen Erfolg. Zum anderen wagte man es nicht, sich tagsüber in ein Café zu setzen aus Angst, bei den anderen als Faulpelz und Nichtsnutz zu gelten. Der Beginn des ersten Weltkrieges, die nachfolgenden schlechten Zeiten und glücklose Pächter taten ein Übriges. Das Café musste schließen und er war froh, dass die Rhön-Bank neue Räume suchte, die er ihr am Jakobsplatz anbieten konnte.

Er baute schließlich außerhalb der Stadtmauern in unmittelbarer Nähe zur damaligen Volksschule in ein Gartengrundstück eine kleine einfache Villa, legte den Garten davor als Alpinum mit einem Springbrunnen an, der jedoch nie funktionierte, weil es ihm nicht gelang, das Wasserbecken dicht zu bekommen. Am Sonntag saß er mit Frau und Tochter auf einem Sitzplatz in unmittelbarer Nähe zum Zaun seines Grundstückes, das an den Weg zur Großenbergkapelle grenzte und trank Kaffee. Man saß auf weißen eleganten Stühlen, die er im Stil der Sitzgelegenheiten des Kurparks in Bad Kissingen extra hatte anfertigen lassen. Der Malstädter Handwerker hatte jedoch das Gestell aus so schwerem Eisen geschmiedet, dass es zwei Personen brauchte, wollte man einen Stuhl verrücken.

So war es mit vielem. Will hatte gute Ideen und da er selbst handwerklich durchaus geschickt war, baute er an seinem Haus oder dem Gartenhaus, das sich an das Alpinum anschloss, an und um, wenn irgendwo ein Fenster oder eine Tür übrig war. Aber vieles funktionierte nicht wirklich optimal. Eine Zeit lang leistete er sich einen Einspänner mit Pferd, um schneller zu seinem Jagdrevier zu kommen oder am Sonntag mal ein Ausfährtchen zu machen. Das Pferd, Lotte mit Namen, brauchte natürlich auch einen Stall, den er an sein Gartenhaus anbaute. Die Behausung hatte nur einen Nachteil, der Türsturz war zu niedrig und als Lotte das erste Mal am Zügel hineingeführt wurde, stieß sie mit der Stirn so fest oben an, dass sie laut wiehernd ausbrach und nur mit Mühe im Garten eingefangen werden konnte. Will löste das Problem, indem Lotte rückwärts in den Stall geführt wurde und im letzten Moment riss er mit dem Halfter den Kopf des Pferdes nach unten und vermied so den Zusammenprall mit dem Türsturz. Lotte hätte sich schnell daran gewöhnt, behauptete er immer, wenn die Rede darauf kam.

Ende der Zwanzigerjahre kaufte sich Will sein erstes und einziges Auto, einen Hanomag. Er hatte aber noch keinen Führerschein. Um ihn zu erwerben, musste er nach Bad Kissingen. Da er dachte, dass es nur um das Beherrschen des Fahrzeugs gehe, bereitete er sich nicht besonders darauf vor. Die Prüfbehörde wollte allerdings auch wissen, wie der Motor funktioniert oder ein Reifen zu wechseln sei. Will musste passen und sich Wochen später noch einmal zur Prüfung anmelden. Das fand er ärgerlich, denn zuhause stand der Hanomag in der Garage, die er an den jetzt leeren Pferdestall angebaut hatte. Er wollte fahren, mit Frau und Tochter einen Ausflug machen, zum Beispiel ins nahe Meiningen. Kurzerhand engagierte er für die Sonntage bis zur zweiten Fahrprüfung einen Chauffeur, der ihn bei dieser Gelegenheit auch in die Handhabung von Motor und Reifenwechsel einweihte. Als er dann mit Chauffeur durch den Ort Richtung Meiningen fuhr, meinten die Malstädter: »Jetzt spinnt der Will völlig!« Ihn aber kümmerte es nicht.

Jetzt, wo sie sich wieder die Mäuler zerrissen wegen der jungen Paula in seinem Haus und die Tochter darauf drängte, dass er sich doch von ihrem Mann untersuchen und behandeln lassen solle, gab er widerwillig nach. Das Argument, dass auch seine nach dem Krieg geborenen Enkel noch etwas von ihrem Malstädter Großvater haben wollten, nachdem der andere Großvater kein Händchen für Kinder habe, überzeugte ihn schließlich. Und als er beim Schwiegersohn auf der Untersuchungsliege lag und der den Blutdruck maß, Bauch und Rücken perkutierte, die Reflexe prüfte, auch Blut abnahm, um eine Senkung anzusetzen, da dachte er, er würde etwas aus der Hand geben, was er nicht wiederbekommen könne.

Nicht, dass er den ärztlichen Fähigkeiten seines Schwiegersohnes misstraute, nein, das nicht, aber er erinnerte sich an die Tage, die dieser bei ihm im Haus verbrachte, damals als er auf Heimaturlaub aus Rumänien kam. Für sein einjähriges Töchterchen Ev-Marie hatte er ein Spieleimerchen aus Blech mitgebracht und man war zu zweit mit Rädern zur Sandgrube Richtung Hendungen gefahren und auf dem Rückweg hatte jeder einen Sack mit rotem Sand auf dem Gepäckträger. Will zersägte ein Türblatt in vier Bretter, die er mit Winkeleisen zu einem Sandkasten zusammenschraubte, den er unter dem Apfelbaum platzierte, damit das Kind im Sommer auch Schatten habe. Die Hilfe des Schwiegersohns lehnte er ab: »Du brauchst dei Händ noch, wenn de die arme Landser zammflick musst!« Der schluckte, denn er spürte, dass da ein Zweifel an der Sinnhaftigkeit seiner Arbeit im Lazarett mitschwang. Und als die beiden dann die Sandsäcke in die Kiste geleert hatten und der kleinen Ev-Marie zusahen, wie sie mittendrin saß und mit einem alten Esslöffel das Eimerchen füllte, leerte und wieder füllte und dabei vor sich hinbrabbelte, da fragte Will seinen Schwiegersohn, ob er denn wahrhaftig glaube, dass dieser Mehrfrontenkrieg noch zu gewinnen sei. Die Nachrichten, die er abends auf BBC hören könne, sprächen eine andere Sprache. Dieser stand mit hochrotem Kopf auf, riss sein Töchterchen aus dem Sandkasten und brüllte den Alten an. Davon wolle er nichts hören. Er und seine Kameraden hielten draußen im Feld für Deutschland den Kopf hin und hier in der Heimat höre man Feindsender und glaube nicht an den Sieg! Seine Frau kam aus dem Haus gelaufen, weil sie das Kind weinen und ihren Mann schreien hörte. Sie nahm ihm die Kleine ab und blickte missbilligend auf ihren Vater. Schnellen Schrittes liefen beide ins Haus.

Will blieb wie versteinert zurück. Dann holte er Tell aus der Hütte, ging mit ihm Richtung Großenbergkapelle und setzte sich dort auf die Bank unter der Linde. Vor knapp zwei Jahren hatte seine Tochter in dieser Kapelle den Mann geheiratet, der jetzt so ausgerastet war. Zuvor hatte er für sie beim katholischen Pfarramt einen Ahnennachweis erstellen lassen müssen. »Der ist ja einwandfrei«, beruhigte ihn Pfarrer Brönner, »kein Jude dabei!« Dazu hätte er den Pfarrer nicht gebraucht, das wusste er auch so. Trotzdem schämte sich Will und verließ einsilbig das Pfarrhaus. Er dachte an das Hochzeitsfoto der beiden. Das Paar steht im Spitzbogen der Eingangstür zur Kapelle. Seine Tochter im langen weißen Kleid mit Schleier, das Reliquienkreuz am Hals, ein altes Familienerbstück. Der Schwiegersohn in Wehrmachtsuniform mit dem Offiziersdolch am Koppel, in dessen Metallgriff das Hakenkreuz getrieben war. Beide also ein Kreuz.

Er klopfte Tell auf den Hals. Der schaute aufmerksam zu ihm hoch: «Hopp, gemmer!« Will lief die paar Schritte hinüber zur Schutzengelkapelle, blickte durch das offene Holzgitter und sagte hörbar hinein: »Gell, ihr passt auf, dass die Kerle alle wieder heil hemmkomme!«

Dann wandte er sich Richtung Bahnhof, lief den kleinen Hügel hinunter, wo im Winter die Kinder Schlitten fuhren, am Bahnhofshotel vorbei. Dort im Saal waren immer wieder Kinovorstellungen und vor dem Hauptfilm gab es »Fox Tönende Wochenschau«. Ein paarmal war er mit seiner Frau dort gewesen, aber er war sich sicher, dass die Siegermeldungen nicht der Wahrheit entsprechen konnten. So viele waren schon gefallen oder kamen verstümmelt zurück. Es war erst ein paar Monate her, dass Otto, der jüngste Bruder von Berny, seinem Schwiegersohn, vor Moskau gefallen war. Der Mann von Bernys Schwester war ebenfalls im Feld geblieben. Deren zweijähriger Sohn musste nun vaterlos aufwachsen wie so viele, die bei einem Heimaturlaub gezeugt worden waren. Vor einigen Wochen wurde Schweinfurt in Schutt und Asche gebombt. Ja, genügte das denn nicht? Er wollte diese Bilder in der Wochenschau nicht mehr sehen. Bilder der Massen, die Hitler zujubelten oder ihm wie einem Heiligen ihre Kleinkinder entgegenhielten, als ob er sie segnen könne. Das war ihm zuwider.

Er schlug den Weg Richtung Post ein. Dort gegenüber hatte man 1933 für die Evangelischen eine Kirche gebaut. Jeder soll einen Ort haben, wo er beten kann, dachte er. Und als er vom Turm der katholischen Kirche das Angelus-Läuten hörte, beschleunigte er seinen Schritt. Es war sechs Uhr, so hatte er es schon als Kind gelernt, wenn der »Engel des Herren« geläutet wurde, ging man nach Hause. Seine Frau Anna hatte sicherlich schon das Abendessen gerichtet und wartete auf ihn. Solche Gepflogenheiten musste man beibehalten, wenn schon alles andere nicht mehr galt. Tell trottete voraus und schnüffelte rechts und links vom Weg an den Gemüsepflanzen, die der Gärtner Loose dort anbaute. Will sah das mit Missbilligung, pfiff und klopfte mit der Hand an seinen Oberschenkel. Tell drehte um und ging bei Fuß. Er wollte sich nicht nachsagen lassen, dass sein Hund über fremdem Gemüse das Bein hob.

Auf der Höhe der Villa Morgenroth bog er rechts ab Richtung Malbach, ging auf die Kreuzigungsgruppe vor der Großenbergkapelle zu und blickte auf die Tafeln darunter, die an gefallene Soldaten erinnerten. Da wird man neue aufstellen müssen, ging es ihm durch den Kopf. Er lief auf die Teufelsquelle zu, die in sattem Strahl aus dem Kalkfelsen floss und fragte sich wie schon so oft, warum dieses wunderbare Wasser mit so einem abschreckenden Namen benannt war. Und als er über die schmale Malbachbrücke ging, von wo aus er schon sein Haus sehen konnte, stand sein Entschluss fest: Er musste ein Zeichen setzen, eins, das weder seine Familie, noch ihn selbst in Gefahr brachte und doch sichtbar war.

Als das Gartentörchen ins Schloss gefallen und Tell wieder an seiner Hütte festgekettet war, lief er in seinem Garten hinunter zum Malbach und schaute sich das Gelände näher an. Auf dem Kalkfelsen, der sich über dem Bachlauf erhob, würde er eine kleine Kapelle bauen. Er würde sie, wie die Großenbergkapelle, der Maria weihen als Dank für sein Enkelkind Ev-Marie, an dem er täglich seine Freude hatte und als Bitte, dass alle aus seiner Familie und seiner Heimatstadt heil aus diesem schrecklichen Krieg herauskämen. Der Entschluss war wie die Erfüllung eines vorweggenommenen Gelübdes, das ihn plötzlich zuversichtlich stimmte und die bedrückende Situation mit dem Schwiegersohn am Nachmittag vergessen ließ. Am Abend würde er in sein Tagebuch schreiben: »In dunkler Zeit will ich ein Zeichen des Glaubens setzen.«

Als er über die Veranda in die Küche kam, saßen die anderen schon beim Abendessen. Ev-Marie, auf dem Schoß ihres Vaters sitzend, schob sich ein Stückchen Schwarzbrot in den Mund. Als sie den Großvater sah, streckte sie beide Ärmchen nach ihm aus, wand sich aus der Umklammerung und wollte unbedingt zu ihm. Er zögerte, schaute zu ihrem Vater und wagte nicht, das Kind aufzunehmen.

»Tut mir leid, dass ich dich angebrüllt habe«, meinte dieser, »der Krieg macht uns alle dünnhäutig.« Er setzte Ev-Marie auf den Arm des Großvaters. Sie gluckste zufrieden. »Scho gut, hab's scho vergesse!«, meinte dieser.

Nach ein paar Tagen musste Berny wieder ins Feld. Die ganze Familie brachte ihn zum Bahnhof. Seine Frau Anneliese und die Großmutter gingen wegen des Kinderwagens auf dem befestigten Weg rechts um den Großenberg herum. Sie pflückte noch eine Rose, die wollte sie ihrem Mann mitgeben auf die lange Reise Richtung Osten, wohl wissend, dass er sie umgehend in einem Fach seiner Brieftasche verstauen würde. Solche romantischen Zeichen waren seine Sache nicht.

Die beiden Männer nahmen den linken Weg. Berny ging die paar Stufen zur Teufelsquelle hinunter, dort füllte er noch seine mit dickem Filz ummantelte Feldflasche. Ihre Form erinnerte ihn an den Bocksbeutel, den sein Schwiegervater am Abend zuvor »zur Feier des Tages« aus dem Keller geholt hatte. Mit dem Sylvaner stieß man, zusammen im Erker sitzend, auf seine gesunde Wiederkehr an. Aber es wollte keine rechte Stimmung aufkommen und man ging bald ins Bett. »Dass ihr noch e wengle was voneinander habt«, hatte der Großvater gesagt.

Jetzt stiegen sie oberhalb der Teufelsquelle den schmalen Weg hoch, der linkerhand steil zum Malbach abfiel und mit einem Geländer gesichert war. Sie schauten noch einmal über die Gärten auf das Haus und die Schule dahinter und Berny spürte, dass er inzwischen hier mehr zuhause war als in Tirschenreuth, wo er geboren und aufgewachsen war. Dort war sein Vater kaufmännischer Direktor einer Porzellanfabrik, aber nach dem frühen Tod seiner Frau Anfang der dreißiger Jahre gelang es ihm nicht, seinen fünf Kindern ein Zuhause zu geben, das den Namen verdient hätte. Auch Bernys Brüder, Hans, Willy und Otto kamen gern nach Malstadt. Willy hatte sogar seine Frau Trudel, als sie schwanger war und die Bombenangriffe in Stuttgart zunahmen, für einige Wochen nach Malstadt in Sicherheit gebracht. Und der inzwischen gefallene Otto hatte sich, wohl mehr aus Versehen, mit der Tochter des hiesigen Lehrers Autsch verlobt. Alle waren und fühlten sich willkommen in dem Haus im Heiligengarten, wo man trotz der schlechten Versorgungslage ein auskömmliches Leben führen konnte. Hühner, Gänse, der große Garten und eine weit verzweigte bäuerliche Verwandtschaft, mit der man im Frühjahr Spargel, im Herbst Äpfel oder auch mal ein geschossenes Reh gegen Milch, Butter und Mehl tauschen konnte. Das half ihnen über Engpässe hinweg.

Berny ging hinter dem Schwiegervater auf dem schmalen Weg bergan, klopfte mit der Hand auf die Wasserflasche am Koppel, als wolle er sich versichern, dass sie noch da sei.

Als hätten sie sich verständigt, bogen beide Männer nach rechts ab und gingen die kleine Anhöhe zur Schutzengelkapelle hinauf, standen eine Weile schweigend vor dem Holzgitter und blickten auf die dort versammelten Heiligenstatuen und Schutzengel. Ein alter Mann in grauer Strickjoppe und ein junger Mann in grauer Wehrmachtsuniform.

Sie sahen schon von weitem ihre Frauen mit dem

Kinderwagen am Bahnsteig stehen und beeilten sich. Berny wollte den Abschied kurzhalten. Er hob sein Töchterchen aus dem Kinderwagen und drückte es an sich, übergab es dem Großvater und umarmte seine Frau. Die steckte ihm ein postkartengroßes Foto von Ev-Marie mit ihrem Teddybären und die eben gepflückte Rose zu und machte ihm mit dem Daumen ein Kreuz auf die Stirn. »Bleib behütet«.

Als der Zug einfuhr, nickten sie einander zu. Berny stieg ein, ließ das Fenster mit Hilfe des Lederriemens halb herunter und war beinahe froh, als der Schaffner zweimal pfiff und der Zug sich langsam in Bewegung setzte. Der Fahrtwind blies ihm die dunklen Haare in die Stirn, sie winkten sich zu, bis der Zug unter der Eisenbahnbrücke verschwand. Auf der Holzbank sitzend ordnete Berny seine Haare, holte ein Taschentuch aus den Breeches, als müsse er sich den Ruß der Dampflokomotive von den Wangen wischen.

Schweigend ging man durch die Gärten zurück. Selbst das Kind saß aufrecht im Wagen und blickte mit ernstem Gesicht von einem zum anderen, hielt aber still.

Am nächsten Tag wurde Will beim Landratsamt vorstellig, er bräuchte für schwere Gartenarbeiten einen Helfer. Seine Frau sei herzkrank, seine Tochter hätte ein kleines Kind und er sei ein alter Mann. Man wies ihm einen polnischen Zwangsarbeiter zu. Als er ihn vom Lager in der Sondheimer Straße abholte, folgte ihm ein schüchterner, aber kräftiger junger Mann Mitte zwanzig. Man ging über den Sportplatz am Schwimmbad vorbei und blieb auf der Brücke, die dort über den Malbuch führte, stehen. Will bedeutete ihm, dass das Grundstück links von der Brücke ihm gehöre und dass er da eine Kapelle bauen wolle. Um es zu verdeutlichen, bekreuzigte er sich, faltete die Hände, hob sie gen Himmel und rief »Santa Maria«. Der Arbeiter bekreuzigte sich ebenfalls, wiederholte »Maria« und sagte dann »Amen«. Will legte den Arm um seine Schultern und lachte herzlich. Ein bisschen verlegen trat der von einem Bein auf das andere, lachte aber mit. Als Will sich auf die Brust klopfte und mehrmals »Oskar« sagte, dann auf den jungen Mann deutete, der sich leicht verbeugte und sich als »Pawel« vorstellte, schien das Eis gebrochen zu sein. Die beiden gingen weiter auf die Schule zu und bogen dann links zum Haus hin ab. Das weiße Gartentörchen stand offen und Tell begrüßte seinen Herrn samt Begleitung mit lautem Gebell. Der junge Pole wagte sich nur zögernd näher. Will ging auf den Hund zu, sagte kurz »Platz«.

»Tell, das ist der Pawel, der kommt jetzt öfter,« mit einer Geste winkte er ihn heran und bedeutete ihm, er solle seine Hand dem Hund hinstrecken. Tell schnupperte daran und leckte seinen Handrücken. Beide schienen verstanden zu haben, dass da keinerlei Gefahr vom anderen drohte.

Als die beiden Männer von der Veranda aus die Küche betraten, briet Wills Frau gerade Pfannkuchen und seine Tochter wendete in einem Topf die Pfifferlinge, die er am Vortag aus dem Wald mitgebracht hatte.

»Anna, mach e paar Pfannekuche mehr, mir ham en Gast!«

Nach dem Essen zeigte Will Pawel seine Entwürfe von der Kapelle. Dessen Augen leuchteten und er schien jetzt zu verstehen, was der alte Mann plante und welche Aufgabe ihm dabei zukam. Man ging gemeinsam in die Werkstatt, holte Schnur, Pflöcke, Hammer und zwei Schaufeln. Pawel entdeckte gleich die Schubkarre, legte alles hinein und fuhr damit, Will folgend, zum Bach, wo sie auf dem Kalkfelsen in Sichtweite zur viel begangenen Malbachbrücke mit den vier Pflöcken die Grundfläche der kleinen Kapelle festlegten und gleich mit dem Aushub begannen.

Pawel war ein Segen für Will und Will für Pawel. Sie verstanden einander meist ohne Worte und war etwas unklar oder hatte einer eine gute Idee, so behalfen sie sich mit Bleistift und Papier. Der Alte wusste, woher man Backsteine, Zement und Ziegel bekam, tauschte manches mit einem Rehschlegel oder einer Gans und der Junge brachte es mit der Schubkarre an den Bauplatz.

»No, Oskar, gell du willst e Scheißhäusle nei dein Garte bau?«, fragten einige Malstädter, die von der Brücke aus die beiden beobachteten.

»Wart's ner ab, wirst's dann scho seh!«, war seine knappe Antwort.

Als nach ein paar Monaten die Kapelle und sogar ein kleiner Vorplatz mit Geländer fertig waren, bat er den Pfarrer Brönner, die Kapelle zu weihen. Der zögerte mit dem Hinweis, dass das nur ein Bischof machen dürfe. Will ließ nicht locker: »Der passt mit seim Gewand und seim Stab doch gar net nei in mei Kapellele!«

Brönner fragte telefonisch im Würzburger Ordinariat an, ob er in Vertretung des Bischofs die Weihe einer Privatkapelle auf einem Privatgrundstück vornehmen dürfe. Will stand daneben und flüsterte ihm Informationen zu. Bischof Ehrenfried wollte den Erbauer persönlich sprechen, hörte sich dessen Beweggrund an und gab die Erlaubnis.

An einem Sonntag im September, die Laubbäume am Ufer des Malbachs hatten schon ein paar bunte Blätter, versammelte sich am Nachmittag die Familie vor der Kapelle. Die Großmutter und die Tochter mit Ev-Marie auf dem Arm standen auf den Stufen, die hinunter zum Bach führten, der alte Will und sein Helfer Pawel nebeneinander auf dem kleinen Vorplatz. Durch die geöffnete Tür sah man Pfarrer Brönner im weißen Rauchmantel auf der eigens angefertigten Bank knien und hörte ihn die Weihegebete sprechen. Nachdem er mit Weihwasser von außen alle Seiten der Kapelle besprengt hatte und das Weihrauchfass schwenkend um sie herumgegangen war, schnallte der alte Will seine Knopfharmonika um und man sang das Marienlied »Meerstern wir dich grüßen«. Den Refrain: »Oh Maria hilf! Maria hilf uns allen aus unserer tiefen Not!«, sang das kleine Trüppchen besonders inbrünstig. Die Melodie schien Pawel zu kennen, denn er summte das Lied nach der zweiten Strophe mit. Er kämpfte mit den Tränen.

Auf der Malbachbrücke hatten sich inzwischen einige Sonntagsspaziergänger versammelt, die neugierig die Zeremonie verfolgten. Zwei Buben, die das Lied von der Mai-Andacht kannten, sangen es lauthals mit und Pfarrer Brönner winkte ihnen zu, denn er erkannte, dass sie zu den wenigen Ministranten gehörten, die ihm noch geblieben waren. Andere schüttelten den Kopf und drängten ihre Kinder weiterzugehen.

Als die Großmutter alle zu Malzkaffee und »Käseplootz« ins Wohnzimmer bat, wollte sich Pawel verabschieden, doch Will drückte ihn auf einen Stuhl: »Du g'hörst doch dazu! Ohne dich hätt' ich's net fertich gebracht! Ich bring dich nachert ins Lager. Du musst mir noch länger helf, denn unter die Kapelle haue mer en Bunker nei'n Fels.

Wo solle mer denn hi, wenn die Bomber komme? Bis mir im Luftschutzkeller vo de Malzfabrik sin, sin mer scho längst dod.« Pawel hatte sicher nicht alles verstanden, aber er spürte das Wohlwollen und die Dankbarkeit des Alten.

Als Pfarrer Brönner die Worte Bomber und Bunker hörte, bekreuzigte er sich: »Davor soll uns der Herr bewahren!«

»Hoffentlich hört mer des obe im Himmel un a in Berlin!«, meinte Will und musste sich von seiner Tochter einen Tritt unterm Tisch gefallen lassen. Die Großmutter verteilte ihren wunderbaren »Käseplootz«, dem der Pfarrer kräftig zusprach und auch Pawel saß entspannt in der Kaffeerunde.

Als Will seinen Helfer am späten Nachmittag mit einem Kuchenpaket in der Hand zurück ins Lager brachte und dem Kommandanten erklärte, dass er ihn weiterhin brauche, zog der nur die Augenbrauen hoch und meinte: »Will, treib's net auf die Spitze! Wie dei schwere Gartearbeit ausg'sehe hat, könne mer ja von der Malbachbrück aus seh! Des muss ich weitermeld! Nacher hörste von uns!«

Am Montag wartete Will vergeblich auf Pawel. Gegen halb zehn Uhr ging er zum Lager und fragte an der Pforte nach ihm. »Heut hat mer dreißig vo dene nach Schweinfurt transportiert. Da wird er dabei gewese sei!«

Will ging nach Hause. Er bat seine Frau, einen Stollen Brot, ein Glas mit Gänsegriebenschmalz, ein bisschen Salz und den Rest vom gestrigen Kuchen in ein Paket zu packen. Wenn er sich beeilte, konnte er den Zug um 12.15 Uhr nach Schweinfurt noch erwischen. Vorort fragte er sich durch. Man schickte ihn zum Zwangsarbeiterlager Obere Weide, dort war aber kein neuer Transport angekommen. Auch im Lager Mittlere Weide wusste man nichts von neuen Zwangsarbeitern. Will erkannte bald die Vergeblichkeit seines Unterfangens. Als er am Nachmittag eine Gruppe Frauen vor einer Baracke im Gras sitzen sah und beobachtete, wie sie mit der Hand einen Kanten Brot unter sich aufteilten, winkte er eine der Frauen heran und drückte ihr sein Paket in die Hand.

Den Zug um 17.59 Uhr erreichte er noch mit knapper Not.

Auch nach dem Krieg ging Will regelmäßig in seine Kapelle, setzte sich auf die Bank und hing seinen Gedanken nach. Die Amerikaner hatten ihn 1946 als Bürgermeister eingesetzt, weil er unbelastet war. Das war nicht allen recht, obwohl er vor dem Krieg schon jahrelang für die Bayerische Volkspartei im Stadtrat saß. Er versah das Amt, so gut er konnte, unterstützte den Flüchtlingskommissar bei der Unterbringung der Geflüchteten und nahm viele ins eigene Haus auf. Die ehemaligen Baracken des Zwangsarbeiterlagers richtete er für heimkehrende Soldaten ein. Zerlumpt und abgemagert machten viele dort Rast, hatten für eine Weile Unterkunft und Verpflegung, bis sie in ihre Heimat gingen oder das, was davon übrig geblieben war. »Rasthaus zur Heimkehr« stand auf dem Schild.

Er hatte Recht behalten, aber das nützte ihm jetzt wenig, ganz im Gegenteil. Es schien so, dass man ihm das stumm vorwarf, so als sei er mitverantwortlich dafür, dass das mit dem tausendjährigen Reich nicht geklappt hat. Auch die Tatsache, dass er sich bei der Entnazifizierung zurückhielt und meist gar keine Auskunft gab oder nur die benannte, die keine Nazis waren, machte ihn für etliche Malstädter unbeliebt.

Von den über fünfhundert jungen Männern waren ein Jahr nach Kriegsende erst knapp die Hälfte nach Hause zurückgekehrt. Von achtundachtzig wusste man sicher, dass sie gefallen waren und hundertsechsunddreißig waren noch nicht zurückgekommen. Sie waren vermisst, in Gefangenschaft geraten oder sie waren tot. Bei diesen Gedanken war er froh, dass er niemanden aus seiner engeren Familie zu betrauern hatte. Trotzdem bedrückte ihn die Not. Er sah die Kluft zwischen den Einheimischen und den Neubürgern, zwischen den Katholischen und den Evangelischen. Er sah das Misstrauen und den Neid und versuchte zu vermitteln. Und wenn einer auf die Flüchtlinge schimpfte, dann antwortete er nur: »Bei mir wohne viele. Des sin aach Leut'. Ich kann mich net beschwer.« Er war zwar »ein Hiesiger«, aber doch keiner von ihnen. Er spürte das Misstrauen und als zwei SPD-Stadträte ihm sogar unterstellten, er habe Baumaterial für den Privatgebrauch unterschlagen, trat er nach knapp zwei Jahren als Bürgermeister zurück. Er konnte zwar beweisen, dass die Anschuldigungen falsch waren, worauf man das Misstrauensvotum zurückzog, aber da wollte er nicht mehr. Die Malstädter wählten wieder den zum Bürgermeister, der es auch während des Krieges war.

Nun saß Will in der Kapelle. Die Untersuchung am Morgen hatte ihn ein bisschen aus dem Tritt gebracht. Beim Blick auf den Altarsockel fielen ihm die bunten Kieselsteine ins Auge, die ein Kreuz in einem Kreis darstellten. Pawel hatte die Idee gehabt und mit Hingabe die abgerundeten Steine wie ein Mosaik in den feuchten Putz gedrückt. Er stand auf, schloss die Tür und ging in die Werkstatt. Dort betrachtete er all die Handwerkszeuge, die sie beim Bau in Gebrauch hatten. Jeden Abend, bevor er wieder ins Lager zurückmusste, hatten sie alles gereinigt und wieder an seinen Platz gehängt. Darauf hatte Pawel großen Wert gelegt. Meist haben sie noch ein bisschen auf der Veranda gesessen, zusammen gevespert oder seine Frau hatte Brote für ihn zusammengepackt, die er mit ins Lager nahm.

Ob er wohl überlebt hat, der Pawel?

Will hegte noch immer väterliche Gefühle für ihn. Wie gern hätte er auch einen Sohn gehabt. Er blickte auf die geordnete Werkstatt, kurbelte noch ein Stück Holz aus dem Schraubstock. Er erinnerte sich nicht mehr daran, was er damit vorhatte und legte es beiseite. Dann schloss er die Werkstatt ab und deponierte den Schlüssel oben auf dem Türsturz, wie er es immer tat. Dort hatten im Frühjahr Spatzen ein Nest gebaut. Mit Wolfgang und der kleinen Anna lag er auf den Dielen des darüberliegenden Wäschebodens, auch wenn das seine alten Knochen nur noch mit Mühe mitmachten. Durch einen Spalt konnten sie ins Nest blicken und beobachten, wie die vier nackten Spatzen die Schnäbel aufsperrten, wenn sie von den Alten gefüttert wurden. Aber man musste mucksmäuschenstill sein und durfte sich nicht bewegen. Wolfgang und Anna haben das bestens geschafft und konnten gar nicht genug davon kriegen. Ein Lächeln ging über sein Gesicht, als er daran dachte.

Auf dem Weg hinüber zum Wohnhaus, hörte er schon von weitem Kuckuck und Wachtel halbzwölf ankündigen und setzte sich im Wohnzimmer an den Schreibtisch, holte sein Testament aus der Schublade und überflog es noch einmal. Da er nur ein Kind hatte, war die Sache einfach, aber er wollte, dass jetzt schon seine Enkelkinder bedacht würden. So verfügte er in einem handschriftlichen Zusatz, dass das Haus am Jakobsplatz in gleichen Teilen an seine Tochter und seine Enkelkinder gehen solle. Er legte das Dokument wieder an seinen Platz und verschloss die Schublade. Den Schlüssel dazu nahm er vom Schüsselbund, den er mit einer Kette an einer Schlaufe seines Hosenbundes befestigt hatte, und legte ihn in die Abteilung der Schreibtischgarnitur, in der die Tintenbleistifte lagen.

Paula läutete die Kuhglocke auf der Veranda, da es Zeit zum Mittagessen war und sie ihren Chef im hinteren Teil des Gartens vermutete. Man hatte dieses Zeichen vereinbart, denn lautes Rufen mochte Will nicht. Sie war erstaunt, dass er aus dem Wohnzimmer in die Küche kam und sich wortlos an den Tisch setzte. Sonst wollte er immer wissen, was sie am Vormittag gemacht habe und ob sie mit allem zurechtgekommen sei, heute war er jedoch einsilbig.

»Und? Was hat der Herr Doktor gesagt?«, fragte sie vorsichtig.

»Bis jetzt hat er nix g'funne, aber ich soll e mal ins Krankehaus un mich lass durchleucht,« sagte er müde. Paula schaute ihn groß an und schwieg. »Morche früh soll ich hin. Nüchtern.«

Nach dem Essen ging er hinüber ins Gartenhaus und legte sich auf das Sofa, das auf der überdachten Veranda stand und wo er bei gutem Wetter sein Mittagschläfchen hielt. Er konnte von dort aus die Birken sehen, die vor dem Haus standen und die drei Fichten oberhalb des Alpinums, die schon eine stattliche Höhe erreicht hatten. Er hörte, wie die Schulkinder auf dem Weg zum

Großenberg an seinem Grundstück vorbeigingen und mit Stecken an den Zaunlatten entlang ratterten. Früher wäre er aufgestanden und hätte hinausgerufen, ob das denn sein müsse. Er hörte, wie sein Nachbar Storath mit dem Fuhrwerk bei der Schule um die Ecke fuhr und die Pferde wieherten, weil sie den heimischen Stall schon rochen. Alles schien wie immer.

Josef Sturm, der Chirurg des Krankenhauses, kannte den alten Will. Er hatte dessen jüngste Enkeltochter mit auf die Welt gebracht und die Kunde, dass er, Will, wochenlang am Bettchen der Kleinen saß, sang und Fläschchen gab, war auch an sein Ohr gedrungen. Nun saß er klein und grau vor ihm und hörte, was Sturm nicht so leicht über die Lippen kam. Da wachse etwas in seinem Bauch und habe wahrscheinlich auch die Leber befallen. Mit Sicherheit könne man das aber nur nach einer Operation sagen. »Da müsse mer Sie aufmach un neiguck, Herr Will.«

Will wollte aber zubleiben. Da auch die Blutwerte kein gutes Bild ergaben, schlug der Arzt vor, er solle ein paar Tage zur Beobachtung im Krankenhaus bleiben, damit man sehen könne, ob die Medikamente anschlagen. Vielleicht könne er ja noch ein paar gute Tage haben. Will war noch nie im Krankenhaus gewesen, aber er spürte, dass da etwas in Gang gekommen war, wozu er nicht mehr die Kraft hatte, es aufzuhalten. Es war nicht die Zeit zu widersprechen und zu kämpfen.

Man hatte der kleinen Anna verschwiegen, dass der Opa im Krankenhaus lag. Wenn sie hinter in den Garten zu Paula kam, hieß es, der Opa sei ein paar Tage verreist. Sie half ihr beim Hühnerfüttern und Eier einsammeln, las auch das Fallobst auf, aus dem Kompott gekocht wurde, das wunderbar zu den Riwanzel schmeckte, die Anna gerne aß. Sie spürte jedoch, dass da eine Unruhe bei den anderen war und fragte, wann denn der Opa zurückkomme. Und als Paula die Tränen nicht mehr zurückhalten konnte, sagte ihr die Mutter, dass der Opa gestorben sei. Er sei im Himmel beim lieben Gott und bei der Oma. Das Kind stand mit fragendem Gesicht da. Es kannte weder den lieben Gott noch die Oma und schloss daraus, der Opa sei bei fremden Leuten. »Will er dort bleiben?«, fragte sie unsicher. »Ich denk schon«, meinte die Mutter.

Am Nachmittag nahmen sie Tell an die Leine, gingen die Allee mit den Kastanienbäumen entlang bis zum Friedhof. Mohr, der Totengräber, erlaubte nicht, dass der Hund mit in die Leichenhalle komme, Hunde müssten sich nicht verabschieden, wo käme man denn da hin. Der Nächste bringe dann seinen Gaul mit! Also banden sie Tell an der Eingangstür fest, wo er winselnd und jaulend an der Leine zerrte.

Der Opa lag im Sarg. Man hatte ihm seine Jägerkleidung mit den Hirschhornknöpfen angezogen und seinen Lieblingshut unter den Kopf gelegt, der in der Familie nur »das Alpenglühen« hieß, weil er das Mittelstück, das einmal zu nah ans Feuer geraten war, durch ein anderes Filzstück ersetzt hatte, das im Laufe der Zeit einen dunkelroten Schimmer bekommen hatte.

Es roch nach Blumen, aber unter deren Duft lag noch ein anderer Geruch, der Anna fremd war. Die Mutter griff nach einem Tujazweig, der in einer Schale mit Weihwasser lag, und sprengte damit ein Kreuz über ihren Vater. Die kleine Anna schaute sie entsetzt an: »Nicht, das hat der Opa nicht gern!« Mit einem Taschentuch aus ihrer Manteltasche wischte sie dem Opa die Wangen ab. Sie erschrak, als sie spürte, wie kalt sie waren.

Paula half beim Ausräumen des Hauses. Da sie sich alleine dort fürchtete, sollte sie für die Dauer dieser Arbeit vorne wohnen. Die Mutter ließ sich Zeit und konnte sich von vielem nicht trennen, hatte sie doch etliche Jahre ihres Lebens in diesem Haus verbracht. An Bildern und Gegenständen, die ihr Vater von seinen weiten Reisen mitgebracht hatte, hingen für sie die Erzählungen von diesen Reisen und damit vertraute Momente zwischen Vater und Tochter, die sie jetzt vermisste. Da waren das Panoramabild des Bosporus, die Kuckucksuhr, die Jagdtrophäen, der Briefbeschwerer mit dem gläsernen Ei auf der schwarzen Marmorplatte und natürlich die rotledernen Gesamtausgaben von Goethe, Schiller, Hebbel, Heine und anderen Dichtern. Das konnte sie doch nicht weggeben. Und so vieles aus dem Haushalt ebenfalls nicht. Zudem wurde im Hause Will nichts weggeworfen, was noch gut und brauchbar war. Sie verbrachte halbe Tage in dem Haus, räumte um, blätterte Fotoalben durch, sortierte Papiere und war froh, dass Paula vorne den Haushalt führte und sich um die Kinder kümmerte.

Als der Winter kam, machte sie Pause, denn das Haus war ungeheizt und unwirtlich. An manchen Tagen blieb sie länger im Bett. Ev-Marie war von Paula gut versorgt in die Schule geschickt worden. Sie hörte, dass Wolfgang mit der Märklin-Eisenbahn spielte, die er zu Weihnachten bekommen hatte und Anna war zu ihr ins Bett geschlupft und drückte sich fest an sie. »Erzähl mir von früher, vom Opa!«, bat die Kleine und hörte gebannt zu, wie die Mutter und der Opa vor Jahren auf dem Wendelsteingebirge in ein schlimmes Gewitter gekommen seien und nur deshalb überlebt hätten, weil sie sich flach auf die Erde gelegt haben. Auch über die Lieblingsgeschichte von beiden lachten sie immer wieder herzlich. Wie der Opa auf seiner Reise nach Paris im Speisewagen saß und, weil er kein Französisch konnte, dem Kellner auf der Karte zwei Gerichte zeigte, die dieser ihm bald servierte. Er hatte Austern mit heißer Milch bestellt. Beide hätten sich nichts anmerken lassen, als sei diese Kombination das Selbstverständlichste von der Welt.

Wenn Paula dann an der Schlafzimmertür klopfte, um zu fragen, was es denn heute zum Mittagessen geben solle, schwappte der Tag herein. Die Mutter und Anna zogen sich an und gingen in die Stadt, um einzukaufen. Die Stadt war vor der Haustüre, denn der Jakobsplatz grenzte an die Hauptstraße, schräg gegenüber lag der Marktplatz und um die Ecke kam man zum Rossmarkt. Anna ging gerne mit der Mutter einkaufen.

In der Metzgerei Haaf am Rossmarkt bekam sie meist ein Rädchen Fleischwurst und beim Lebensmittelhändler Kamm am Marktplatz ein paar »Zückerlich«, wie er sagte. Die Vorliebe für echten Schweizer Käse hatte die Mutter von ihrem Vater übernommen und Herr Kamm verkaufte den besten.

»Hundertfünfzig Gramm, in Scheiben bitte.«

In einem Holzkistchen lagen auf Pergamentpapier geräucherte Bücklinge. Mit halb geöffnetem Maul und toten Augen glotzten sie aus der Verkaufstheke und obwohl sich Anna vor diesen Fischen ein bisschen gruselte, war sie zufrieden, wenn sich die Mutter zwei davon einpacken ließ.

»Noch zwei Eckchen Velveta Streichkäse!«, damit war das Abendessen für Freitag gesichert. An diesem Tag führte Herr Kamm auch frischen Fisch, Kabeljau und Schellfisch. Mutter kaufte ihn nach Gewicht, denn meist saßen, die drei Kinder und Paula mit eingerechnet, sieben Personen am Mittagstisch, weil auch die Sprechstundenhilfe mitaß. Da musste sie einteilen und rechnen.

In dem kleinen Laden von Kamm roch es anders als im großzügigen Feinkostgeschäft Hofmann an der Hauptstraße. Hier die unverwechselbare Duftmischung aus Käse, Fisch, Maggi und Kernseife, dort der Duft von frisch geröstetem Kaffee und Südfrüchten. Anna ging lieber zu Herrn und Frau Kamm, denn dort durfte man sich aus einer Schachtel kleine Tierfiguren aussuchen. Ihr Bruder und sie hatten schon einen ganzen Zoo beisammen, und »Zückerlich« gab es obendrein. Bei Feinkost-Hofmann brauchte man Geduld. Man erhielt, wenn man eine bestimmte Tütensuppe kaufte, rechteckige Bildchen, die man sammeln und tauschen konnte. Hatte man eine größere Anzahl beisammen, erhielt man das dazugehörige Album, in das die Bilder einzukleben waren. Vater hasste Tütensuppen, er bezeichnete sie als »Faulweibersuppe«, weshalb es über ein Jahr dauerte, bis sie das Album voll hatten. Mit Mutters Hilfe klebten sie die Bildchen ein und konnten es kaum erwarten, bis sie ihnen am Abend »Wurzelputz – Die Geschichte eines kleinen Zwerges« vorlas.

Paulas Unterstützung im Haushalt und bei der Gartenarbeit war nicht mehr wegzudenken, zudem liebten die Kinder sie, besonders Anna und Wolfgang, denn sie verstand es, die beiden in die Arbeiten miteinzubeziehen. Sie störte sie nicht bei ihrem Spiel, aber wenn sie genug davon hatten und Abwechslung suchten, hatte sie immer kleine Aufgaben parat. Sie durften die Hühner füttern, hatten kleine Beete im Garten, wo sie Radieschen, Gelbe Rüben und ein paar Salatpflanzen beim Wachsen beobachten konnten. Sie halfen, beide Arme vor dem Körper gespreizt, beim Wolle-Aufwickeln und schauten missbilligend zu, wenn daraus Unterhosen gestrickt wurden, die Buben wie Mädchen bis weit ins Frühjahr über dem Schlüpfer tragen mussten, damit man auch zwischen Strumpf und Strapsen gewärmt war. Sie kratzten fürchterlich, aber die Mutter bestand darauf.

Samstag war ein besonderer Tag in der Woche. Nicht nur dass die Mutter zwei Kuchen buk, einen Blechkuchen für Samstag und einen runden Obstkuchen für Sonntag, sondern es war auch der Badetag der Kinder. Die ältere Ev-Marie durfte als erste in die Wanne, danach Wolfgang und Anna, denn die plantschten länger und Paula musste immer wieder warmes Wasser zulaufen lassen, weil das Badevergnügen kein Ende finden wollte. Dann frischer Schlafanzug, Ohrenausputzen auf Paulas Schoß und Milchsüppchen. Man saß gemeinsam auf dem Kanapee in der Küche, ein Überbleibsel aus Opas Pleite gegangenem Café Wittelsbach, hatte das Gesicht in Paulas Schürze versenkt und musste ganz stillhalten. Sie zog eine Haarklemme aus ihrer Frisur und säuberte damit vorsichtig die Ohren. Der Geruch von Paulas Schürze, der den Speisezettel der ganzen Woche in sich vereinte, das andächtige Stillhalten, die Vorfreude auf das Milchsüppchen und dass man ein bisschen länger aufbleiben durfte, um mit beiden Eltern im Wohnzimmer zu sitzen, das genossen die Kinder sehr.

Unter der Woche aßen sie mit der Mutter und Paula

meist alleine zu Abend, da der Vater noch unterwegs bei Patienten war und oft lagen sie schon im Bett, wenn er noch einmal hereinschaute und sie »raschelte«. »Rascheln«, das war das Vater-Ritual am Abend. Die Kinder streckten ihm aus den Kissen eine Hand entgegen, die er zwischen seine großen warmen Hände nahm und mit kurzen Bewegungen aneinander rieb. Das kitzelte auf wunderbare Weise. Fehlte das »Rascheln«, war an ein Einschlafen nicht zu denken. Wenn es auf sich warten ließ, weil der Vater noch in entfernt liegenden Dörfern unterwegs war, zum Beispiel in Filke, das ganz nah an der Zonengrenze lag, hatte Anna immer ein bisschen Angst um ihn.

Denn Vater hatte den Kleinen bei seinen Fahrten zu Krankenbesuchen, bei denen sie ihn begleiten durften, die Wachtürme und Schlagbäume gezeigt, »hinter denen der Russe lauert« oder die Ruine der Kirchenburg »Mauerschädel«, die im »Niemandsland« lag. All diese Namen ließen Anna ebenso erschauern wie die Berichte von Pilzsuchern, die aus Versehen über die Grenze geraten waren und dort für einige Zeit festgehalten wurden, oder von Menschen, die nachts »schwarz über die Grenze« kamen.

Was war, wenn abends der Nebel aufgezogen und die Schlagbäume und Grenzpfähle schlecht erkennbar waren, wenn der Vater von den Russen gefangen genommen worden wäre? Von russischer Gefangenschaft hatte sie immer wieder gehört. Hatte sich der Vater im Niemandsland verfahren? War da vielleicht niemand im Niemandsland, den er fragen konnte, wie er zurück nach Malstadt finde? Gab es vielleicht doch noch schwarze Ritter, die in der Burgruine mit Totenkopfgesichtern herumgeisterten?

Wie erleichtert war sie immer, wenn sie endlich den schweren Schritt des Vaters im Flur hörte und seine sonore Stimme. »War heute noch was los? Schlafen die Kinder schon?«, war die allabendliche Frage an seine Frau. Er öffnete vorsichtig die Tür und jemand von den Dreien war immer noch wach und rief: »Vati, bitte rascheln!« Dem kam er bereitwillig nach. Seine Frau hatte ihm inzwischen das Abendessen auf einem Tablett gerichtet. Er aß dann im Wohnzimmer, erzählte von seinen Patienten, ließ sich den Tag mit den Kindern berichten und welche Gute-Nacht-Geschichte sie heute gehört hätten.

In der Vorweihnachtszeit las die Mutter nach dem Abendgebet »Peterchens Mondfahrt« vor. Die Geschichte von Peterchen und seiner Schwester Anneliese, die gemeinsam mit dem Maikäfer Sumsemann auf die Sternenwiese flogen, um dort nach dem verlorenen gegangenen Bein des Käfers zu suchen. Obwohl sie wussten, dass es am Ende gut ausging, fieberten sie von Abend zu Abend mit dem Geschwisterpaar. Sie ritten mit ihnen und dem Sandmännchen auf dem großen Bären, fuhren Schlitten auf der Milchstraße oder trafen im Schloss die Nachtfee, den Regenfritz, die Windliese und den Donnermann.

Nach Weihnachten waren die klassischen Märchen dran. Vor allem die orientalischen hatten es Anna angetan. »Der kleine Muck«, »Der fliegende Teppich« oder »Der Geist aus der Flasche«. Da gab es keine Wölfe oder bitterböse Gestalten, sondern herrliche Sultanspaläste, durch deren Gänge Anna im Traum ging, gekleidet in lange Gewänder mit Gold und Perlen verziert, wartend auf einen Prinzen, der sie auf einem weißen Ross in den Palast brächte.

Vor Weihnachten und noch lange danach beschäftigte die Kinder des Doktors und die Freunde aus der Nachbarschaft noch eine andere Geschichte, nämlich die Erzählung von Engeln. Es war die Rede von Schutzengeln, aber auch von Engeln, die das Christkind beim Liefern der Weihnachtsgeschenke unterstützen, und die Neugier der Kinder war geweckt.

Drei Wochen vor Weihnachten mussten bis auf die Plüschtiere alle Puppen von Anna, Wolfgang und Ev-Marie in einem Pappkarton »zum Christkind verreisen« und saßen dann an Heiligabend mit frisch gestrickten Kleidchen wieder unterm Tannenbaum. Den Moment, wo das Christkind seine Engel nach Malstadt schickte, um den Karton vom Balkon zu holen, verpassten die Kinder regelmäßig, obwohl sie lange geduldig hinterm Fenster saßen und sich die Nasen plattdrückten. Meist kamen die Engel während dem Zähneputzen und Ev-Marie, die schon etwas länger aufbleiben durfte, behauptete, sie hätte auf dem Balkon etwas Weißes gesehen, was aber ganz schnell um die Ecke gebogen sei.

Dietrich Anhold, der mit seiner Mutter und seiner Schwester Angela in drei Räumen im dritten Stock wohnte, sagte, dass das mit den Engeln alles Unsinn und Kinderkram sei. Er sei schon zwölf und habe sein Lebtag noch keinen Engel gesehen. Aber Harry, der mit Mutter und Großmutter im vierten Stock unterm Dach wohnte und in Annas Alter war, bezweifelte dies. Es könnte ja sein, dass die Engel nur zu den Katholischen kämen, die Anholds kämen aber aus Thüringen und seien evangelisch.

Man beriet die Engelfrage bei Jutta und Sabine Reichelt, die neben Harry ebenfalls im vierten Stock mit ihren Eltern und dem taubstummen Bruder der Mutter in drei winzigen Räumen wohnten. Von dort aus hatte man einen herrlichen Blick über die Dächer von Malstadt und konnte den Luftraum bis zum Hainberg und zum Sonnenland, wo viele evangelische Flüchtlinge wohnten, bestens beobachten. Wenn also Engel flögen, dann müsste man sie von dort aus sehen.

Frau Reichelt verfolgte schmunzelnd die Gespräche der Kinder, während sie Juttas Lieblingskuchen, den »Kalten Hund« zubereitete. Sabine und Harry blickten durch die Dachluke des Schlafzimmers, Jutta, Anna und Wolfgang durch das Fenster der Wohnküche und riefen sich durch die geöffnete Tür ihre Beobachtungen zu. Außer Spatzen, Meisen und den Tauben des Nachbarn flog nichts.

Frau Reichelt blickte auf die Uhr. Bald würden ihr Bruder und ihr Mann von der Arbeit nach Hause kommen, dann wäre man zu acht in den kleinen Räumen. Sie rief die Kinder zusammen und erklärte, dass es natürlich Engel gäbe, aber sie flögen überwiegend nachts und tagsüber könne man sie nicht sehen. Und es sei ihnen egal, ob jemand evangelisch oder katholisch sei oder schwarz oder weiß. Und gerade die Flüchtlinge hätten gute Schutzengel gehabt, sonst wären sie nämlich nicht da. Dass ihr Mann und sie sich nach dem Krieg hier in Malstadt wiedergefunden hätten, hätte wahrscheinlich mit einem aufmerksamen Schutzengel zu tun. Das schien den Kindern glaubhaft. Anna meinte, dass der Dietrich bestimmt auch einen Schutzengel habe, denn sonst wäre er ja nicht da. »Das müssen wir ihm unbedingt sagen.« Die andern nickten und man ging einen Stock tiefer, um bei Anholds zu klingeln.

Während man darauf wartete, dass jemand an die Tür kam, war auf einmal im zweiten Stock große Unruhe.

Wolfgang sah vom Treppenabsatz aus, wie Herr Johannson Selma, das Dienstmädchen, auf dem Arm die Treppe hinuntertrug, gefolgt von seiner Frau, die nur jammerte: »Mein Gott, Selma, was machst du denn!« Sie rief ihrer Schwiegermutter zu, sie solle Lilian fernhalten.

Annas Mutter kam, durch den Lärm im Treppenhaus ebenfalls aufgeschreckt, vor die Tür und erkannte sofort die Lage. »Mein Mann ist noch nicht da! Geht am besten gleich ins Krankenhaus, aber vorher die Handgelenke abbinden.« Sie rannte in die Praxis, holte Mullbinden und legte fachmännisch zwei Druckverbände an. Als Krankenschwester hatte sie das gelernt. »Ich ruf dort an, dass die gleich mit einer Tragebahre entgegenkommen! Und ihr Kinder geht jetzt alle heim!« Sie begleitete Herrn Johannson mit Selma auf dem kurzen Weg zum Krankenhaus, hielt dabei Selmas beide Arme hoch und war froh, dass es schon dunkelte und keine Gaffer auf den Gassen waren.

Harrys Mutter war noch nicht zu Hause und bei seiner Großmutter, die schon ein bisschen sonderlich war, wollte er nicht bleiben, so nahm Frau Reichelt den verstörten Jungen mit zu sich.

Paula holte Anna und Wolfgang in die Küche und machte ihnen ein Milchsüppchen, obwohl es kein Samstag war. Als sie auf der Treppe Geräusche hörte, schaute sie nach und sah, wie Frau Johannson rote Flecken wegwischte.

Nach zwei Stunden kam die Mutter vom Krankenhaus zurück, die Kinder lagen schon im Bett und hörten durch die Tür, wie sie zu Paula sagte: »So ein dummes Ding, die Selma! Deswegen wirft man doch nicht sein Leben weg! Aber sie hat einen guten Schutzengel gehabt und ist noch mal davongekommen!«

Anna kletterte zu Wolfgang hoch ins Bett, kuschelte sich an ihn und sagte: »Siehste, der Dietrich hat doch nicht recht!«

Die Sache mit Selma war am nächsten Tag Gespräch im ganzen Haus. Vor allem die alte Frau von Rohm, die mit ihrer Schwester auf dem gleichen Stock wie Johannsons wohnte, ereiferte sich. Selma hätte ihr schon immer einen unglücklichen Eindruck gemacht. Das arme Dinge habe in der Besenkammer schlafen müssen und hätte gar nicht gewusst, wo sie ihren Platz hätte. So ein junges Mädel wolle doch auch mal zum Tanzen oder zu anderen jungen Leuten, aber das habe sie alles nicht gedurft. Und weiß der Himmel, was sie alles auf der Flucht mitgemacht habe! Sie strich über ihre Spitzenhandschuhe, die nur bis zum ersten Fingerglied reichten, und rückte ihr Hütchen zurecht.

Herr Weißbecker, der im Erdgeschoss zum Hinterhof hin sein Zahntechnikerlabor hatte und im Raum daneben mit seiner Frau wohnte, stand vor seiner Tür und machte gerade eine Zigarettenpause, als Frau von Rohm ihm ihre Erkenntnisse mitteilte. Er habe nichts dergleichen beobachtet, aber das Wichtigste sei doch, dass sie überlebt habe, vielleicht sei sie ja unglücklich verliebt gewesen. Das käme bei jungen Mädchen vor, und bei einem so hübschen allemal.

Frau von Rohm merkte, dass ihre kritischen Anmerkungen nicht auf fruchtbaren Boden fielen, drehte sich um und wies ihre Schwester Hanna, die gerade vom Einkaufen kam, an, doch anschließend einen Korb Holz aus der Holzlege hochzutragen, da man um diese Jahreszeit noch heizen müsse. Hanna trug eine blaue Kittelschürze und hatte ihre dünnen Haare am Hinterkopf zu einem Knoten zusammengeflochten. Sie war im Gegensatz zu ihrer Schwester unverheiratet geblieben und lebte bei ihr als Dienstmädchen. Frau von Rohm gehörte nicht zu den Flüchtlingen. Sie hatte vor Jahren Herrn von Rohm geheiratet und durch ihn bessere Zeiten gesehen. Nun war sie Witwe mit kleiner Rente, was sie aber nicht davon abhielt, sehr damenhaft aufzutreten. Spitzenhäubchen und Stockschirmchen gehörten ebenso zu ihrer Garderobe wie ein Gobelintäschchen. Das »von« war ihr äußerst wichtig und dass Hanna ihre Schwester war, hatte man im Haus nur zufällig erfahren.

Die alte Frau Johannson hatte vom Küchenbalkon das Gespräch im Hof mit angehört und mischte sich ein. Frau von Rohm solle sich um ihre eigenen Angelegenheiten kümmern und überhaupt: Wer die eigene Schwester wie ein Aschenputtel behandle, habe nicht das Recht, sich über das Personal der anderen so zu äußern. Sie solle die Nase nicht so hochtragen. Ihr »von« sei gar kein echter Adel, sondern lediglich Briefadel.

Frau von Rohm blickte empört nach oben: »Das hat ein Nachspiel! Zum Glück hat Dr. Mehlert seine Kanzlei bei mir!« Sie hatte einen Raum ihrer Wohnung an den Rechtsanwalt untervermietet, der, aus Thüringen kommend, in Malstadt Fuß fassen wollte. Auch er hatte bessere Zeiten gesehen und ließ im Gespräch gerne einfließen, dass sein Vater seinerzeit als Hofbaurat das Meininger Theater gebaut habe. Dr. Mehlert hörte seiner Vermieterin zu, die aufgebracht und ohne anzuklopfen in seinem Kanzleiraum auftauchte und meinte schließlich, dass diese Sache keinen Rechtsstreit wert sei. Obwohl er Hände ringend nach Mandanten suchte, beschwichtigte er die alte Dame. Sie wisse doch, woher ihr »von« stamme und »Adel« komme von »edel« und das zeige sich vor allem in Großzügigkeit. »Wir wollen doch alle hier im Haus in Frieden leben, Krieg haben wir wahrhaftig lange genug gehabt!«. Damit komplimentierte er Frau von Rohm hinaus.

Auch im Hinterhaus hatte man die laute Auseinandersetzung gehört. Herr Böhm sagte zu Oma Grau, die gerade ihre Betten über die Teppichstange hängte: »Die im Vorderhaus haben Sorgen, da kann unsereiner nur von träumen!« Sie zuckte mit den Schultern und ging wortlos zurück, um den Teppichklopfer zu holen. Der Stoff des roten Inletts für die Betten war Fahnenstoff, den hatte sie von einem Geschäftsmann aus der Hauptstraße geschenkt bekommen. »Damit kann ich jetzt nichts mehr anfangen «, hatte der gesagt. Oma Grau hatte das weiße Emblem mit dem schwarzen Kreuz abgetrennt. Eine Fahne hatte genau für ein Inlett gereicht. Dort wo der Kreis mit dem Emblem war, war das Rot dunkler. Sie begann die Betten auszuklopfen und als sie auf die dunklere Stelle kam, klopfte sie kräftiger, so, als säße dort besonders viel Staub.

Die Kinder im Haus waren eine eingeschworene Gemeinschaft, vor allem weil auch die meisten im gleichen Alter waren. Sie besuchten einander und spielten zusammen. Im Winter traf man sich bei Anna und Wolfgang im Zimmer, wo noch Eisenbahn, Kaufladen und Puppenküche bis zum Beginn der Faschingszeit aufgebaut waren. Dort kochten sie auf dem kleinen Elektroherd aus einem Maggi-Würfel und einer Hand voll Fadennudeln Suppe und konnten sich nicht vorstellen, dass irgendetwas besser schmeckt. Zu Annas Geburtstag vor Weihnachten waren alle Kinder aus dem Haus und der Nachbarschaft eingeladen. Man spielte Topfklopfen, »Hänschen piep einmal« oder Blinde Kuh. Annas Mutter hatte Blechkuchen gebacken und dazu gab es Vanillemilch, da der Kakao so schlimme Flecken auf der Tischdecke macht, wie sie sagte. Roland konnte nicht genug davon bekommen und meinte, die Kühe seines Vaters würden nicht so eine leckere Milch geben. Annas Vater erkläre ihm mit ernster Miene, sie hätten eine eigene Vanillekuh, die stünde in der Holzlege, aber leider könne nur Paula sie melken, deswegen gebe es die Vanillemilch nur zu besonderen Gelegenheiten.

Im Sommer spielten sie gerne hinten im Garten, wo nach Opas Tod eine Familie mit drei Jungs eingezogen war: Karl, Dieter und Heinz. Sie waren zwar ein wenig älter und gingen alle schon in die Schule, aber man konnte sie bitten, einen beim Schaukeln anzuschieben. Und als eine Tischtennisplatte angeschafft wurde, waren sie begehrte Mitspieler.

Opas Gartenhaus war für die Kinder wie ein Palast. Man spielte »Vaterles und Mutterles« und manchmal auch »Doktorles«. Vom Vater hatten sie ein ausgedientes Hörrohr und etliche Tablettenröhrchen, mit denen in allen erdenklichen Körperöffnungen das Fieber gemessen wurde, um schließlich festzustellen: «Du musst ins Krankenhaus und operiert werden!«, was der »Patient« gelassen hinnahm. Eine Schubkarre diente als Krankentransporter. Und wenn der »Doktor« Seeluft verordnete, fuhren sie damit ans Malbachufer und legten den »Patienten« ins Gras.

Einmal kam beim Spielen Herr Rundel dazu, der noch mit seiner Frau in Opas Haus unterm Dach wohnte.

Ob sie mal was Besonderes sehen wollten, fragte er. Er könne ihnen das im Bunker unter der Kapelle zeigen. Die Kinder folgten ihm gespannt. Im Bunker öffnete er seine Hose und nahm etwas Zitterndes heraus, das er versuchte mit der anderen Hand zu beruhigen. Ob einer es auch einmal anfassen wollte? Man müsse aber aufpassen, denn es spucke schnell. Sie starrten in einer Mischung aus Neugierde und Scheu darauf und hatten das sichere Gefühl, dass sie das besser lassen sollten. Herr Rundel packte es wieder weg und meinte, sie sollten sein Geheimnis niemandem verraten, sonst sterbe das Tier. Daran hielten sie sich.

Den Neid der ganzen Kindertruppe im Haus erregte Lilian, weil sie zum Geburtstag einen Wipp-Roller geschenkt bekommen hatte. Leuchtend blau lackiertes Gestänge, weiße Ballonreifen, ein Traum! Wenn man auf dem Trittbrett stand, konnte man es durch Gewichtsverlagerung der Füße nach oben und unten drücken und durch diese Bewegung wurde mit einer Zahnstange die Kraft auf das Hinterrad übertragen. So bewegte man sich vorwärts, ohne dass man den Fuß vom Trittbrett nehmen und anschieben musste. Alle waren begeistert und es war eine besondere Gunst, wenn man damit eine Runde um den Block fahren durfte. Annas erster Versuch, sie kannte bisher nur ihren kleinen Holzroller, endete mit Schimpf und Scham. Lilian erlaubte jedem nur eine kleine Runde zu drehen. Anna bog vom Jakobsplatz links in die Brandgasse und wieder links in die Bauerngasse, hatte gerade zweimal gewippt, als sie dort auf unerwartete Hindernisse stieß. Arbeiter waren dabei, die Frostaufbrüche im Straßenbelag mit Teer und Split aufzufüllen. Im Zickzack versuchte sich Anna durchzuschlängeln, hatte das Fluchen der Arbeiter im Ohr: »Herrgottzack, ja muss denn da grad jetzt Roller g'fahre sei?!« Um diesem Schimpfgewitter zu entrinnen, wippte sie zweimal kräftig, nahm so mehr Fahrt auf als es für das Abbiegen in die Jakobsgasse hilfreich gewesen war, geriet ins Schlingern und konnte den Sturz nicht mehr verhindern. Jetzt bloß den Wipp-Roller nicht gefährden, ging ihr durch den Kopf, stieß ihn von sich weg und schon lag sie mit einer Hand und einem Fuß in dem frisch geteerten Loch. Dem Roller war zum Glück nichts passiert.

»Siehste Mädle, des haste davon!«, lachte einer der Arbeiter, der unter den Malstädtern nur unter dem Spitznamen »Froschaugenkönig« bekannt war, weil er so hervorstehende Augen hatte. Die anderen Arbeiter lachten mit. Mit hochrotem Kopf stand sie auf und schob den Roller in die Gasse. Als sie außer Blickweite war, überprüfte sie das Gefährt. Es hatte an der Unterseite ein paar winzige schwarze Teerspuren. Die würde Lilian nicht sofort entdecken. Das blutige Knie, der aufgeschürfte Handballen und die schwarzen Spuren auf der Dirndlschürze konnte sie verschmerzen.

Als sie am Jakobsplatz um die Ecke fuhr, riefen die andern schon: »Ja, wo bleibst du denn?« Sie drückte Angela aus dem dritten Stock, die schon sehnsüchtig wartete, wortlos den Lenker in die Hand und verschwand schnell hinter der Eingangstür. »Ich muss noch der Paula helfen!«, rief sie den andern zu.

An das andere Ufer des Malbachs führten zwei eng aneinander gelegte Balken, die, weil sie im Schatten hoher Ahornbäume lagen, feucht und bemoost waren. Es zählte zu den besonderen Mutproben, auf diesen rutschigen Balken über das Bachbett zu balancieren. »Ein Schritt daneben kostet das Leben«, war der wenig ermunternde Ruf derer, die schon auf der anderen Seite warteten, dass in der Wildnis dort das Spiel weitergehen könne. Und immer wieder fiel jemand in den Bach, der unter Tränen und dem Gelächter der anderen tropfnass nach Hause musste.

Es war Wolfgang, der entdeckt hatte, dass die Erde auf der jenseitigen Bachseite sehr lehmig war. In seinem Sammelalbum »Zwischen Urwald und Steppe«, das durch eifrigen Margarine-Kauf schon fast vollständig war, hatte er gesehen, dass in Afrika und Südamerika die Ureinwohner in Lehmhäusern wohnen.

Das Bauen des Lehmhauses nahm fast einen ganzen Sommer in Anspruch. Als es fertig war, konnten drei Kinder in gebeugter Haltung darin sitzen und mit Opas Fernglas »Urwald und Steppe« absuchen, ob sich von irgendwoher feindliche Stämme näherten. Meist kamen sie auf dem Wasserwege. Mit Steinen hatten die Kinder ein Stück Malbach zu einem kleinen Hafenbecken aufgestaut, in dem sich im Frühsommer Kaulquappen tummelten. Das waren die Russen. Im Herbst kamen die Amerikaner in braungefleckter Tarnkleidung. Das waren im Wasser schwimmende Blätter, die den Eingang zum Hafen verstopften. Diese »Feinde« behinderten das Spiel und wurden fluchend entfernt.

Und als Anna in einer Truhe im Gartenhaus einen quadratischen Wimpel aus rotem Stoff mit der Aufschrift EIS entdeckte, ein Überbleibsel aus dem Café Wittelsbach, hatte das Lehmhaus auch eine Fahne auf dem Dach, die anzeigte, dass die Lehmhausbewohner zu Hause waren.

Es war ein Sonntag, als Onkel Hans, der Bruder des Vaters, die rote Flagge auf dem andern Ufer entdeckte. Er zückte seinen Fotoapparat, in den er zur Feier des Tages einen Farbfilm eingelegt hatte, und die rote Fahne inmitten des grünen Urwalds schien ihm ein gutes Motiv zu sein. Onkel Hans verbrachte wie so oft seinen Jahresurlaub in Malstadt. Er war noch unverheiratet und die ganze Familie freute sich, wenn er da war, denn er fotografierte die Kinder, erledigte kleine Reparaturen im Haus, war ein ideenreicher Mäusefänger und saß am Abend gerne mit Vater zusammen. Es verging keine Viertelstunde, und die beiden erzählten vom Krieg. Die Kinder saßen staunend dabei. Alles schien ein großes Abenteuer gewesen zu sein. Und Onkel Otto, der jüngste Bruder, der habe die Türme von Moskau in der Ferne gesehen, wie er in seinem letzten Feldpostbrief geschrieben habe. Wolfgang, der als zweiten Namen den des gefallenen Bruders trug, schluckte. »Wie alt ist er geworden?«, wollte er wissen. »Fünfundzwanzig Jahre«, meinte die Mutter und ergänzte, er sei der lustigste und der hübscheste der vier Brüder gewesen.

Einmal, erzählte Onkel Hans in das kurze Schweigen am Tisch, da hätten sie in Russland bei einem Bauern ein Schwein organisiert und einer von ihnen, der Metzger gewesen sei, hätte es geschlachtet und weil sie dem Besitzer die Innereien wieder gegeben haben, hätte der ihnen aus Dankbarkeit Kartoffeln gegeben und zum Schluss auch noch Wodka rausgerückt. Es sei ein wunderbares Fest gewesen. So könne der Russe eben auch sein, wenn er kein Gewehr in der Hand habe. Und die Tochter des Bauern, Svetlana, ein verflixt hübsches Ding, sei mit ihm ein paar Monate lang mitgezogen. Onkel Hans kam richtig ins Schwärmen und als die Kinder fragten, wie es denn weitergegangen sei, meinte er: »Die russische Artillerie hat uns unter Dauerbeschuss genommen. Da hab' ich die Svetlana heimgeschickt. Die hätten mich gelyncht und sie auch.«

»Was ist lynchen?«, wollte Anna wissen. »Aus Eifersucht töten. Und da war der Russe nicht zimperlich!«, sagte Onkel Hans.

Als die Mutter die Kinder ins Bett brachte und Wolfgang nach dem Abendgebet fragte, ob denn der Onkel Otto bei seiner Taufe dabei gewesen sei, denn er sei auf keinem Foto zu sehen, erklärte sie:

»Nein, der Otto ist schon 1943 gefallen und du bist erst 1947 geboren.«

Warum er denn nach einem Toten benannt worden sei? Er hätte ihn so gerne kennengelernt. Die Mutter wusste keine Antwort, die das Kind verstanden hätte, wich aus und sagte: »Weil der Otto so ein hübscher und lustiger Kerl gewesen ist, haben Vati und ich gedacht, der Name passt zu dir.«

»Gell, ich muss aber nicht so bald sterben, wie der Onkel Otto?«

»Nein, nur im Krieg sterben die Männer jung. Jetzt haben wir Frieden.«

Nach einer Woche holte Onkel Hans die entwickelten Fotos von der Drogerie Werner aus der Oberstadt. Man saß gemeinsam auf dem Sofa und kommentierte mit viel Gelächter jedes einzelne Bild. Anna auf der Schaukel, die Mutter beim Hühnerfüttern, die drei Gören, wie der Vater seine Kinder nannte, wie sie auf dem Balkon den Puddingtopf ausschlecken, die Familie auf der Lichtenburg, Anna mit der Gasmaske vor dem Gartenhaus und schließlich das Lehmhaus auf dem anderen Ufer mit der roten Eisfahne auf dem Dach.

»Sieht auf dem Bild aus wie eine Hakenkreuzfahne!«,

meinte Onkel Hans lachend. Der Vater schaute sich das Foto genauer an. Die Ähnlichkeit der Eisfahne in Farbe und Schrift war ihm bisher noch nicht aufgefallen und so bestimmte er kurzerhand, dass die Fahne nicht mehr verwendet werden dürfe. Die Kinder protestierten unterstützt von der Mutter, dass doch jedermann sehen könne, dass da EIS stünde. Doch Vater ließ nicht mit sich reden.

»Die Fahne kommt weg, keine Widerrede, und bei Gelegenheit näht euch die Mutti eine neue, vielleicht eine blaue mit einer Sonne drauf.«

Onkel Hans taten die Kinder leid und man suchte gemeinsam in der Lappenkiste nach Stoffresten, die sich für eine Fahne eignen könnten. Er drängte die Mutter, schon am nächsten Morgen die Schranknähmaschine aufzuklappen und eine neue Fahne zu nähen. Bei der Gelegenheit ölte er das Gerät und zog alle Schrauben fest. Mutter entdeckte in der Lappenkiste noch zwei ausgediente Vorhänge, aus denen sie, weil die Nähmaschine schon mal offen war, für Wolfgang und Anna Messgewänder nähen wollte, denn die beiden und die Nachbarskinder spielten mit Begeisterung »Pfarrerles« und jeder tote Vogel, eine überfahrene Katze, in der Not tat es auch mal eine Schnecke, wurde mit einer Prozession durch den Garten zu Grabe getragen. Man sang auf Lateinisch oder was man dafür hielt: »Tantum ergo lakritzentum ... « Mit einem Gießkännchen wurde »Weihwasser« nach rechts und links verspritzt und einer hielt wie ein Kreuz einen Spaten hoch, mit dem dann das Grab ausgehoben wurde. Spezielle Gewänder würden den Kindern sicherlich den Verlust der EIS-Fahne verschmerzen lassen.

Als Onkel Hans die Lappenkiste schließen wollte, entdeckte er dort frische Mäuseköttel und an einer anderen Stelle auch ein Einschlupfloch.

»Anneliese, du hast Mäuse in der Wohnung!«, verkündete er seiner Schwägerin. Eine schlimmere Mitteilung konnte er ihr nicht machen, denn vor nichts fürchtete sich die Mutter mehr als vor diesem grauen Kleingetier. Wenn sie hinten im Garten ein Mauseloch entdeckte, stopfte sie den Gartenschlauch hinein und drehte das Wasser voll auf. Diese Methode der Mäusebekämpfung verbot sich von selbst in der Wohnung. Onkel Hans suchte am Standort der Lappenkiste, die in einem Einbauschrank im Bad ihren Platz hatte, nach weiteren Spuren und wurde fündig. Die Diagnose war eindeutig: Die Mäuse kamen aus dem Nachbarhaus, worüber sich Mutter nicht wunderte.

Onkel Hans ließ sich ein paar Scheibchen geräucherten Speck geben und den Blocker, mit dem Paula die Böden bohnerte. »Macht ihr mit?«, fragte er Wolfgang und Anna. »Ihr müsst aber ganz still sein und Geduld haben.« Beides versprachen die Kinder mit großem Ernst. Den Speck schnitt er in kleine Würfel und legte eine Spur von dem Loch in der Schrankwand bis vor die Badewanne. Dann stieg er mit dem Blocker in die Wanne und bedeutete ihnen, das gleiche zu tun.

»Jetzt riecht die Maus nicht uns, sondern nur noch den Speck«, flüsterte er und hielt mit beiden Händen den Blocker etwa zwanzig Zentimeter über den letzten Speckwürfel.

»Und jetzt still, kein Mucks!« Sie standen zu dritt nebeneinander in der Wanne, Onkel Hans in der Mitte. Da das Bad kein Fenster hatte, sondern nur ein Oberlicht zum Nebenraum, war es ziemlich düster. Die Kinder sahen nach einiger Zeit, dass der schwere Blocker in seiner Hand schwankte und befürchteten ein vorzeitiges Ende der Jagd. Doch dann, sie blickten sich mit großen Augen an und nickten einander zu, dann hörten sie ein leises Geräusch. Die Maus machte sich an einigen Speckwürfeln zu schaffen und als sie vor der Badewanne ankam, ließ Onkel Hans den Blocker nach unten sausen. Man konnte ein quetschendes Geräusch vernehmen und sein seufzendes »Geschafft!«

Onkel Hans stieg aus der Wanne, knipste das Licht an und hob den Blocker hoch. Darunter lag eine flache Maus, die alle Viere von sich streckte, eine dünne Blutspur kam aus ihrem Maul. »Volltreffer!«, meinte er. Die Kinder schauten erst die Maus und dann den Onkel an. Echte Freude über das Jagdglück wollte bei beiden nicht aufkommen. Doch Onkel Hans meinte zufrieden, sie hätten einen Tapferkeitsorden verdient.

»Die Maus müssen wir morgen im Garten beerdigen«, sagte Wolfgang.

Bei solchen Aktionen war Ev-Marie selten dabei. Die vier Jahre Altersunterschied, die sie von den Kleinen trennte, war auch eine Trennung der Interessen und des Freundeskreises. Es war ihr lästig, auf die Geschwister immer Rücksicht zu nehmen und den Satz: »Jetzt sei doch vernünftig! Du bist die Ältere!«, wollte sie nicht mehr hören.

Als die Entscheidung anstand, nach der Grundschule auf eine weiterführende Schule zu wechseln, äußerte sie den Wunsch auf ein Internat zu gehen. Eine ihrer Klassenkameradinnen wechselte nach Bad Kissingen in ein von Ordensfrauen, den Englischen Fräulein, geführtes Mädcheninternat. Auch Zissy, die einzige Tochter von Frau Zißler, die zusammen mit Mutter und Großmutter im dritten Stock neben Anholds wohnte, war in diesem Internat und schwärmte nur so davon. Ev-Marie, die etliche Jugendbücher, die in Internaten spielten, gelesen hatte, versprach sich Herrliches davon und vor allem, dass sie sich ohne die kleineren Geschwister im Schlepptau freier bewegen könne. Mutter, die selbst ein paar Jahre in einem Schweizer Internat in Ingenbohl verbracht hatte, war nicht abgeneigt. Auch der Vater war mit seinen vier Brüdern in einem Internat der Steyler Patres in Weiden in der Oberpfalz gewesen und die vier hätten dort allerhand Lustiges angestellt, wie er gerne erzählte. Die Eltern konnten sich also dem Wunsch ihrer Tochter schlecht verschließen.

Ev-Marie wurde bei den Englischen Fräulein angemeldet und von der Hausnäherin Frau Hartmann mit einigen neuen Kleidern ausstaffiert. Die Mutter war Tage damit beschäftigt, Unterwäsche, Handtücher, Bettwäsche mit Namensschildchen zu versehen. Auf der Ausstattungsliste war auch zu lesen, dass die Schülerinnen, wollten sie Butter, statt der vom Internat angebotenen Margarine essen, diese selbst mitzubringen hätten. Auch die Butterdose sei mit dem Namen zu kennzeichnen.

»Wir haben immer Butter auf dem Brot gehabt, selbst in der schlechten Zeit«, verkündete die Mutter und besorgte im nahen Haushaltsgeschäft eine runde Dose mit Schraubverschluss. Auf den Deckel klebte sie einen Streifen Heftpflaster und schrieb mit Tintenblei den Namen ihrer Tochter darauf.

Zwei Tage vor dem Ende der großen Ferien, es war ein Sonntag, brachten die Eltern Ev-Marie mit Sack und Pack nach Bad Kissingen. Stolz trug sie ihr neues Köfferchen, hellgrün mit dunkelgrün abgesetzten Ecken, zum VW-Käfer und verstaute es hinter der Sitzbank. Wolfgang,

Anna und Paula standen auf dem Jakobsplatz und winkten.

Als die Eltern ohne die Älteste zurückkamen und man nur noch zu fünft beim Abendessen saß, meinte der Vater: »Sie wird sich schon eingewöhnen!« Mutter hatte glasige Augen und nickte. Paula hatte Wurstsalat mit viel Zwiebeln zubereitet, weil das »der Herr Doktor doch so gerne isst«. Er legte sich jedoch nur ein paar Wursträdchen auf den Teller und tunkte das Brot in die Essigsoße. »Bier haben wir keins daheim?«, wollte er wissen. »Ich kann schnell beim Ulrich eins holen ... bin in ein paar Minuten wieder da!«, sagte Paula und war schon dabei, sich die Schürze abzubinden, um sich im Gasthaus Ulrich an der Ecke einen Krug Fassbier zapfen zu lassen. »Nein, lass nur, dann trink ich noch ein bisschen Tee!«

Die Mutter strich sich bedächtig Butter aufs Brot, streute Schnittlauchröllchen und Salz drauf und schnitt es in »Reiterchen«, wie sie es für die Kinder immer tat.

»Ob die Butter der Ev-Marie für vierzehn Tage reicht?«, fragte sie halblaut.

»Sie hat Taschengeld und kann sich Butter kaufen und wenn nicht, isst sie halt Margarine! Im Krieg draußen hatten wir auch keine Butter und haben überlebt!«, fuhr er seine Frau unwirsch an. Sie blickte ihren Mann am gegenüberliegenden Ende des Tisches wortlos an.

»So, ihr Zwei zieht euch jetzt aus, putzt die Zähne und dann geht's ab ins Bett!«, meinte Paula.

Die beiden spürten, dass es heute besser wäre, ohne Verzögerung zu folgen, halfen ihr noch beim Abräumen und gingen ins Bad. Auf dem Weg dorthin rief Anna ihrem Vater zu: »Gell, du kommst aber noch zum Rascheln?«

»Freilich, alles wie immer!«, sagte der und trank den letzten Schluck Tee.

Alle zwei Wochen durfte man Ev-Marie einen Nachmittag besuchen und sie durfte alle vier Wochen ein Wochenende nach Hause. Telefonieren war nur bei besonderen Ereignissen erwünscht.

Dem ersten Besuch fieberten alle entgegen. Es war ein Sonntagnachmittag. Der Vater hatte extra seinen Sonntagsdienst getauscht und sie warteten im Empfangsbereich auf Ev-Marie. Zunächst erschien jedoch eine Ordensfrau, die sich als Mater Melania vorstellte. »Ja, Ihre Tochter hat zu den anderen Mädchen im Zimmer Anschluss gefunden, aber in der ersten Nacht ist ein Problem aufgetaucht!«

Die Eltern schauten sich an und fragten nach, ob sie keine Ruhe gegeben habe. »Nein, das nicht, aber sie hat ins Bett gemacht! Passiert ihr das zuhause auch?« Die Mutter bekam einen roten Kopf. Der Vater mutmaßte, ob sie vielleicht das Klo nicht gefunden oder schlecht geträumt habe. »Ist das denn mehrfach passiert?«, wollte die Mutter wissen. »Nein, das nicht, aber wir haben ihr jetzt erst mal eine Gummieinlage ins Bett gelegt«, meinte Mater Melania, »dann fühlt sie sich sicher.«

Inzwischen war Ev-Marie in den Raum gekommen und umarmte sofort den Vater. Er strich ihr liebevoll über den Rücken. Wolfgang und Anna standen ein bisschen verlegen daneben und wussten nicht so recht, wie sie sich verhalten sollten, denn Umarmen und Rücken-Streicheln waren die Gesten, die bei Leid und Schmerz zwischen ihnen üblich waren. Und als Ev-Marie die Tränen kamen, hatte Anna einen Kloß im Hals. Die große Schwester weinte, wo sie doch lachen sollte. Neue Kleider, neue Freundinnen und keine kleinen Geschwister, auf die sie Rücksicht nehmen sollte. Das muss doch glücklich machen. Anna nahm die Hand ihres Bruders und drückte sie ganz fest.

»Lasst uns ein bisschen im Kurpark spazieren gehen«, schlug die Mutter vor. »Das ist eine gute Idee«, meinte Mater Melania. »Wir gehen mit den kleineren Mädchen auch regelmäßig dorthin, freilich ist immer eine von uns dabei!«

Vater drängte zum Aufbruch. »Wann sollen wir Ev-Marie zurückbringen?«

»Um 18 Uhr ist Abendessen,« sagte sie.

Mutter überschlug im Kopf die verbleibende Zeit und erschrak ein bisschen. »Dann gehen wir gleich ins Kurgartencafé«, flüsterte sie ihrem Mann zu und verabschiedete sich von Mater Melania.

Auf dem Weg dorthin beruhigte sich Ev-Marie, hielt rechts und links die Geschwister an der Hand und übernahm unaufgefordert die Rolle der großen Schwester. Die Eltern gingen hinter den Dreien, alle waren sonntäglich herausgeputzt, Mutter sogar mit einem roten Hütchen, das sie bei Frau Zißler, der Modistin im Frühjahr erstanden hatte und deren Tochter ebenfalls bei den Englischen Fräulein im Internat war.

»Hast du Kontakt zur Zissy aufgenommen?«, fragte sie von hinten.

»Ich sehe sie ganz selten«, meinte Ev-Marie. »Sie ist zwei Jahre über mir, sitzt an einem anderen Tisch und hat ganz andere Lernstunden. Sie schläft auch in einem anderen Stockwerk. Wir sollen innerhalb unserer Klasse bleiben, sagt Mater Melania.«

»Aber wenn ihr frei habt, könnt ihr euch doch verabreden ... !«

Ev-Marie blieb stehen, drehte sich zu den Eltern um und erklärte: »Wir haben nicht frei, da ist fast immer jemand da, der auf uns aufpasst.«

Anna schaute in das ernste Gesicht der großen Schwester. »Immer passt jemand auf? Und wenn du mal allein sein willst?«

»Dann geh ich aufs Klo«, sagte sie. Anna kicherte und wunderte sich, dass niemand mitlachte.

Man hatte das Kurgartencafé erreicht und sogar im überdachten Säulengang einen freien Tisch gefunden. Die Kellnerin kam mit einem Servierwagen, auf dem sie verschiedene Kuchen und Torten anbot. Ev-Marie wählte Schwarzwälder Kirschtorte und bat dazu noch um eine Portion Sahne. Die Mutter wollte gerade etwas sagen, Vater legte ihr jedoch die Hand auf den Arm. »Schon gut!«, meinte er. Als alle ein Stück Kuchen vor sich hatten, Vater sein Kännchen Kaffee und die Kinder ihre geliebte Schokolade, fragte er beiläufig: »Wie schmeckt's denn bei den Englischen Fräulein?«

»Anders als daheim!«

»Aber man kann's doch essen?«, bohrte er weiter.

»Manchmal nicht, zum Beispiel, wenn es Froschaugensuppe gibt.«

»Wie? Froschaugensuppe? Aus Froschaugen macht man keine Suppe!«

»Sie meint wahrscheinlich Graupensuppe«, sagte die Mutter, »die ist so ein bisschen grau und schleimig und wenn keine Petersilie drin ist ... «

»Ja, genau! Grau und schleimig und das gibt's jede Woche mindestens einmal. Ich krieg's kaum runter! Du und Paula, ihr kocht das nie! Krieg ich noch ein Stück Schwarzwälder Kirschtorte?«

Die Eltern nickten sich zu und Vater winkte nach der

Kellnerin. Als sie die Torte brachte, zahlte er gleich, denn es war schon Zeit, Ev-Marie zurückzubringen.

Im Empfangsbereich angekommen, wartete schon Mater Melania und erinnerte Ev-Marie daran, dass sie heute Tischdienst gehabt hätte, aber nun sei es ja zu spät. Sie solle künftig auf den Plan schauen und rechtzeitig kommen. Zu den Eltern gewandt meinte sie: »Sie wird es schon noch lernen. Am Anfang ist alles ein bisschen viel für die Mädchen!«

Ev-Marie stand da, weinte leise. »Wann kommt ihr wieder?«

»Bald, Kind, bald! In vierzehn Tagen darfst du ein Wochenende nach Hause! Wenn das Wetter so schön bleibt, werden wir im Garten Kaffee trinken!«

Sie machte ihrer Tochter mit dem Daumen der rechten Hand ein Kreuz auf die Stirn, drückte sie an sich und wandte sich rasch zum Gehen. Sie sollte nicht sehen, dass auch sie mit den Tränen kämpfte. Der Vater und die beiden Kleinen winkten stumm. Ev-Marie streckte ihm beide Hände entgegen. Er verstand sofort und »raschelte« sie.

Anna hatte wieder den Kloß im Hals, schluckte und presste die Lippen so fest aufeinander, dass es weh tat.

Im Haus am Jakobsplatz gab es kaum Veränderungen. Die Familie Böhm aus dem Hinterhaus hatte eine größere Wohnung gefunden. Eingezogen war stattdessen das Ehepaar Randolph mit Tochter Heidi, die ein bisschen jünger als Anna war und sich erst in die Kinder-Hierarchie einfügen musste. Um mitspielen zu dürfen, ließ sie sich auch für untergeordnete Dienste einspannen. Spielte man »Pfarrerles« und Beerdigung, war Heidi diejenige, die den Spaten tragen und das Grab schaufeln musste. In der Schweizer Illustrierten, die im Wartezimmer auslag, hatten die Kinder Bilder gesehen, wie die englische Königin Elisabeth mit einer Kutsche zur Krönung gefahren wurde. Mutters Handwagen wurde zur Kutsche, Anna spielte die Königin und Harry den Prinzgemahl. Heidi musste das Pferd spielen und zog die »Kutsche« über den holperigen Gartenweg, wo Jutta und Sabine aus dem 4. Stock und Christel aus der Nachbarschaft mit Rhabarberblättern dem königlichen Paar zujubelten. In Opas Kapelle oberhalb des Malbaches wartete Wolfgang als Erzbischof und krönte Anna mit einem umgedrehten roten Topf, dessen Henkel sie mit weißen und blauen Glockenblumen verziert hatten.

Zum anschließenden Festmahl kam die Mutter gerade rechtzeitig und hatte für jedes Kind ein Butterbrot dabei, auf das sie Johannisbeermarmelade strich, die sie in einem Gläschen mitgebracht hatte. Der Festwein kam direkt aus dem Wasserhahn und säuberte den marmeladeverschmierten Kindermund gleich mit.

Der Herbst brachte für Anna größere Veränderungen, denn sie kam in die Schule. Endlich auch Lesen und Schreiben lernen und nicht immer drum bitten müssen, dass einem etwas vorgelesen wird!

Jutta und Harry aus dem 4. Stock kamen ebenfalls zur Schule, auch Carola, die Tochter vom Gasthaus Ulrich an der Ecke, so wie Roland und Helmut, die beiden Nachbarsbuben, deren Eltern in der Brandgasse und in der Bauerngasse einen Bauernhof hatten. Man kannte sich und spielte miteinander. Besonders gern waren sie bei Roland, denn dort gab es Kühe, Schweine, Hühner und auch zwei Pferde, Moritz und Gretel, deren Stall zu betreten ihnen aber strengstens verboten war.

»Der Moritz schlägt manchmal aus!«, hatte Rolands Vater gewarnt. Im Wesentlichen hielten sie sich auch an das Verbot, bis Roland ihnen etwas Besonderes zeigen wollte. Er holte einen langen Strohhalm aus der Scheune, öffnete den oberen Flügel der Pferdestalltüre und kitzelte den Moritz damit zwischen den Hinterbeinen. Der tänzelte zuerst ein bisschen hin und her und wieherte vernehmlich. Wolfgang und Anna bekamen Herzklopfen und wichen zurück.

»Passt auf, gleich kommt's!«, flüsterte Roland und die drei staunten nicht schlecht, als Moritz, jetzt lauter wiehernd, sein Geschlechtsteil ausfuhr. »Ist das sein Pippi?«, wollte Wolfgang wissen und Roland nickte vielsagend: »E mords Ding, gell!«

Sein Vater kam durch das Wiehern aufgeschreckt über die Gasse in den Hof, sah, wie sich die drei Kinder über die Stalltüre beugten und fluchte: »Ja Herrschaftszeiten Sabbrament! Kammer euch denn kei Minut ellens lass! Ihr zwä geht jetzt hemm un du nei's Bett!« Er packte seinen Sohn am Oberarm, zerrrte ihn durch das Hoftor zum Wohnhaus und rief seiner Frau zu: »Lina, der g'hört amol ordentlich gewösche!«

Anna und Wolfgang schlichen verschüchtert nach Hause. Dort erzählten sie nichts davon.

Am ersten Schultag wunderte sich Anna, dass weder Jutta und Lilian noch Helmut in den Bänken saßen, auch Carola konnte sie nicht entdecken. Roland und Harry saßen in der Fensterreihe bei den Buben. Davon berichtete sie am Mittagstisch. Mutter erklärte, dass sie zwei Klassen bilden mussten, da knapp sechzig Kinder eingeschult wurden. Roland, Harry und du, ihr seid bei Frau Raab und Carola ist bei Frau Hyna.

»Und wo sind Jutta und Helmut?«, wollte Anna wissen.

»Die sind doch evangelisch«, versuchte die Mutter zu erklären, die sind auch in die Schule gekommen, aber in einer anderen Klasse.

»Lernen die was anderes?« –

»Nur in Religion«, bekam sie zur Antwort.

»Was ist Religion?«

»Die glauben auch an den lieben Gott, aber anders. Gehen auch in eine andere Kirche. Wir gehen in die Stadtpfarrkirche und die Evangelischen gehen in die Kirche gegenüber vom Bahnhof«, erklärte die Mutter.

Anna aß den letzten Löffel Schokoladenpudding, den es ausnahmsweise unter der Woche gab, weil der Einschulungstag ein besonderer Tag war.

»Aber Schutzengel haben sie auch, hat Juttas Mutti gesagt!«

»Dann wird das stimmen!«

Vater hatte die ganze Zeit geschwiegen. Plötzlich faltete er die »Main-Post« zusammen, die er nach dem Mittagessen zu lesen pflegte, schlug mit der zusammengefalteten Zeitung energisch auf den Tisch, als wolle er dort eine Fliege erschlagen, und rief verärgert: »Es ist zum Mäusemelken!« Die Mutter rollte mit den Augen, weil sie wusste, dass er jetzt eines seiner Lieblingsthemen anstimmen würde. Schon als er in Ostheim praktizierte, einer ehemals thüringischen Enklave mit überwiegend evangelischer Bevölkerung, setzt er sich für eine konfessionelle Gemeinschaftsschule ein. Auch dort siedelten sich viele Flüchtlinge an, da sie meist auch evangelisch waren und sich unter ihren Glaubensbrüdern nicht gar so fremd und unwillkommen fühlten wie in den katholischen Nachbargemeinden. »Die Blutauffrischung tut denen gut!«, meinte der Vater. Ihm und seinem Vorgänger war nicht verborgen geblieben, dass es im Ort auffällig viele Bewohner mit Bluterkrankheit, manischer Depression und in der Folge Selbstmord gab. Wie bei den Katholiken wurde auch bei den Evangelischen bei der Hochzeit darauf geachtet, »ob auch das Gesangbuch zusammenpasst.« So heiratete man innerhalb der Ortsgemeinschaft oder in Ausnahmefällen jemanden aus den wenigen anderen thüringischen Enklaven, die es noch in der Gegend gab.

Dass aber die Trennung zwischen den Konfessionen keine gute Voraussetzung dafür war, dass Einheimische und Geflüchtete zusammenfanden und zusammenwuchsen, war dem Vater schon bald klar. Die Erzählungen Annas von ihrem ersten Schultag bestätigten ihn darin.

»Die Kleine vermisst ihre Spielkameraden! Das ist doch offensichtlich. Jahrelang spielen sie zusammen und jetzt sollen sie nicht zusammen lernen? So ein Schwachsinn!«

Mit seiner Meinung hielt er nicht hinter dem Berg und diskutierte sie ausgiebig mit seinen Patienten, evangelischen wie katholischen, und die meisten widersprachen dem Doktor nicht. Am liebsten diskutierte er das Thema mit dem Pfarrer aus Stockheim, mit dem ihn eine Vorliebe für naturbelassenen Rhein- und Moselwein verband. Der Pfarrer hatte einen Weinhändler aus Fulda an der Hand, der zur Weinprobe ins Haus kam und zu dritt testeten sie ausgiebig, welche Tropfen als Messwein oder welche besser als Dämmerschoppen geeignet waren. Gewürztraminer, Riesling, Morio-Muskat umspülten die Weinzungen und lösten sie. Am Ende solcher Abende hatte der Vater sowohl den Weinlieferanten, als auch den Pfarrer davon überzeugt, dass die Flüchtlinge nicht nur eine Herausforderung für die Bewohner der Rhön seien, sondern auch ein Segen, denn sie brächten frisches Blut und Bewegung in die verhockten Dörfer und am besten ließe sich das umsetzen, wenn die Kinder gemeinsam auf den Schulbänken säßen. Er habe seine Praxis in einem Haus voller Flüchtlinge, wohne sozusagen Wand an Wand mit ihnen. Alles fleißige und rechtschaffene Leute, die man nicht ausschließen dürfe, bloß weil sie in ein anderes Gesangbuch schauen. »Großer Gott, wir loben dich«, werde doch auf beiden Seiten gesungen!

Da der Weinlieferant den Messwein nicht nur dem Stockheimer Pfarrer anbot, sondern auch in anderen Pfarrhäusern verkehrte, landeten Vaters Ideen auch dort und schließlich im bischöflichen Ordinariat in Würzburg. Dort war man nicht begeistert von den nachgerade revolutionären Ideen des Rhöner Doktors und wollte dem ein Ende setzen.

Obwohl weder der Stockheimer Pfarrer noch seine Köchin medizinische Hilfe brauchten und der Besuch des Fuldaer Weinhändlers erst kurze Zeit zurücklag, bat der Pfarrer um einen Arztbesuch. Die Mutter hatte den Anruf entgegengenommen und wunderte sich, dass der Pfarrer Tag und Stunde nannte, wann er den Doktor erwarte. Es gehe um was Wichtiges. Ein bisschen verwundert ging der Vater darauf ein, erlaubte sich jedoch mit der Begründung, bei dieser Gelegenheit im Ort noch eine Herzpatientin versorgen zu wollen, ein gutes Viertelstündchen später zu kommen. Er wunderte sich auch, als er seinen dunkelgrünen Volkswagen neben dem schwarzen BMW mit Würzburger Kennzeichen parkte. Im Wohnzimmer des Pfarrers sah er, wen er da hatte warten lassen: Bischof Julius Döpfner begrüßte ihn mit markigem Handschlag. Die beiden Männer erkannten, dass sie gleich alt waren, keiner hatte ein graues Haar auf dem Kopf. Sie lächelten sich an, waren sich sympathisch und der Bischof hatte das untrügliche Gefühl, dass er in dieser Sache dem Falschen gegenüberstand. Ohne lange Umschweife, wie es in Franken üblich ist, kam er deshalb zur Sache. Ihm sei zu Ohren gekommen, dass der Doktor als frommer Katholik und Kirchgänger sich für die konfessionelle Gemeinschaftsschule stark mache. Ob ihm bewusst sei, dass er als Arzt, dem ja naturgemäß selten widersprochen werde, hier Unfrieden zwischen den Konfessionen schaffe. Das könne weder ihm als Bischof, noch dem Herrgott gefallen.

»Herr Bischof, was dem Herrgott gefällt, das können weder Sie noch ich mit Sicherheit sagen. Ich bin Arzt und kein Theologe. Ich bin gewohnt zu helfen ohne Ansehen der Person. So habe ich es als Stabsarzt draußen im Krieg gehalten, hab dort den russischen Kriegsgefangenen genauso verbunden wie den deutschen Landser. Soll ich's jetzt im Frieden anders machen? Zudem bin ich in bester Gesellschaft. Denken Sie doch nur an Jesus und den Knecht des römischen Hauptmanns oder die Samariterin am Brunnen. In beiden Fällen spielte es keine Rolle, was die Menschen glauben.«

»Guter Mann, das können Sie nicht vergleichen! Das waren andere Zeiten und Situationen! Hier geht es um Kernpunkte des katholischen Glaubens!«

»Die will ich Ihnen lassen, Herr Bischof, aber das Einmaleins und das Alphabet, die Biologie und die Physik sind weder katholisch noch evangelisch. Die Kinder sollen zusammen leben, spielen und lernen, dann werden es mit der Zeit auch die Eltern tun. Wenn wir aus diesem schrecklichen Krieg etwas lernen können, dann doch das, dass wir den andern anders sein lassen und trotzdem schauen, was man gemeinsam voranbringen kann. Das wird auch die Kirche irgendwann einsehen müssen.«

Der Bischof merkte, dass er da zwar einen gläubigen und bibelfesten Mann vor sich hatte, aber keinen, der sich durch sein Bischofsamt einschüchtern ließ. Trotzdem wollte er das Gespräch nicht so unversöhnlich enden lassen und schlug vor, dass man vielleicht noch ein Glas Wein zusammen trinken könne. Der Pfarrer solle vielleicht einen guten Tropfen aus dem Keller holen und seine Haushälterin ein paar belegte Brote hinrichten, denn das Angelus-Läuten sei schon vorbei und was ihn beträfe, er hätte einen langen Arbeitstag hinter sich und rechtschaffen Hunger, was für den Doktor sicherlich auch zutreffe.

Die Brote hatte die Pfarrersköchin natürlich schon längst belegt, denn den Bischof im Hause zu haben, ohne den Anlass einer Firmung oder gar Visitation, war für sie Ehre und Heimsuchung zugleich und verlangte hausfrauliche Umsicht und Können.

Sie trug zwei große Platten mit Schinken- und Käsebroten herein, garniert mit gekochtem Ei, Essiggurken, Tomaten und Petersilie. Eine Augenweide für die hungrigen Männer! Und als der Pfarrer den kellerkühlen fränkischen Sylvaner öffnete, war die Gemeinschaftsschule nicht mehr im Mittelpunkt des Gesprächs. Ganz im Gegenteil. Döpfner lud die beiden ein, sich doch dem Pilgerzug anzuschließen, den die Diözese zur Heiligsprechung von Papst Pius X. nach Rom organisiere. Der Pfarrer nickte begeistert. Nach Rom habe er schon immer mal reisen wollen und eine Heiligsprechung sei ein wunderbarer Anlass, noch dazu in bischöflicher Begleitung. Der Doktor wollte wissen, was den verstorbenen

Papst auszeichne, dass man ihn in den Kreis der Heiligen aufnehmen wolle. Aufmerksam hörte er dem Bischof zu, als dieser von dessen einfacher Herkunft berichtete und dass er immer auch ein Seelsorger gerade für die kleinen Leute geblieben sei, aber den Modernismus heftig bekämpft habe. Das fände auch er gut.

»Mhm, mhm«, meinte der Doktor und wiegte mit dem Kopf. Man müsse freilich nicht jeder modernen Strömung hinterherlaufen, aber wenn er das auf sein Fachgebiet, die Medizin übertrage, dann würden viele Menschen jämmerlich sterben. Wenn er nur an seinen Namensvetter denke, der den Tuberkulose-Bazillus entdeckt habe oder an die Entwicklung des Penicillins. Nicht alles, was neu ist, sei schlecht und beim Wort Modernismus werde er erst mal stutzig. Er griff zu dem gut gefüllten Schoppenglas, prostete den andern zu und sagte: »Nehmen wir die Sache mal in die Hand!«

Der erste Bocksbeutel war schnell geleert und die belegten Brote fanden besten Zuspruch. »Wie gut, dass bei uns in Franken so ein feiner Tropfen wächst«, lobte der Bischof die Weinauswahl. Er stamme zwar nicht aus der Kernzone des Weinanbaus am Main, sondern aus Hausen bei Bad Kissingen, aber einen guten Schoppen trinke man auch dort gerne. Sein Vater sei Kellermeister gewesen, ein bisschen kenne er sich schon aus!«

»Dass die Hausener den Wein lieben, konnte ich neulich erleben«, warf der Doktor ein.

»Ach, Sie kennen Hausen?«

»Nur von der Durchfahrt. Meine älteste Tochter ist in Bad Kissingen bei den Englischen Fräulein und wenn wir sie besuchen, fahren wir gerne durchs schöne Saaletal, aber bei der letzten Fahrt musste ich einen unfreiwilligen Halt einlegen.

Im Straßengraben gleich neben dem Gasthaus lag unter einem Baum eine hilflose Person. Als Arzt habe ich natürlich sofort angehalten und sah einen sturzbetrunkenen Mann, der eine Weinflasche mit einem abgebrochenen Flaschenhals in der Kitteltasche trug. Er hätte sich an den Rändern den Mund blutig reißen können. Ich nahm ihm die Flasche ab, leerte sie ins Gras und versucht vergeblich den Mann aufzurichten. Meine Frau ging inzwischen ins Gasthaus, um Hilfe zu holen und kam mit dem Wirt und einem weiteren Mann zurück!«

Es sei ein Elend mit ihm, habe der Helfer gejammert, nie kenne er seine Grenze und gerade beim Frühschoppen am Sonntag trinke er regelmäßig über den Durst! Und der Wirt hätte ergänzt, dass er immer zur Kellnerin sage, sie solle ihm nichts mehr einschenken, aber dann krakeele er in der Wirtstube herum, dass alle Welt immer nur auf den Bruder schauen würde, aber ihn behandle man wie den Dorftrottel.

»Tja, Kain und Abel finden sich auch heute noch«, sagte Döpfner und angelte sich eine Essiggurke von der Wurstplatte. Vielleicht müsse man dem anderen Bruder sagen, wie sehr dieser Bruder unter der Missachtung leide. Man könne doch nicht zuschauen, wie jemand zum Trinker wird.

»Ich bin gerade dabei, Herr Bischof!«, sagte der Doktor und blickte seinem Gegenüber länger in die Augen.

Der Bischof schwieg eine Weile und meinte dann: »Ich danke Ihnen sehr, werter Kollege im Hirtendienst. Ich kümmere mich darum.«

Annas Schulerlebnisse waren täglich Thema beim Mittagstisch. Sie ging gern in die Schule und erzählte begeistert, welchen Buchstaben sie neu gelernt und welche

Figuren sie geknetet hätten. Zwar bedauerte sie immer noch, dass Jutta und Lilian nicht in ihrer Klasse waren, denn nach den Hausaufgaben war oft nicht mehr viel Zeit zum Spielen, aber die Geburtstage wurden immer noch mit den Kindern im Haus und aus der Nachbarschaft gefeiert. Auf dem Schulhof sah man sich jedoch nicht, denn die Evangelischen hatten zu anderer Zeit Pause. Auch mit Roland und Harry wurde der Kontakt weniger, denn dann hieß es sofort: »Die geht mit dem«, und das war Anna peinlich. Neue Freundschaften wurden geknüpft, z.B. mit Rita, Rosi, Moni oder Marie-Luise.

Neben den gewohnten Spielkameraden aus dem Haus fehlte ihr jedoch ganz besonders Paula. Die hatte auf dem »Tanz in den Mai« Helmut kennengelernt, der jeden Samstag mit seinem Motorrad aus Steinach gefahren kam um sie zu besuchen. Das fand Paula schön, Anna jedoch nicht, weil Samstag ja der Badetag war mit Milchsüppchen und Ohrenausputzen. Paula schaute immer heimlich auf die Uhr, drängelte beim Abduschen und Haaretrocknen und das Ohrenausputzen fiel manchmal ganz aus. Und als Helmut nicht nur Paulas Eltern in Frickenhausen mitteilte, dass er Paula heiraten wolle, sondern auch Annas Eltern, da freute man sich einerseits sehr, weil Helmut in Steinach nicht nur das Gasthaus zur Post übernommen hatte, sondern auch die dortige Poststelle leitete. Das war für Paula eine sehr gute Partie, wenn sie als künftige Wirtin dort leben und arbeiten konnte, für den Haushalt in Malstadt und vor allem für die Kinder war der Verlust jedoch groß. Erst als Paula Anna versprach, dass sie bei der Hochzeit den Schleier tragen und sie in den Ferien besuchen dürfe, war auch sie einverstanden.

Mit den Nachfolgerinnen von Paula hatte die Mutter kein Glück. Da gab es Adelheid aus Stetten, die bei der Einstellung schon im dritten Monat schwanger war. Ihr folgte Heidi aus Willmars, die die einfachsten Dinge nicht verstand und deshalb nur kurz blieb. Dann kam die schüchterne Rotraut aus Völkershausen, die so sehr an Heimweh litt, und schließlich Rosel aus Malstadt, die sich darüber beschwerte, dass die Kinder so frech seien und nicht folgten, womit sie wahrscheinlich Recht hatte, denn Wolfgang und Anna hatten das Karussell der Dienstmädchen satt und wollten sich von niemandem, der ihnen fremd war, etwas sagen lassen.

Man kam überein, dass Mutter den Haushalt wieder selbst übernehmen und zweimal wöchentlich eine Putzfrau ins Haus kommen sollte. Dafür wurde sie in der Praxis entlastet, vor allem durch Gudrun, eine sehr umsichtige und zugewandte Sprechstundenhilfe, die, was den Familienanschluss anbelangte, beinahe Paulas Stellung einnahm. Sie wohnte und lebte mit im Haushalt, machte vor der Sprechstunde auch mal die Kinder für die Schule fertig und war mit ihrer humorvollen und gradlinigen Art ein weiteres Mitglied der Familie, das auch die Kinder mochten und respektierten.

Es war Ende Mai an einem Freitag. Annas Schulfreundin Moni hatte Geburtstag und man hatte ausgelassen gefeiert mit Apfelsaft und Erdbeerkuchen in deren Garten hinterm Haus, mit Spielen wie »Dreht euch nicht um, der Plumpsack geht rum«, »Blinde Kuh« oder »Topfklopfen«. Anna kam beglückt mit roten Wangen und verstrubelt zurück. Auch Wolfgang kam mit seinem Freund Karl gerade ins Haus, denn freitags aß Karl gerne mit, weil es da Käsebrot und Kakao gab. Sie gingen über den

Küchenbalkon in die Wohnung und fanden nur Gudrun vor, die dabei war, den Abendbrottisch zu decken.

»Wo ist die Mutti?«, wollte Anna wissen.

»Die ist mit dem Vati nach Bad Kissingen. Da kam heute Nachmittag ein Anruf«, berichtete Gudrun. »Sie haben Ev-Marie ins Krankenhaus gebracht«, ergänzte sie und hatte dabei tiefe Sorgenfalten auf der Stirn.

Die drei Kinder standen wie angewurzelt in der Küche. Karl wandte sich zu Wolfgang und meinte, er hätte gar keinen Hunger und außerdem müsse er noch seinem Vater im Stall helfen, der warte auf ihn. Wolfgang nickte stumm und sah seinem Freund nach, wie dieser schnell über den Küchenbalkon verschwand. Das Wort Krankenhaus gebrauchte der Vater am Mittagstisch immer wieder, wenn er von Patienten berichtete, die ernsthaft krank waren, denen er als praktischer Arzt nicht mehr helfen konnte. Aber das waren fremde Leute. Jetzt lag Ev-Marie dort und die Eltern waren unterwegs dorthin.

Anna dachte an den Satz, den der Vater immer lachend, aber mit erhobenem Zeigefinger sagte: »Bete für deinen Arzt, dass ihm in der Stunde der Not das Richtige einfällt.« Sie setzte sich auf ihr Schemelchen, zog ihr Sommerkleid über die angezogenen Knie und betete still: »Lieber Gott, mach, dass dem Vati das Richtige einfällt.« Wolfgang hatte sich schneller gefasst und wollte wissen, ob man denn nicht gesagt hätte, warum sie im Krankenhaus läge. Sie sei aus dem Fenster gesprungen, wusste Gudrun zu berichten, nicht ahnend, was sie bei den Kindern damit auslöste.

Wolfgang und Anna schauten sich an. War das Heimweh der Schwester so groß, größer als sie es aushalten konnte? Er kauerte sich vor das Schemelchen, legte den Arm um die kleine Schwester und sagte: »Es ist bestimmt nicht wie bei Selma!« Anna nickte, schaute auf ihre Hände und schob sie zu Fäusten geballt in die Taschen ihres Kleides.

Kurze Zeit später klingelte das Telefon. Es war die Mutter, die Gudrun anwies, sie solle Ev-Maries Bett beziehen. Sie brächten sie jetzt nach Hause, sie habe ihr Bein gebrochen. Sie hätten den Geburtstag einer Mitschülerin gefeiert, dabei »Fangeles« gespielt und ihre Tochter sei aus einem Fenster im Erdgeschoss gesprungen und unglücklich aufgekommen. Eine dumme Sache!

Als Gudrun das den Kindern berichtet hatte, stand Anna auf und sagte, dass sie jetzt Hunger auf Käsebrot und Kakao habe und nicht mehr warten könne.

Die Eltern nahmen den Beinbruch zum Anlass, Ev-Marie vom Internat abzumelden. Die Tränen, die sie jedes Mal beim Abschied vergossen hatte, hatten gezeigt, dass ihr die Familie doch fehlte, und außerdem meinte die Mutter, sei es nicht schlecht, wenn sie nicht nur unter Mädchen aufwachse. Sie hatte in ihrer Illustrierte »Film und Frau« einen Artikel über die Vorteile der Koedukation gelesen und der hatte ihr eingeleuchtet. Man meldete sie im Realgymnasium Bad Neustadt an, wo sie allerdings täglich zwanzig Minuten mit dem Zug fahren musste und weil das Bein noch eine Weile im Gips lag und der Schulweg deshalb zu anstrengend war, blieb sie bis zum Ferienbeginn zu Hause und wurde von künftigen Klassenkameraden mit Lernstoff und Hausaufgaben versorgt. Erst da merkten die Eltern die großen Lücken, die aufzuholen waren. Trotz fester Lernstunden war wohl mehr auf die religiöse und gesellschaftliche Erziehung der Mädchen Wert gelegt worden als auf fachlichen Lernstoff.

Die Wochen bis zu den Sommerferien verbrachte Ev-Marie hinten im Garten im Liegestuhl unter dem Apfelbaum, das gebrochene Bein hochgelegt. Der Vater fuhr sie, bevor er zu seinen Krankenbesuchen aufbrach, mit dem Auto nach hinten, wo sie die kurzen Wege mit Krücken gehen konnte. Die Schultasche war immer dabei, denn sie musste drei Jahre Latein nachlernen. Außer in Englisch waren auch die Lücken in Mathematik ziemlich groß, was die Mutter erzürnte: »Da zahlt man einen Haufen Geld für Schule und Internat und das Mädchen hat nichts gelernt! Sicher werden wir auch noch einen Nachhilfelehrer engagieren müssen. So hab ich mir das nicht vorgestellt!«

Damit Ev-Marie beim Lernen nicht gestört wurde, nahm der Vater die beiden Kleinen gerne mit zu den Krankenbesuchen. Das war für sie eine unterhaltsame Sache. Sie durften in den Bauernhöfen in den Stall schauen, hier die Ferkelchen bewundern und dort ein Kälbchen. Immer gab es etwas zu entdecken und als Kinder vom Doktor waren sie überall willkommen.

Manche Dörfer hatten keinen eigenen Bäcker und wurden durch den Bäcker Gensler aus Stockheim versorgt. Der kannte den grünen VW vom Doktor und die Kinder kannten den Kastenwagen des Bäckers. Als er auf der Dorfstraße hielt, stiegen sie aus und begrüßten ihn mit Handschlag, so wie es der Vater ihnen beigebracht hatte. »Grüß Gott, Herr Gensler!« Der lachte und griff schon nach hinten in seinen Korb und holte zwei Zuckerschnecken, die die Kinder strahlend entgegennahmen. »Unsere große Schwester ist auch wieder in Malstadt, hat aber ihr Bein gebrochen!«, erklärte Anna dem Bäcker. »Och Gottle, des is bitter, grad jetzt, wo's Schwimmbad offe hat!«, meinte Bäcker Gensler und holte eine dritte Schnecke aus dem Korb.

Der Vater kam von seinem Hausbesuch zurück und sah, wie die Kinder herzhaft in das Gebäck bissen und den Zuckerguss an der Wange kleben hatten. Er wollte es dem Bäcker bezahlen, doch der winkte ab. Also kaufte der Vater einen Laib Brot und fragte, ob denn die Oma noch genug von ihrer Rheumasalbe hätte. Das wusste der Bäcker nicht, deshalb griff der Doktor in den Karton, den er immer gut gefüllt mit Ärztemustern auf dem Rücksitz hatte und überreichte dem Bäcker eine Salbe mit den besten Grüßen an die Oma. »Zweimal täglich dünn auftragen!«

Besonderes Verhalten war geboten, wenn der Vater die Leichenschau bei einem verstorbenen Patienten vornahm. Wenn es alte, friedlich gestorbene Menschen waren, durften die Kinder manchmal mit. Meist waren die Toten schon aufgebahrt, hatten ihr Sonntagskleid an, es brannten Kerzen im Sterbezimmer und das Fenster war weit geöffnet. Es war eine besondere Stimmung im Raum, die ihre Wirkung auf die Kinder nicht verfehlte. Der Vater hatte ihnen beigebracht, wie man formvollendet kondoliert und sagte mit einer Geste in die Richtung der Kinder, seiner eigenen und der Enkelkinder der Verstorbenen: »Wir alle müssen gehen und Platz machen für die, die nach uns kommen. Sie ist schon vorausgegangen.« Dann schickte er die Kinder aus dem Raum und erledigte sein Geschäft als Arzt. Bis alle Formalitäten erfüllt waren, spielten alle Kinder draußen vor dem Haus. Und wenn die Angehörigen den Doktor vor die Tür brachten und auf die Kinder in ihrer Fröhlichkeit schauten, schien es, als habe alles seine Ordnung.

Eigentlich mochte Anna Schwester Hermenfrieda gerne, die sie in der zweiten Klasse als Lehrerin hatte, auch wenn diese den Schorsch immer vor der ganzen Klasse über den Stuhl legte und mit einem Stock auf den Hintern schlug, weil er, wie sie meinte, zu faul war, um das Lesen zu üben. Zum Glück hatte Schorsch immer eine Lederhose an, so dass es, wie Anna hoffte, nicht allzu weh tat. Solche Schläge kannte sie nicht und der Schorsch tat ihr leid, vor allem weil manche Buben richtig schadenfroh waren, dass es nicht sie getroffen hat, sondern ihn. Dumm war der Schorsch nämlich nicht. Im Rechnen war er sogar besser und schneller als andere in der Klasse, bloß mit dem Lesen wollte es gar nicht klappen.

Schwester Hermenfrieda war Ordensfrau in der Kongregation der »Armen Schulschwestern«. Zusammen mit Schwester Rosaria, die Handarbeit gab, gehörte sie zum festen Stamm des Kollegiums der Malstädter Volksschule.

Gleichgültig, ob sie von der Sonnenblume erzählte oder erklärte, warum die Tauben nur so ein einfaches Nest bauen, immer spielte der liebe Gott eine Rolle, der alles richtig macht, und nur die Menschen, Tiere und Pflanzen machen die Fehler. Bei der Taube war es nämlich so, dass sie, als der liebe Gott den Vögeln erklärte, wie das Nestbauen geht, noch schlief und zu spät kam. Und als der liebe Gott es ihr extra erklären wollte, sagte sie hochnäsig: »Hab's schon verstanden!« und deshalb weiß sie bis heute nicht, wie es richtig geht und baut ganz schlampige Nester. Und weil die Sonnenblume immer ihren Kopf nach der Sonne gedreht hat und größer sein wollte als alle anderen Blumen und hochmütig auf die anderen heruntergeschaut hat, muss sie am Ende des Sommers ihren Kopf hängen lassen, sich schämen und sich gefallen lassen, dass die Vögel in ihrem Gesicht herumpicken. So hat es der liebe Gott gewollt, sagte Schwester Hermenfrieda und Anna glaubte ihr.

Aller Unterricht war Religionsunterricht. Am ersten Advent baute sie auf dem Fensterbrett aus Moos, Ästen und Kohleschlacken eine Landschaft auf, in deren Zentrum eine Höhle war und dort stand eine leere Holzkrippe. Hatte jemand seine Hausaufgaben besonders schön und vor allem fehlerfrei gemacht, durfte er ein Strohhälmchen in die Krippe legen. Wenn jemand schlampig gearbeitet oder etwas vergessen hatte, musste er eine Stecknadel hineinlegen. Einmal ist das Anna passiert. Sie hatte noch am Nachmittag das Lesen geübt und deshalb lag die Fibel nicht in der Schultasche, sondern noch zu Hause. Weinend kam sie aus der Schule und war kaum zu beruhigen. Gudrun meinte, dass das Jesulein die Stecknadel gar nicht spüren könne, weil sie flach am Boden der Krippe liege. Das leuchtete Anna zwar ein, trotzdem gab sie zu bedenken: »Aber es weiß vielleicht doch, dass die Nadel von mir stammt!«

Als der Mutter Annas Sorgen zu Ohren kamen, sprach sie die Ordensfrau an und bat darum, dass den Kindern durch solche Maßnahmen nicht die ganze Freude an der Vorweihnachtszeit genommen werden solle. Strohhälmchen in die Krippe, das sei in Ordnung, aber Stecknadeln, das gehe nicht.

Zum Glück ließ sich Anna von ihrem Kummer mit Plätzchenbacken ablenken und die Mutter schlug ihr vor, doch einige Kokosmakronen, die das Kind mit großer Sorgfalt und zwei Kaffeelöffeln auf die Oblaten gesetzt hatte, neben die Krippe zu legen, dann hätte die Heilige Familie an Heiligabend auch gleich was Leckeres zu essen, weil Kinderkriegen hungrig macht, das wisse sie aus eigener Erfahrung.

Die Vorbereitungen in der Weihnachtszeit waren immer von festen Ritualen bestimmt, besonders was das Essen an Heiligabend und den Feiertagen anbelangt. Da gab es beinahe unumstößliche Gepflogenheiten, von denen nur selten abgewichen wurde. Der Vater brachte drei Tage vor Heiligabend einen Truthahn mit nach Hause. Es war damals nicht unüblich, dass man den Hausarzt in Naturalien »bezahlte«. Dies machten vor allem die Bauern, die schlecht oder gar nicht versichert waren.

Der Vogel, ein wahrhaft stattliches Tier, lag sauber gerupft und ausgenommen auf dem Küchentisch. Stolz und mit dem Gesichtsausdruck des Jägers und Sammlers, der für seine Familie sorgt, blickte Vater in die Runde und erwartete Lob für die heimgebrachte Beute. Die drei Kinder staunten denn auch, denn der Truthahn war deutlich größer als die sonst übliche Weihnachtsgans. Die Mutter jedoch wurde blass, blasser als der Vogel und stöhnte: »Um Gottes Willen, das ist ja ein Trumm! So was hab ich ja noch nie gebraten! Ich weiß gar nicht, wie ich das machen soll!«

Ihr stand das helle Entsetzen ins Gesicht geschrieben und Vater die Enttäuschung! »Da bringt man mal was mit und dann ist es nicht recht«, brummelte er und machte sich auf den Weg zum nächsten Krankenbesuch.

Mutter rief umgehend ihre Freundin Else an, berichtete von dem unerwarteten Fleischsegen und erwartete von ihr Zubereitungstipps, denn Else war bekannt als Feinschmeckerin, aber sie hatte auch noch keinen Truthahn gebraten. »Ruf doch mal die Margot an, die kennt sich aus mit großen Braten«, schlug sie vor. Margot kannte sich zwar mit Wildschwein, Fasan und Hirsch aus, denn ihr Mann ging zur Jagd, aber ein Truthahn? Nein, Fehlanzeige. »Ruf doch mal die Marianne an, die weiß alles«.

So war es auch. Marianne wusste, dass der Vogel je nach Größe drei bis vier Stunden in der Röhre sein müsse, dass man ihn unbedingt regelmäßig begießen müsse, weil er sonst trocken werde und nicht schmecke! Mutter rechnete im Kopf aus, dass sie am ersten Feiertag um sieben Uhr aufstehen müsse, dass sie deswegen nicht in die Messe könne und beschloss, dass sie diesen unheiligen, ja nachgerade Unheil bringenden Vogel an Heiligabend Nachmittag vorbraten werde. So ab drei Uhr wollte sie beginnen, dann könne so gegen fünf die Bescherung stattfinden, gegen halb acht könne dann der Karpfen gegessen werden … alles würde also doch noch seine Ordnung haben und die Weihnachtsgemütlichkeit mit dem Vogel nicht gänzlich davonflattern.

Der Heiligabend kam. Mutter holte den Truthahn vom Balkon, denn im Kühlschrank war für derart überdimensioniertes Geflügel kein Platz, schon gar nicht zur Weihnachtszeit, und sie machte sich daran, das Tier innen und außen zu salzen und zu pfeffern. In den Bauch schob sie zwei Zwiebeln und zwei Äpfel, beide mit Gewürznelken gespickt – ein Tipp von der allwissenden Marianne – und legte den Hahn auf das Bratenblech. Es war kurz nach drei Uhr und Mutter war voller Hoffnung und bester Dinge, dass mit ihrer Zeitplanung alles gut klappen würde.

Die Kinder spielten im angrenzenden Zimmer am Esstisch »Schwarzer Peter«, denn ins Wohnzimmer durften sie nicht, dort war, wie man ihnen weismachen wollte, das Christkind zugange. Anna hatte zwar schon lange den Verdacht, dass da andere, und zwar flügellose Wesen am Werke seien, aber die Überprüfung ihres Verdachts war ihr nicht möglich, denn das Schlüsselloch war mit Heftpflaster zugeklebt.

Gerade als Wolfgang ihr den dritten schwarzen Punkt auf die Nase malte, denn sie hatte schon wieder als Letzte den »Schwarzen Peter« und krähte lauthals: »Ihr seid gemein, ich spiel nicht mehr mit!«, hörten sie auch aus der Küche lautes Geschrei, gefolgt von Herz zerreißendem Stöhnen: »Ich hab's geahnt! Ich hab's gewusst! Das darf doch nicht wahr sein! So ein blödes Vieh!«

Die Kinder schauten sich stumm an, denn solche Flüche waren eigentlich in der Familie tabu und dass die Mutter sich verbal so danebenbenahm, irritierte sie doch ein wenig. Ev-Marie vermutete richtig, dass sich da in der Küche eine Katastrophe anbahnte und fragte vorsichtig: »Mutti, brauchst du Hilfe?« Schweigen war die Antwort. Sie legten die Spielkarten beiseite und wussten instinktiv, dass es jetzt besser war, auch zu schweigen.

In der Küchentür stehend sahen sie die Mutter vor der Backröhre knien, das Bratenblech und den darauf liegenden blässlichen Truthahn verkrampft in den Händen haltend. Ihr Kopf und ihr Hals waren knallrot und sie wussten nicht, ob das vor Wut oder Anstrengung war. Anna musste an den Kinderruf denken, mit dem sie immer die Truthähne gereizt haben: »Truthahn, ich bin aber röter als du!« Mutter erschien ihr jetzt sogar »röter« als alle von ihnen geärgerten Truthähne.

»Herrgott nochmal, der Verrecker passt net in die Röhre!«, stöhnte sie und stellte das Blech mit dem Verrecker ab. »Holt mal den Vati aus der Praxis!«

Irgendwie dachte sie, der Verursacher des Truthahnproblems müsse sich nun wenigstens auch an der Lösung beteiligen.

Die Kinder klopften an der Sprechzimmertüre, erhielten ein sonores Herein und sahen den Vater behäbig im weißen Kittel hinterm Schreibtisch sitzen und Ärztemuster sortieren. »Mutti sagt, der Verrecker passt nicht in die Röhre. Du sollst kommen!« Vater legte die Stirn in Falten, dachte wohl an die sparsame Begeisterung seiner Frau, als er das Truthahngeschenk nach Hause brachte, und meinte: »Passt nicht, gibt's nicht!«

Trotzdem etwas verunsichert folgte er den Kindern in die Küche, wo er seine Frau, inzwischen fast den Tränen nahe, immer noch kniend vor der Backröhre vorfand. Sie schwieg, schaute erst den Gatten an, dann den Truthahn und schwieg immer noch. Die Kinder spürten, dass dies kein gutes Zeichen war.

Vater überblickte die Situation schnell. Sein räumliches Vorstellungsvermögen reichte aus, um ohne weitere Versuche festzustellen, dass der Vogel nicht durch die Öffnung der Röhre passte. »Wir müssen das Brustbein entfernen«. Er nahm Mutter das Backblech ab, trug es zum Esstisch, holte mit ein paar schnellen Griffen die Füllung aus dem Leib und verlangte nach einem Nudelbrett. Alle schauten sich fragend an, vertrauten jedoch auf seine Kompetenz in schwierigen Situationen. Mutter holte ihr dickes Lindenholznudelbrett, Vater tastete geübt das Brustbein des Truthahns ab, drückte mit aufeinander gelegten Händen prüfend drauf und meinte: »Das kriegen wir hin!« Dann schwang er mit beiden Händen das Nudelbrett über seinem Kopf und landete damit einen gezielten Schlag auf der Truthahnbrust. Ein spleißendes Geräusch folgte. Die Kinder schauten auf das sehr standhafte Brustbein, Vater auf die beiden Teile des Nudelbretts und Mutter entgeistert auf ihren Mann. »Das war noch von meiner Mutter!«, brach sie ihr Schweigen und alle spürten, dass sie die beiden Unglücksvögel am liebsten aus ihren Augen hätte. Aber das hätte bedeutet, dass die Familie an Weihnachten unvollständig wäre und das

Festessen am Feiertag fleischlos abliefe. Beides ging gar nicht.

Es war vier Uhr, als Vater zu einem zweiten Lösungsversuch ansetzte: »Zwei Zentner zwanzig, dem widersteht kein Brustbein!« Das Rätsel begann sich zu lichten, als er nach einem Küchentuch verlangte und nach einem stabileren Brett. Mutter rückte schweren Herzens ihr neues Resopalschneidebrett raus. Das Küchentuch wurde auf dem Boden ausgebreitet, darauf der Truthahn gelegt und obendrauf das Schneidebrett, das die Kinder rechts und links zu halten hatten. Der Vater, gut 1,85 m groß und, wie sie bei dieser Gelegenheit erfuhren, zwei Zentner zwanzig schwer, setzte sich nun vorsichtig auf den Vogel, wippte auch ein wenig, als säße er auf einem großen Gummiball und alle warteten auf ein erlösendes Knacken. Das kam aber nicht und außer einem mahlenden Geräusch und einem knappen »Uhh!«, war nichts zu vernehmen. Das »Uhh!« kam vom Vater, der mit seinem Hintern auf dem Truthahn herumeierte und mit wedelnden Armen versuchte, das Gleichgewicht zu halten. Die Kinder quiekten vor Vergnügen und selbst die Mutter konnte sich das Schmunzeln nicht verkneifen. Aber alles Wippen und Hopsen war vergeblich, das Brustbein hielt stand. Kleinlaut stieg er ab. Das hatte er noch nicht erlebt, dass sich irgendjemand von seinen zwei Zentnern zwanzig so unbeeindruckt zeigte.

Die Tatsache, dass nun auch er für die mitgebrachte Beute den Begriff »Verrecker« gebrauchte, zeigte den Ernst der Lage.

Brummelnd verschwand er Richtung Praxis und kehrte mit einem Arztköfferchen zurück, das anders aussah als das, mit dem er üblicherweise zu seinen Patienten fuhr. Es war ein oben zu öffnendes dunkelbraunes Lederköfferchen, das allerlei Instrumente enthielt, die nicht täglich im Gebrauch waren. Er legte sie der Reihe nach auf den Tisch und erklärte den Kindern ihre medizinische Verwendung. Da kam eine Geburtszange zum Vorschein, Pinzetten in verschiedenen Größen, mehrere Spekula, Seziermesser, Skalpell und endlich fand er auf dem Grund der Tasche das, wonach er suchte: eine Knochenschere. Die habe er zuletzt als Stabsarzt im Lazarett gebraucht und später höchstens einmal, um einen Gips aufzuschneiden.

Es war halb fünf, als die Operation begann. Der »Patient« wurde samt Küchentuch auf dem Tisch gelagert. Wie in alten Zeiten als Krankenschwester reichte ihm die Mutter auf Zuruf das Skalpell. Mit einem beherzten Schnitt teilte er die Haut über dem Brustbein und legte es fachmännisch frei. Den staunenden Kindern erklärte er, welche Funktion dieser Knochen im Zusammenspiel mit den Rippen und den darunter liegenden Organen habe. Als sich seine Ausführungen in Richtung anatomische Vorlesung zu entwickeln begannen, reichte ihm Mutter mit einem Blick auf die Uhr wortlos die Knochenschere.

Trotz des passenden Werkzeugs kostete es ihn doch Anstrengung, bis der stabile Knochen sachgerecht herausoperiert war. Einige Haarsträhnen hingen ihm in die Stirn, was dem sonst mittels »Fit« und Frisierhaube stets korrekt frisierten Vater fast einen Anflug von Verwegenheit gab. »Bete für deinen Arzt, dass ihm in der Stunde der Not das Richtige einfällt«, zitierte er einen seiner Lieblingssprüche und setzte sich erschöpft an die Stirnseite des Tisches. Der frisch Operierte sah nun deutlich flacher aus, etwa wie ein zusammengedrückter Fußball ohne Luft. Mutter stopfte ihm wieder die mit Nelken gespickten Äpfel und Zwiebeln in den Bauch, den sie sachgerecht mit Zwirn zunähte und schob ihn auf dem Bratenblech ins Rohr.

Es war fünf Uhr, die Bescherung konnte beginnen.

Es war ein schneereicher Winter und die Kinder fuhren Schlitten, die Jüngeren am Großenberg, die Älteren am Pfuhlbach. Wolfgang und Ev-Marie hatten zu Weihnachten Skier bekommen und machten erste Versuche. Anna zog ihren Schlitten mit einigen Klassenkameraden lieber zum Großenberg, wo sich die Kleineren tummelten und mit »Bahn frei!« dem Wintervergnügen hingaben.

Zu den Kleineren gehörte auch Anton. Er war schon erwachsen, aber im Kopf und im Herzen klein geblieben. Die Kälte schien ihm nichts auszumachen, denn er lief barfuß im Schnee, hatte auch nur einen Pullover und eine leichte Hose an, über die er eine dunkelblaue Arbeitsschürze trug. Er lebte im Spital, einem städtischen Altersheim und kam als »Helfer für alles« so für seinen Unterhalt auf. Eine seiner kleineren Aufgaben war es, einem Zimmergenossen, dem von Annas Vater ein Katheder gelegt worden war, zu helfen, regelmäßig den Urin in eine Bettflasche abzulassen, womit er sich im ganzen Ort immer wieder als »Assistent vom Doktor« brüstete. Eine andere Aufgabe war, täglich mit zwei Eimern im Krankenhaus die Essensreste zu holen, mit denen die Ordensfrauen im Spital ein paar Schweine fütterten. Wenn er auf dem Weg dorthin am Wintertag die Kinder mit den Schlitten sah und die ihn fragten: »No Anton, willste mit?«, ließ er sich das nicht zweimal sagen, stellte seine Eimer beim Krankenhaus ab, folgte ihnen fröhlich und von hinten sah es so aus, als gehöre er dazu. Immer wieder fand er auch bei den größeren

Buben einen, der ihn mitfahren ließ, bloß mit dem Lenken war es schwierig, denn barfuß ging das auf der festgefahrenen Schneedecke schlecht, so streckte er seine nackten Füße breitbeinig weg und lachte beim Fahren genauso laut, wie die Kinder, die ihm zuschauten.

Der Winter war noch nicht vorbei, aber für Opa Grau war er zu lang gewesen. Er starb nach Dreikönig. Als hätte er die Feiertage abgewartet, um sie seinen Kindern und Enkelkindern nicht zu verderben, lag er eines Morgens tot im Bett.

Der Vater erzählte am Mittag, er sei ganz friedlich dagelegen und Oma Grau hätte stumm dabeigesessen und schließlich gesagt: »Jetzt ist er Zuhause. Das kann ihm keiner mehr nehmen.«

Der Vater veranlasste, dass der Totengräber noch am Nachmittag den Leichnam ins Leichenhaus überführte, damit Oma Grau nicht länger als nötig mit ihm in den kleinen Räumen bleiben musste. Er war mit dem Totengräber auf Du und Du und bezeichnete ihn oft als Kollege. »Ich weiß, dass man im Winter nicht sterben soll. Dem Totengräber darf man die gefrorene Erde nicht antun, aber wir beide haben's halt nicht in der Hand!«, meinte er.

»Ich komm mit die Gäul um halb drei, dann is noch hell bis mer drauß' auf'm Gottsacker sin!«

Pünktlich stand er mit dem gläsernen Totenwagen und den Pferden, die mit schwarzen Tüchern abgedeckt waren, in der Brandgasse vor der Hofeinfahrt. Die Tore waren geöffnet und im Hof stand der offene Sarg auf zwei Hockern. Aus der Waschküche hatte man zwei immergrüne Pflanzen geholt, die dort zum Überwintern waren. Sie standen rechts und links vom Sarg, davor die Familie Grau und im Halbkreis dahinter die Hausbewohner. Es war das erste Mal, dass sie aus solchem Anlass zusammenstanden und als der Pfarrer mit zwei Ministranten zur Aussegnung kam, stellte sich Anna zu den drei Enkelinnen von Opa Grau und meinte, er schaue auch sie ein bisschen an, denn die Augenlider waren nicht ganz geschlossen. Ohne Hut wirkte sein Gesicht noch schmaler als sonst und die Ohren, durch die sie oft die Sonne gesehen hatte, lagen weiß und blutleer auf dem Kissen. Oma Grau hatte ihm noch ein geklöppeltes Deckchen unter den Kopf gelegt. Es sah aus wie ein Heiligenschein.

An einem Sonntag Ende Januar strömten die Malstädter hinaus zum Pfuhlbach, wo am Hang auf der dortigen kleinen Sprungschanze die jungen Männer sich im Skispringen übten. Anna stand mit ihrer Schwester am Rand des Auslaufes und bewunderte die Springer, wie sie in gebückter Haltung auf den Schanzentisch zufuhren, dann die Arme nach oben rissen, ein paar Meter durch die Luft flogen, um dann auf dem immer noch steilen Abhang zu landen. Da gab es Könner, die es ohne Sturz auf über zwanzig Meter brachten. Ralf, der große Bruder einer Klassenkameradin, zählte zu den Favoriten. Anna, die ein bisschen für ihn schwärmte, applaudierte immer besonders lang, wenn er einen Sprung durchgestanden hatte.

»Muss mer den kenn?«, fragte ein Malstädter, der neben ihr stand.

»Ja!«, strahlte Anna, »das ist doch der Ralf, der Bruder von der Rosi. Die wohnen in den neuen Häusern im Sonnenland!«

»Ham die aach en Vadder?«, wollte der Mann wissen.

»Freilich, der ist Lehrer in der Mittelschul!«

»Kenn ich ned, aber gut spring kann er scho!«, meinte er anerkennend.

Der Sieger brachte es auf achtundzwanzig Meter. Ralf landete auf dem zweiten Platz mit fünfundzwanzigeinhalb Metern. Bei der Siegerehrung meinte der Mann, der neben Anna stand, dass es schon verwunderlich sei, was für gute Sportler unter den Flüchtlingskindern seien, da müssten sich die Malstädter anstrengen, dass sie mithalten können.

Für die Schulkinder hatte die Skizunft einen Langlauf vorbereitet und da Wolfgang schon recht sicher auf seinen neuen Skiern stand, hatte er sich auch angemeldet.

Die Mutter, die zusammen mit Opa Will als junges Mädchen lange Skiwanderungen auf der Hochrhön von Hütte zu Hütte unternommen hatte, wusste, wie man die Bindung einstellt, dass man gut und sicher laufen konnte und war fast ein bisschen stolz darauf, dass ihr Junge solche Freude am Skisport hatte. Von über vierzig teilnehmenden Kindern kam er als Achter ins Ziel und erhielt eine bronzene Nadel, die zwei parallellaufende Skier zeigte. Erschöpft, aber glücklich heftete er sie sich an den Anorak. Im Stillen plante die Mutter, ihn im kommenden Winter bei der Skizunft anzumelden, die immer wieder auch mit dem Bus in die Hochrhön fuhr, um dort am Kreuzberg oder der Thüringer Hütte Ski zu fahren. Vielleicht würde sie sich auch anschließen, denn ihr Mann, wie auch die beiden Mädchen waren im Gegensatz zu ihr nicht allzu sportbegeistert.

Es war Anfang Februar, als Wolfgang über Bauchschmerzen klagte und der Vater glaubte, eine Blinddarmentzündung zu diagnostizieren. Man operierte ihn im

Malstädter Krankenhaus und der Chirurg und Stammtischfreund von Vater meinte:

»Berny, das war mehr als nur ein Blinddarm. Ich hab alles entfernt, was ich konnte und ins Labor nach Schweinfurt geschickt. Jetzt müssen wir warten, was die sagen.«

Anna besuchte in Begleitung der Mutter ihren Bruder im Krankenhaus. Die Mischung aus Essensgerüchen und Desinfektionsmittel, die ihnen schon im Eingang entgegenschlug, schüchterte sie ebenso ein wie Rollstühle und Krankenbahren, die auf den Fluren standen oder die Krankenschwestern, die mit Bettschüsseln in der Hand an ihnen vorübereilten.

Die Mutter ging auf eine der Schwestern zu: »Schwester Finchen, wie geht es ihm heute?«

»Er schläft viel. War ja auch eine längere Operation. Geht ruhig hoch, vielleicht ist er inzwischen wach!«, dabei strich sie Anna über die Wange und lächelte sie an. »Gell, du bist die kleine Schwester? So eine Stramme wie dich braucht er jetzt!«

Anna nickte stumm und spürte, dass da etwas war, was sie nicht verstand, aber sie wagte auch nicht nachzufragen aus Angst, dass dann das eintreten würde, wovor sie Angst hatte.

An der Hand der Mutter ging sie die Treppe hinauf. Die steilen Stufen kamen ihr wie ein hoher Berg vor, dessen Gipfel sie nicht erklimmen wollte. Wolfgang lag allein in einem kleinen Dachzimmer und hatte die Augen geschlossen. Anna setzte sich auf den Stuhl, der vor dem Bett stand, während die Mutter zwei frische Schlafanzüge und einige Handtücher und Waschlappen in den Schrank räumte. In dem blassen schmalen Gesicht wirkten die Lippen sehr rot, denn sie waren trocken und aufgesprungen. Als die Mutter das sah, tunkte sie den Mulltupfer, der in einer Tuchklemme befestigt war, in die Tasse mit Kamillentee und befeuchtete seine Lippen. In dem Moment schlug er die Augen auf und klagte über Durst.

Anna dachte an den Spruch von Onkel Hans, dass Durst schlimmer als Heimweh sei. Sie blickte fragend zur Mutter, doch die schüttelte den Kopf: »Nein, er darf heute und morgen noch nichts trinken und essen. Das muss im Bauch alles erst abheilen!«, dabei strich sie ihm Haarsträhnen aus der Stirn. »Ich sprech mit Schwester Finchen, vielleicht kann sie dir morgen Abend einen Pudding kochen! Du, Puddingbüble, du!«

Um nicht klingeln zu müssen, ging Anna, als sie aus der Schule kam, über den Küchenbalkon in die Wohnung. Der Esstisch war schon gedeckt, aber die Mutter stand nicht am Herd wie sonst, um schon die Suppe auszuschöpfen oder den Salat zu wenden. Als sie ihre Büchertasche abstellte, sah sie Gudrun in Mutters Sessel hinter der Tür sitzen. Sie hatte schon ihre weiße Praxisschürze abgelegt und schien zu warten.

»Gibt's heute nichts zu Mittag?«, wollte Anna wissen

»Doch, aber wir warten noch!«

»Ev-Marie kommt doch erst um halb drei von der Bahn! So lange kann ich nicht warten. Ich hab sooo Hunger!«, quengelte Anna.

»Jetzt sei still, bis Vati und Mutti kommen und gib Ruhe!«, sagte Gudrun ungehalten.

Anna war so einen Ton bei Gudrun nicht gewohnt und wollte wissen, wo die beiden seien.

»Im Wohnzimmer «, war die knappe Antwort.

Anna lief dorthin, öffnete die Tür und sah die Eltern auf dem Sofa sitzen. Die Mutter hatte offensichtlich geweint und zerknüllte ein Taschentuch in der Hand. Beide sahen zu Anna, die sich unsicher auf einen der Sessel setzte und fragend von einem zum andern schaute.

»Der Wolfgang ist sehr krank!«, sagte der Vater mit belegter Stimme, »er muss noch einmal operiert werden. Das müssen sie in Schweinfurt machen. Dort gibt es Spezialisten.«

»Aber es war doch schon alles abgeheilt im Bauch. Er hat sogar schon Pudding essen dürfen und gestern Griesklößchensuppe. Und Schwester Finchen hat gesagt, dass es jetzt aufwärts geht!«

»Das hoffen wir auch. Komm, Kind, du hast bestimmt Hunger!«, sagte die Mutter und stand auf.

Anna nickte, aber sie spürte den Hunger nicht mehr.

An einem der nächsten Tage wurde Wolfgang mit dem Krankenwagen nach Schweinfurt ins Krankenhaus St. Josef transportiert. Anna hatte ihn davor noch im Malstädter Krankenhaus in dem kleinen Dachzimmer besucht. Der Schnitt am Bauch schien gut zu heilen. Wolfgang zeigte ihn Anna und meinte, er sei fast so wie damals, als er mit dem Kopf auf den Stein gefallen war und der Vater die klaffende und stark blutende Wunde mit drei Stichen nähen musste. Jetzt seien es halt ein paar Stiche mehr, aber er spüre sie kaum noch. Außerdem würde Schwester Finchen dafür sorgen, dass er fast jeden Tag Schokoladenpudding bekomme und gestern am Sonntag habe es Kloß mit Soß gegeben. Es gehe ihm schon fast richtig gut.

Anna erinnerte sich noch an das Loch im Kopf und den Schreck, der sie, Wolfgang und Roland, den

Nachbarsjungen damals ergriffen hatte. Sie hatten an einem Abhang gespielt und Wolfgang hatte das Übergewicht bekommen, war gefallen und auf einen Stein geprallt. Die beiden anderen hatten gelacht, weil es so lustig ausgesehen hatte und obwohl Wolfgang zum Heulen zumute war, lachte er mit. Erst als er sich an den Hinterkopf griff und dann seine blutige Hand entdeckte, wurden alle drei ernst. Roland meinte, dass das Hirn rausfließt, wenn man ein Loch im Kopf hat, und ohne Hirn könne man nicht leben. In panischer Angst liefen die Kinder heim und hatten Glück, dass der Vater gerade von seinen Krankenbesuchen zurückgekommen war und den blutenden Sohn behandeln konnte. Roland habe zwar recht, wenn er sagt, dass man ohne Hirn nicht leben könne, meinte er schmunzelnd, aber wenn nur die Kopfschwarte verletzt sei, bleibe das Hirn unter der Schädeldecke. »Wolfgang, du bist ein zweifacher Glücksritter! Erstens ist dein Dickschädel heil geblieben und zweitens hast du einen Vater, der weiß, was in solchen Fällen zu tun ist!« Mit diesen Worten schnitt er das Haar um die Wunde weg, befahl seinem Sohn, der aufrecht auf dem gynäkologischen Untersuchungsstuhl saß, die Zähne zusammenzubeißen, »auch Glücksritter müssen das können!«. Er desinfizierte die Wunde, zog mit einer Pinzette einen sterilen Catgut-Faden aus einem Gläschen, fädelte ihn ein und nähte fachmännisch die Wunde zu. Wolfgang zog durch die geschlossenen Zähne die Luft ein. Anna und Roland, die aufrecht und angespannt auf der Untersuchungsliege daneben saßen, machten es ebenso. Als der Vater den letzten Faden abschnitt und einen Mullverband anlegte, atmeten die drei Kinder hörbar auf.

Daran musste sie denken, als sie Wolfgang dort liegen

sah und war sich sicher, dass er auch die zweite Operation als Glücksritter gut überstehen würde. Genauso sicher war sie, dass der Vater als Arzt alles gut hinbekäme.

Jetzt war sie ein bisschen neidisch auf den Bruder, für den jeder Tag wie Sonntag zu sein schien. Schokoladenpudding und Kloß mit Soß gab es zu Hause nur sonntags. Vor allem dass er nicht zur Schule musste, fand sie gut. Wolfgang widersprach ihr in diesem Punkt nicht, denn er ging nicht allzu gern in die Schule. »Blöd« fand er jedoch, dass er jetzt beim Malstädter Kinderfasching nicht mitmachen konnte. Wie gern wäre er mit den andern am Faschingsdienstag in seinem Indianerkostüm hinter der Stadtkapelle zum Jugendheim marschiert und hätte dort Zuckerschnecken und Kakao bekommen.

Anna wollte sich als Sterntaler verkleiden mit langem hellgrünen Kleid, auf das die Mutter schon vor Wochen goldene Sterne genäht hatte. Und ihre Haare wollte sie offen tragen, wie das Mädchen auf dem Bild in ihrem Märchenbuch. Sterntaler mit einem Dutt am Hinterkopf, das war undenkbar.

Am Sonntag vor Rosenmontag, als der Faschingszug mit Prinzenwagen und Musikkapellen durch Malstadt zog, fuhr der Vater mit den Töchtern nach Schweinfurt, um seinen frisch operierten Sohn zu besuchen. Seine Frau war die ganze Zeit in der Klinik geblieben, schlief im selben Zimmer. Als sie eintraten, saß sie mit einem Stickrahmen am Fenster und zog gerade einen roten Faden durch ein weißes Stoffstück, das einmal ein Deckchen für den Brotkorb werden sollte. »Ich muss was mit den Händen tun!«, sagte sie zu ihrem Mann. Der nickte und wandte sich Wolfgang zu, der bleich und schmal im Bett lag und schlief.

Ev-Marie und Anna standen in ihren Mänteln im Raum, hätten gerne die Mutter umarmt, aber wagten es nicht. So setzten sie sich auf das zweite Bett, denn es gab auch nur einen Stuhl. Der Vater fragte, ob der Operateur oder zumindest der Stationsarzt zu erreichen wäre. Mit einer Handbewegung deutete die Mutter auf die Tür und die beiden gingen nach draußen.

Anna stand auf und ging zum Fenster. Draußen schneite es leicht, aber der Schnee blieb auf den Dächern und Ästen nicht liegen. Sie griff nach dem Stickrahmen, betrachtete das Kreuzstichmuster eine Weile und blickte dann zu Wolfgang. »Weiß wie Schnee, rot wie Blut und schwarz wie Ebenholz«, ging es ihr durch den Kopf und sie wurde den Gedanken nicht los, dass ihr Bruder wie Schneewittchen in Gefahr sei, aber, beruhigt sie sich, dort ist es ja auch gut ausgegangen.

Als die Eltern zurückkamen, war die Rede von zwei bis drei Bestrahlungen, dass man aber erst noch einige Zeit warten müsse und dass die Mutter so lange bei Wolfgang bleibe. Anna wagte nicht zu fragen, wann die Mutter wieder nach Hause käme. Sie ging ans Bett, griff nach Wolfgangs Hand und drückte sie vorsichtig. Der schlug die Augen auf und lächelte, als wollte er sagen, dass er sich beeilen werde.

Beim Abschied machte die Mutter jedem Mädchen mit dem Daumen ein Kreuzzeichen auf die Stirn. Sie sollten dem Vati keine Sorgen machen und den Anweisungen von Gudrun folgen. Über die Zugehfrau, die jetzt dreimal in der Woche kam und auch kochte, sagte sie nichts, da sie wusste, dass weder ihr Mann noch die Kinder zu der fleißigen, aber wenig feinfühligen Frau einen Draht gefunden hatten.

Schweigend fuhren die drei nach Hause und immer

wieder nahm der Vater die Hand vom Lenkrad und wischte sich über die Augen.

Gudrun bestand darauf, dass sich Anna am Faschingsdienstag mit den anderen Kindern ihrer Klasse im Sterntalerkostüm am Marktplatz versammelte. Auf dem offenen Haar trug sie eine mit goldenem Staniolpapier beklebte Krone aus Pappe. Heimlich hatte sie sich noch den Mund mit Mutters Lippenstift geschminkt, kräftig, so dass das Rot auch über den Lippenrand hinausging. Und als der Fotograf, der die Kinder einzeln fotografierte, sie bat, doch einmal zu lächeln, wusste sie nicht mehr, wie das ging.

Es war das Jahr, in dem Anna Erstkommunion haben sollte. Sie freute sich auf das Fest, denn sie hatte erlebt, wie für Wolfgang das Jahr zuvor ein großes Fest ausgerichtet worden war. Der Großvater aus Würzburg war angereist mit Tante Gertrud, Vaters Schwester und deren Sohn. Onkel Alfred und Tante Else, beides Stammtischfreunde der Eltern und Gartennachbarn, waren geladen. Eine Köchin wurde engagiert und man sparte weder an Zeit noch an Kosten.

Schwester Hermenfrieda hatte es übernommen, die Kinder auf die Beichte und Kommunion vorzubereiten. An den Tagen vor dem Beichten war Anna sehr still. Sie saß an ihrem Kindertischchen, hatte einen Zettel vor sich und schrieb auf, was sie dem Pfarrer sagen wollte. »In Demut und Reue bekenne ich meine Sünden. Ich habe genascht. Ich habe gelogen. Ich habe der Mutti zwanzig Pfennig aus dem Portemonnaie gestohlen.« Sie faltete den Zettel zusammen und steckte ihn in die Rocktasche. Was Demut ist, hätte Anna nicht zu sagen gewusst, aber das mit der Reue hatte sie verstanden. Der liebe Gott vergibt die Sünden nur, wenn es einem leid tut und man ihm verspricht, es nicht wieder zu tun, hatte Schwester Hermenfrieda gesagt. Sie hatte Angst, dass sie die drei Sünden wieder begehen würde. Manchmal hatte sie so einen Heißhunger, dass sie in die Speisekammer ging und eine Tüte Backerbsen auf einmal hinunterschlang. Sie wusste auch, dass die Mutter manchmal Pralinen im Wäscheschrank versteckte. Heimlich ging Anna dorthin und holte sich eine oder zwei oder drei. Wenn sie nach dem Verbleib der Backerbsen oder der Pralinen gefragt wurde, schwindelte sie sich raus. Nein, sie habe sich nichts genommen. Sie schämte sich für ihren Heißhunger und verfiel darauf, sich für zehn oder zwanzig Pfennig am Kiosk in der Nähe des Bahnhofs Himbeerbonbons zu kaufen. Für zehn Pfennig bekam sie zehn Bonbons, die sie gleich weglutschte, damit zu Hause niemand dahinterkäme. Und wenn sie gleich die Zähne putzte, sah auch niemand ihre rote Zunge.

Das wird sie alles dem Pfarrer sagen müssen, damit der liebe Gott ihr vergibt, denn die Kommunion darf man nur empfangen, wenn man ohne Sünde ist und vorher nichts gegessen hat. »Ihr müsst nüchtern sein«, hatte Schwester Hermenfrieda den Kindern eingeschärft. »Nüchtern« kannte Anna bis dahin nur in Verbindung mit Alkohol. Sie fragte sich auch, warum sie ihre Sünden dem Pfarrer sagen sollte und nicht beim Abendgebet dem lieben Gott selbst, denn als Kommunionkind sollte sie mindestens all drei Wochen zur Beichte gehen, wie Schwester Hermenfrieda sagte.

Als Anna am Samstagnachmittag zur Beichte in die Kirche kam, stand schon eine lange Schlange vor dem

Beichtstuhl. Sie reihte sich ein, sah weiter vorne ein paar Klassenkameradinnen, ein paar ältere Frauen und auch nach ihr kamen noch einige. Das Herz klopfte ihr bis zum Hals. Sie hatte Angst vor dem dunklen Beichtstuhl, dass der Pfarrer sie erkennt und dann weiß, dass sie eine Diebin ist. Die Schlange rückte nur sehr langsam vorwärts und die Aufregung stieg. Anna spürte, dass sie auf die Toilette musste und presste die Beine zusammen. Der Drang wurde stärker und eigentlich hätte sie aus der Schlange ausscheren müssen, um irgendwo auf eine Toilette zu gehen, vielleicht bei Schwester Hermenfrieda, denn das Haus der Armen Schulschwestern befand sich gleich neben der Kirche. Aber dort war sie noch nie gewesen, dort konnte sie doch nicht einfach klingeln und sagen, dass sie aufs Klo müsse. Und wenn sie sich jetzt umdrehte und ging, was dachten die anderen? Anna befürchtete, dass sie dächten, sie hätte so schlimme Sünden, dass sie nicht wage, sie zu beichten. Also blieb sie in der Schlange und als sie an der Reihe war, die zwei Stufen zum Beichtstuhl hochzugehen, konnte sie das Wasser nicht mehr zurückhalten und lief, eine Spur unter sich lassend, so schnell sie konnte hinter den Beichtstuhl, um sich dort pflichtgemäß niederzuknien. Sie hörte ein Gemurmel hinter sich, auch ein leises Gelächter. Ihre drei Sünden flüsterte sie dem Pfarrer zu, wartete auf die Buße, die er ihr auferlegte und verließ in schnellen Schritten das Gotteshaus, das für sie zur Hölle geworden war.

Zwei Wochen vor Ostern kam Wolfgang aus der Klinik nach Hause. Blass, schmal und oft sehr müde, so dass er manchmal den halben Tag verschlief. Die wenigen wachen Stunden bastelte er gern mit seinem

Märklin-Baukasten, für den ihm der Vater einen kleinen Motor gekauft hatte. So konnte er damit einen Kran bauen, der mittels Greifzange ein Stück Würfelzucker aus der Dose packte und durch Wendung in die Tasse fallen ließ. Sein technisches Geschick und die Freude an solchen Aktionen waren die wenigen Momente, in denen die Familie unbeschwert lachte und Wolfgang lachte mit, auch wenn ihm der Bauch durch die beiden Operationen und die Bestrahlungen weh tat.

Von den Schulfreunden kam nur noch Karl. Der schien es nicht zu vermissen, dass man mit Wolfgang nicht mehr herumtoben konnte. Geduldig wartete er, bis er aufgewacht war, dann montierten die beiden mit dem Baukasten oder spielten Quartett. Manchmal musste er aber auch unverrichteter Dinge gehen, wenn Wolfgang zu müde war. Karl nahm es hin und kam trotzdem ein paar Tage später wieder.

Es war leise in der Wohnung geworden. Ev-Marie kam oft erst am Nachmittag aus der Schule und saß dann über ihren Hausaufgaben. Anna spürte, dass es nicht gut war, Freundinnen mit nach Hause zu bringen, da sich alles nach dem Wach- und Schlafrhythmus des Bruders richten musste. Oft ging sie zu ihrer Schulfreundin Rita, deren Vater Hausmeister in der Berufsschule war. Am Nachmittag konnte man dort auf den Gängen herumtoben und bis zur Erschöpfung mit Socken auf den Steinplatten entlangschlittern. Ritas Oma hatte zwar immer Angst, ihr Enkelkind könnte sich dabei etwas brechen, doch ihr Vater freute sich über das wilde Spiel der beiden Mädchen. Dort wurde Anna nicht gefragt, wie es Wolfgang gehe. Das wusste man, denn Ritas Vater fuhr beim Roten Kreuz den Krankenwagen und hatte deshalb oft mit Annas Vater Kontakt. Man freute sich, wenn sie kam, denn Rita war damals Einzelkind und die Freundschaft mit Anna brachte Leben ins Haus.

Der Tag der Erstkommunion rückte näher. Mutter hatte einen weißen Organza-Stoff besorgt, aus dem ein schlichtes Kleid genäht werden sollte. Anna kannte das Kommunionkleid der großen Schwester. Es hatte Rüschen am Saum und im Schulterbereich, so etwas hätte sie auch gerne gehabt, aber die Mutter entschied strikt, es solle einfach sein, nur ein rundes Krägelchen, alles andere trage auf. Die Schneiderin meinte, dass es schwierig sei, für so ein kräftiges Kind etwas Passendes zu nähen. »Du willst doch nicht noch dicker wirken!«

Anna schluckte. Sie wusste selbst, dass sie nicht zu den Zierlichen in der Klasse gehörte. Sie dachte an die Backerbsen und Himbeerbonbons und nahm sich vor, künftig darauf zu verzichten. Als sie das Kleid bei der Schneiderin abholten und Anna es zuhause vor dem Spiegel noch einmal anprobierte, nutzte es auch nichts, dass alle sagten, dass das Schöne des Kleides seine Schlichtheit sei. Anna gefiel sich nicht. Und als Mutter ihr ein paar Tage später mitteilte, dass sie wegen Wolfgangs Krankheit besser nur im engsten Familienkreis feiern sollten, weinte sie.

»Dann ist das doch kein Fest, wenn niemand eingeladen ist! Dann ist das doch wie jeden Sonntag!«, jammerte sie. Die Eltern schauten sich an und ihnen war klar, dass sie eine Lösung finden mussten.

So auf die Schnelle konnten sie keine Verwandtschaft einladen, denn die wohnten weiter weg und hatten auch kein Auto. Die Malstädter Verwandtschaft hätte die kurzfristige Einladung sicher seltsam empfunden. Also lud man Onkel Alfred und Tante Else und ihren sechzehnjährigen Sohn Manfred ein, für den Anna ein bisschen schwärmte. Sie waren Stammtischfreunde und Gartennachbarn und wenn Anna auf der Schaukel saß, rief sie immer laut hinüber zu Manfred, er solle sie anschieben, was er auch irgendwann dann tat, aber eher, damit sie aufhört zu rufen, als dass er dem Kind eine Freude machen wollte. Die Aussicht, dass Manfred zum Fest kommen würde, versöhnte Anna ein bisschen.

Als der Weiße Sonntag kam und Gudrun Anna wecken sollte, entfuhr ihr ein: »Um Himmels Willen, wie siehst du denn aus? Frau Doktor, schauen Sie doch mal!«

Die Mutter kam ins Zimmer gelaufen und an ihrem entsetzten Blick konnte Anna sehen, dass irgendetwas mir ihr nicht in Ordnung war. Sie sprang aus dem Bett, schaute in den Spiegel und sah, dass sie viele rote Pünktchen im Gesicht hatte. Sie wurde blass und dachte sofort an die Himbeerbonbons, die sie sich am Vortag heimlich gekauft und dann gleich weggelutscht hatte.

Schwester Hermenfrieda hatte darauf bestanden, dass alle Kinder nach der Hauptprobe in der Kirche blieben, um gleich beim Kaplan zu beichten, denn den Leib Christi durfte man nur frisch gebeichtet empfangen. Damit hatte Anna nicht gerechnet und wusste so schnell nicht, was sie beichten sollte. Naschen und Schwindeln, ja! Aber sollte sie auch beichten, dass sie zornig auf die Eltern und auf Wolfgang war, weil sie wegen ihm nur ein kleines Fest feiern konnte? War es Sünde, dass sie ihr Kommunionkleid nicht mochte? Sie war ratlos. Und als sie dann im dunklen Beichtstuhl kniete, sagte sie schnell, dass sie genascht, geschwindelt und ihre Eltern geärgert habe. Zur Buße sollte sie fünf Vaterunser beten. Das brachte sie schnell hinter sich und verließ die Kirche durch den Seiteneingang, von dem aus sie über die

Pforte hinunter zum Malbach Richtung Bahnhof lief, um sich dort am Kiosk für einen Zehner Himbeerbonbons zu kaufen.

Sollte das zu viel gewesen sein, dass sie jetzt diese roten Pünktchen im Gesicht hatte?

Der Vater kam noch im Morgenmantel und Frisierhaube, legte Anna die Hand auf die Stirn und schaute sich den Rücken unter dem Nachthemd an.

»Windpocken«, meinte er trocken.

»Und jetzt?«, seine Frau schaute ihn fragend an.

»Ich gebe ihr eine Lotion, dass es nicht so juckt und ein Fieberzäpfchen und du puderst ihr das Gesicht ein bisschen ab. Den Vormittag wird sie schon durchstehen, dann sehen wir weiter. Sie soll neben jemandem gehen und sitzen, der die Windpocken schon hatte. Ihre Freundin Rita zum Beispiel, die hatte sie im letzten Winter. Und sie soll eine große Tasse Kaba trinken, dass sie was im Magen hat!«

»Aber Vati, wir müssen doch nüchtern sein!«, gab Anna zu bedenken und hatte Angst, ihre leer gebeichtete Seele gleich wieder mit einer Sünde zu belasten.

»Kaba ist flüssig, Kind, das darfst du und wenn es der Doktor sagt, dann hat der liebe Gott nichts dagegen! Und Schwester Hermenfrieda braucht es ja nicht zu wissen!«

Als Anna an der Seite von Rita als Letzte durch den Mittelgang in die Kirche einzog und die Mutter ihr von der Kirchenbank aus ermunternd zunickte, war sie vor allem darauf konzentriert, nichts verkehrt zu machen. Den Liedtext, den alle Kinder zu singen hatten, kannte sie auswendig: »Fest soll mein Taufbund immer stehen // ich will die Kirche hören. // Sie soll mich allzeit gläubig sehen // und folgsam ihren Lehren.« ...

Anna sang laut mit und als sie bei der Zeile »und folgsam ihren Lehren« ankam, dachte sie an die große Tasse Kaba, dieses wunderbar warme und süße Getränk und war sich sicher, dass es auch dem lieben Gott geschmeckt hätte.

Alle Kommunionkinder durften das erste Mal in den kleinen Bänken im Chor der Kirche sitzen, rechts die Buben, links die Mädchen. Ganz nah am Hochaltar. Anna saß zwischen Rita und Carola in der letzten Bank, hatte ihr neues Gesangbuch aufgeschlagen, ein Geschenk des Würzburger Opas mit Goldschnitt. Vor sich hatten alle ihre Kommunionkerze in eine Halterung gesteckt und Schwester Hermenfrieda ging aufmerksam durch die Reihen, um darauf zu achten, dass nicht die Wachsfänger aus Papier oder gar die Haare des Vordermannes in Flammen aufgehen. Anna schaute andächtig nach vorne auf den Altar, wo der Geistliche Rat die Messe auf Lateinisch zelebrierte. Die Kinder verstanden kein Wort, es war wie eine Zaubersprache. So staunten sie sich, das erste Mal so nah am liturgischen Geschehen, durch die Bilder und überlebensgroßen Figuren am Altar. Auf dem Gemälde in der Mitte, das wusste Anna, war das Sterben des Hl. Kilian abgebildet. Man sah ihn mit Bischofsmütze und Gewand, die Hände nach oben gehoben, während andere, weniger festlich Gekleidete ihm ein Schwert auf die Brust setzten. Es erinnerte sie an die Cowboy- und Indianerspiele, die sie im Sommer mit den Nachbarskindern im Garten spielte. Trotzdem bedauerte sie den Geistlichen Rat, dass er immer auf so ein schreckliches Bild schauen musste, während er am Altar Brot und Wein verwandelte. Ihr würde da der Appetit vergehen.

Immer wieder blieben ihre Augen an der Figur des

Petrus hängen, denn es sah so aus, als hielte er zwei Tafeln Schokolade in der Hand, ganz edle Sorten aus der Schweiz, wie sie manchmal der Würzburger Opa an die drei Geschwister verschenkte, von denen jeder am Abend zwei Riefchen als Betthupferl essen durfte. Schwester Hermenfrieda behauptete zwar, der Petrus hätte zwei gekreuzte Schlüssel in der Hand, einen zur Kirche und einen zum Himmelreich, aber sie war schon älter, musste Brille tragen und Anna war sich sicher, dass Petrus Schokolade in der Hand hatte, das sah sie genau.

Neidisch beobachtete sie die Ministranten, die das Weihrauchfass schwenkten oder zu Beginn der Wandlung die Glöckchen schellen ließen als Zeichen für die Gläubigen, dass es jetzt losgeht und sie hinzuknien hätten. Sie beobachtete so gebannt die Aktionen am Hochaltar, dass sie nicht bemerkte, dass Carolas Kerze sich zur Seite geneigt hatte und dass schon ein größerer Wachshügel in ihr neues Gesangbuch getropft war. Anna war entsetzt! Die Andacht war dahin und sie stieß Carola in die Seite, die nun auch ihre krumme Kerze wahrnahm und zurechtbiegen wollte, was wiederum Schwester Hermenfrieda auf den Plan rief, die sich zischend und gestikulierend um Ruhe in der letzten Reihe bemühte. Anna fand sich ungerecht behandelt von der Ordensfrau, denn wie kann man ruhig und andächtig bleiben, wenn einem solches Unglück widerfuhr? War es doch nicht das erste an diesem wichtigen Tag.

Als sich der Pfarrer mit dem Kelch in der Hand den Kindern und der Gemeinde zuwandte und alle beteten. »Oh Herr, ich bin nicht würdig, dass du eingehst unter mein Dach«, klopfte auch Anna an ihre Brust. Wollte sie nicht alles immer richtig machen? Den Eltern keine Sorgen bereiten, denn die hatten Sorgen genug um Wolfgang? Sie war fleißig in der Schule, half zu Hause, wo sie konnte, widersprach und meckerte nicht, wollte sich unsichtbar machen und wurde doch sichtbar dicker und breiter. Durfte man nicht für einen Tag in die erste Reihe treten? Für einen Tag darf man doch mal wichtig sein, oder? Aber wie soll das gelingen mit einem schlichten Kommunionkleid, Windpocken und einem Wachsberg im Gesangbuch?

Die Messfeier schien kein Ende zu nehmen. Beinahe die gesamte Gemeinde kam die Stufen zum Chor hinauf an die Kommunionbank, streckte dem Pfarrer die Zunge entgegen, auf die er die Hostie legte. Manchmal sah das lustig aus, aber sie wagte nicht zu lachen. Auch Annas Eltern, Ev-Marie und Wolfgang gingen zur Kommunion. Onkel Alfred und Tante Else nicht, die waren evangelisch und mussten in den Bänken bleiben. Wolfgang trug seinen Kommunionanzug aus dem letzten Jahr. Er war ihm zu weit geworden. Als Anna ihn zwischen den Eltern vor dem Altar stehen sah, drückte sie die Augen fest zu und betete, dass der liebe Gott ihn doch wieder gesund machen solle, denn sie befürchtete, dass der Vater das allein nicht schaffen könne.

»Wenn du fest betest, dann wird er wieder gesund«, hatte Schwester Hermenfrieda gesagt. Anna machte das. Jeden Abend.

Der ganze Ort nahm Anteil am Schicksal der Familie. Insa Nebgen, die Wirtin vom »Grünen Baum«, schickte sonntags immer wieder ein Töpfchen mit Kloß und Soß, weil sie wusste, dass Wolfgang das so gerne aß. Andere brachten Kinderbücher, aber er wollte nichts lesen. Tante Gertrud und ihr Lebensgefährte kamen an seinem Geburtstag im Juli zu Besuch und hatten als Geschenk zwei Plüschäffchen dabei, die man aufziehen musste. Das eine hatte eine Trommel am Bauch und klopfte mit zwei Schlegeln darauf, das andere hatte zwei Metallbecken in der Hand, die es aufeinanderschlug. Solange das Aufziehwerk lief, beugten sie sich auf und nieder. Das sah lustig aus und der Lärm, den die beiden machten, unterbrach eine Weile die Stille im Raum. Sie habe gedacht, dass der Junge was zum Lachen bräuchte, meinte Tante Gertrud, und drehte noch einmal den Schlüssel, so dass die Äffchen sich wieder auf und nieder bewegten und ihre Instrumente bedienten. Bruno, ihr Lebensgefährte, lachte laut und schoss auch gleich ein Foto davon, wie Wolfgang und die anderen auf die Tiere blickten. Das müsse man festhalten, meinte er. Das Bild war leider ein bisschen verwackelt, wie sich später herausstellte, weil er so hatte lachen müssen. Die anderen auf dem Foto blickten sehr ernst.

Vater hatte sich einen neuen Volkswagen gekauft, mit dem er auf Praxis fuhr, hellgrün mit Faltschiebedach und größerem Heckfenster. Der Wagen roch noch neu und war für eine Zeitlang in der Familie beliebter als das »Sonntagsauto«, ein Mercedes 190, der für fünf Personen deutlich mehr Platz bot. Es war das Schiebedach, das vor allem die Kinder begeisterte. Es kam ihnen fast vor wie ein Cabriolet. Da Sommer war, wurde es zurückgeschoben und die drei Kinder hielt es nicht auf der Rückbank. Sie standen und ließen sich den Fahrtwind in die Gesichter wehen, winkten den Bewohnern zu, wenn es durch die Rhöndörfer ging und lachten, wenn sie sahen, wie dem Vater die Frisur durchgewirbelt wurde, die er am Morgen mühsam gebändigt hatte. Solche

Sonntagsausflüge gaben allen das Gefühl, alles sei wie früher. Auf Wunsch von Wolfgang fuhr der Vater nach Nordheim, wo es an einer Stelle eine Furt durch die Streu gab, die man auch mit dem Auto durchqueren konnte. Ja ob das denn wirklich sein müsse, gab Mutter zu bedenken. Mit dem neuen Auto durch das steinige Bachbett! Ein VW halte das aus, der sei geländegängig, meinte der Vater und steuerte das Auto langsam durch die Furt, die jubelnden Kinder hinter sich. Man bog Richtung Urspringen ab und fuhr über Sondheim zur Thüringer Hütte, wo eine Kaffeepause geplant war.

Es war warm, man konnte draußen sitzen. Die Mutter holte noch für Wolfgang eine Decke, die sie vorsorglich in den Kofferraum hinter den Rücksitz gelegt hatte. Anna setzte sich neben sie und kuschelte sich an ihre Schulter, bis die Kellnerin Kakao und Käseplootz gebracht hatte. Sie wünschte sich, der Sonntag solle nie zu Ende gehen. Auf der Heimfahrt hoffte sie, dass man noch auf der Lichtenburg in Ostheim einkehren würde. Nur nicht so schnell nach Hause, dachte sie. Und als das Auto das Ortsschild von Ostheim passierte, fragte sie, ob man nicht nach links abbiegen und zur Lichtenburg hochfahren könne, dort sei es doch immer so schön gewesen.

Die Eltern schauten sich einen Moment an und die Mutter schüttelte unmerklich den Kopf: »Ein andermal, Kind. Der Tag war lang für Wolfgang. Er hat gut durchgehalten, braucht aber jetzt seine Medikamente.«

Anna saß zwischen ihren Geschwistern auf der Rückbank, hatte die Ellenbogen auf die Vordersitze gelegt und dachte, dass sie gut noch länger hätte durchhalten können.

Unter der Woche fuhr Vater Wolfgang oft in den Garten, wo er in Decken eingepackt unter den Pflaumenbäumen lag mit Blick auf das Gartenhaus, seinen Spielplatz aus gesunden Tagen. Anna saß meist dabei, rückte Kissen zurecht oder verstellte das Kopfteil der Gartenliege, wenn er schlafen wollte. Viel sprachen sie nicht miteinander. Was hätte sie auch sagen sollen? Sie wusste, dass er sich Sorgen machte, zu viel in der Schule zu versäumen, da er schon einige Monate fehlte. Er hatte Angst, die Klasse wiederholen zu müssen. Also erzählte sie besser nichts von der Schule. Und ihm vorzuschwärmen, wie viel Spaß es machte, mit Rita auf Socken durch die Schulgänge zu rutschen, das wollte sie auch nicht. Das könne ihm wehtun, dachte sie, und Weh habe er wahrlich genug.

Wolfgang schlief in Mutters Bett und die Eltern wechselten sich in der nächtlichen Betreuung ab, denn oft brauchte er noch mitten in der Nacht ein Schmerzmittel. Das Elternschlafzimmer war zum Krankenzimmer geworden. Auf der Frisierkommode lagen Tupfer, Desinfektionsmittel und Ampullen mit Morphium. Die Haut auf Wolfgangs Bauch war durch die Bestrahlungen sehr wund und hart, so wurde in die Oberschenkel gespritzt. Anna sah die vielen Einstiche auf den dünn gewordenen Beinen, sie schienen auch sehr zu jucken und ihr Bruder kratzte sie auf. Manchmal hielt sie seine Hände fest. Sie fühlten sich kühl an und sie meinte, sie wärmen zu müssen, so als könnte sie ihm frisches Leben hineinreiben.

Einmal kam sie nach der Schule ins Schlafzimmer, stand noch in der Tür und sah den Vater vor der Frisierkommode stehen und eine Spritze aufziehen. Er hatte ihr und Wolfgang, der dahinter im Bett lag und wimmerte, den Rücken zugewandt. Im Spiegel sah sie, wie ihm die Tränen runterliefen. Er wischte sie mit einem Tupfer weg. Sie schloss die Tür wieder leise, ging ins Wohnzimmer und dort auf den Balkon. Auf dem Jakobsplatz war das Leben wie immer. Vor der Gaststätte Ulrich stand das magere Pferd des Altmetallhändlers vor dem Wagen, während sein Besitzer, der im Ort den Spitznamen Dietzegockel trug, seine Biere trank. Schräg gegenüber goss Witwe Link auf ihrem Balkon die Geranien. Aus dem Hintereingang des Schreibwarengeschäfts Eberlein ging die Verkäuferin in ihre Mittagspause. Der alte Adam Ulrich kam mit blutiger Schürze aus seiner Metzgerei, ging die paar Schritte bis zur Hauptstraße, schaute nach rechts und links, als ob er überprüfen wollte, ob in der Kleinstadtwelt noch alles in Ordnung sei und lief wieder zurück. Anna lehnte an der Wand, spürte durch ihr Sommerkleid den rauen Verputz und stemmte sich so fest dagegen, dass es schmerzte.

Als die Sommerferien kamen, beschlossen die Eltern, dass Ev-Marie und Anna für vier Wochen zu Onkel Hans ins Fichtelgebirge fahren sollten. Der langjährige Junggeselle war inzwischen verheiratet und hatte einen einjährigen Sohn. Das werde die beiden ablenken und ein bisschen auf andere Gedanken bringen, meinte die Mutter. Und so war es auch. Man wanderte zum Baden an einen nahen Weiher, ging mit der Oma zum Pilzesuchen, fuhr den kleinen Cousin im Kinderwagen spazieren oder besuchte eine Theatervorstellung auf der Luisenburg, was Anna sehr beeindruckte, denn außer dem Hohnsteiner Kasper hatte sie dergleichen noch nicht erlebt. Es waren unbeschwerte Tage und Anna verstand sich mit Tante Christine bestens und fand es wunderbar, dass auch sie gerne naschte. Von jedem Einkauf brachte sie Süßigkeiten mit, Waffeln, Kekse, Russisch Brot. Anna musste nicht heimlich an den Schrank und dann ein schlechtes Gewissen haben. Die Tante knusperte gerne und Anna knusperte mit.

Als Onkel Hans sie Anfang September nach Malstadt zurückbrachte, erschraken sie sehr, als sie sahen, wie blass und schmal Wolfgang geworden war. Anna konnte es fast nicht aushalten, ihren Bruder vor Schmerzen schreien zu hören. Das Morphium, das dem Vater auf Rezept zur Verfügung stand, reichte meist nicht, um seinen Sohn schmerzfrei zu halten.

Zufällig hörte sie ein Gespräch mit an, das der Vater mit Onkel Hans führte. Im Gesundheitsamt sei man auf den hohen Verbrauch des Schmerzmittels aufmerksam geworden, denn in seiner Not habe er ein paar Mal Rezepte nicht in der Malstädter Apotheke, sondern im Nachbarort eingelöst. Er sei in den Verdacht geraten, sich das Morphium selbst zu spritzen. Man habe einen Kollegen wie einen Spion geschickt, der überprüfen sollte, ob denn der Junge wirklich so krank sei. Als der ihn im Bett liegen sah und schreien gehört habe, habe er es ebenfalls kaum ausgehalten. Er habe nämlich auch einen Sohn in Wolfgangs Alter, der noch dazu auch Wolfgang heiße. Man wolle ihn nicht kontrollieren, sondern wenn möglich helfen, aber er sehe, dass man dem Jungen nur noch mit Morphium helfen könne. Ein Unterleibsarkom im Kindesalter wachse halt sehr schnell. Da kämen sie mit ihrer ärztlichen Kunst schnell an die Grenzen. Er werde sich dafür einsetzen, dass man ihn mit solchen Verdächtigungen nicht weiter behellige. Er habe jetzt wirklich andere Sorgen.

»Hans«, sagte der Vater, »Hans, das ist wie Krieg.«

Es war Ende September, Anna war fertig mit ihren Hausaufgaben, von denen sie jetzt viel mehr erledigen musste als vorher, denn sie war in der vierten Klasse. Ihr Lehrer hatte dem Vater bei einer zufälligen Begegnung auf dem Jakobsplatz mitgeteilt, dass von einem Gymnasiumbesuch dringend abzuraten sei. Das Kind könne nicht rechnen, Heimatkunde sei eine Katastrophe. Wenn sie vor der Karte Bayerns steht, wisse sie nicht einmal, wo der Main fließt, geschweige denn finde sie mit dem Zeigestock die Rhön. Als er ihr dann gesagt hätte, dass ihr Bruder Wolfgang, den er ja auch unterrichtet hatte, das schon längst gefunden hätte, sei sie heulend auf ihren Platz gelaufen. »So ein Kind kann man doch nicht aufs Gymnasium schicken, Herr Doktor!«

Der stand etwas verdattert da, denn um die Schulangelegenheiten kümmerte sich die Mutter. »Ich werde es mit meiner Frau besprechen, Herr Geuß. Sie hören von uns. Ich bin auf dem Sprung zu einem Patienten.«

Er nahm sich vor, heute früher von den Krankenbesuchen nach Hause zu kommen, um mit seiner Frau, aber auch mit Anna darüber zu sprechen. Nach dem Abendessen setzte man sich ins Wohnzimmer, Wolfgang schlief und Ev-Marie machte mit Gudrun die Küche.

»Gehst du denn gern zu Herrn Geuß in die Schule?«, fragte der Vater. Anna wusste nicht so recht, was sie darauf antworten sollte. Einerseits hatte sie großen Respekt vor dem Lehrer, denn er brüllte, wenn man etwas nicht konnte oder vergessen hatte, und bekam dabei einen knallroten Kopf. Auch verteilte er saftige Strafarbeiten, wenn jemand schwätzte. Anna berichtete, dass sie fünfzigmal »Ich darf im Unterricht nicht schwätzen«

schreiben musste, und weil sie Unterricht nur mit einem »R« geschrieben hatte, musste sie es weitere fünfzigmal schreiben, dabei hatte sie nur ihre Nachbarin nach einem Bleistiftspitzer fragen wollen. Das fand sie ebenso ungerecht wie die Tatsache, dass immer nur die gleichen Mitschüler für ihn im Kolonialwarengeschäft Dietrich am Rossmarkt die Zigaretten holen durften. Sie sei ja nicht dumm, eine Schachtel Zuban, das könne sie sich auch merken. Und gestern habe er ein paar Mädchen und Jungen an die Tafel geholt und gesagt, das sei die erste Garnitur, alle anderen in der Klasse könne man vergessen. Sie habe gar nicht verstanden, was er mit »erste Garnitur« gemeint habe. Anna kannte das Wort nur im Zusammenhang mit Unterwäsche.

Mutter wollte wissen, wer denn da alles vorne an der Tafel gestanden habe. Anna zählte auf.

»Und du warst nicht dabei?«

»Nein«, sagte sie, »ich glaub, der Geuß kann mich nicht leiden!«

Manchmal sei es aber auch schön bei Herrn Geuß. Zum Beispiel wenn er Balladen vorlese. Die seien zwar oft gruselig, aber sie höre sie trotzdem gerne, wie »Der Knabe im Moor«. Da habe sie dann, als sie den Ausflug ins »Schwarze Moor« auf die Hochrhön gemacht haben, richtig Angst bekommen, dass sie, wenn sie nicht schnell genug laufe, im Moor versinken könne. Oder das Gedicht »Der Erlkönig«, wo der Vater nicht schnell genug geritten sei und am Schluss heiße es dann »in seinen Armen das Kind war tot«.

Ja, manchmal komme jede Hilfe zu spät, meinte der Vater und ließ kraftlos die Hände sinken. Seine Frau rückte ihren Stuhl näher zu Anna, legte den Arm um sie und versprach mit Herrn Geuß zu reden.

Als sie eine Woche später für ihren Lehrer eine Schachtel Zuban holen durfte und ganz atemlos ins Klassenzimmer stürmte und ihm die grüne Zigarettenschachtel überreichte, meinte er: »Das ging ja flott, hätte ich dir gar nicht zugetraut!«

Anfang Oktober kam Kaplan Brand am Spätnachmittag. Er hatte auch vorher immer wieder Wolfgang besucht, um ihm die Krankenkommunion zu bringen und blieb hin und wieder länger, um mit den Eltern ein Glas Wein zu trinken. Diesmal jedoch war es anders.

Mutter hatte von der Frisierkommode die Spritzenampullen weggeräumt, eine Spitzendecke aufgelegt und das Kreuz aus dem Schrank geholt, das sie sonst immer nur während der Fronleichnamsprozession ins Fenster stellte. Rechts und links daneben standen Kerzen und eine Flasche mit Weihwasser.

Vater kam früher von seinen Krankenbesuchen nach Hause und auch Anna sollte sich nicht zum Spielen mit jemandem verabreden.

Der Kaplan komme, um Wolfgang zu versehen, erklärte die Mutter Anna, die zunächst nicht verstand, was damit gemeint war. Ev-Marie nahm sie beiseite und sagte: »Wolfgang bekommt jetzt die ›Letzte Ölung‹«.

Anna erschrak und spürte, wie es ihr den Hals zuschnürte. Sie wusste aus dem Religionsunterricht, dass die »Letzte Ölung« eines der sieben Sakramente war, die man den Sterbenden spendete. Aber Wolfgang stirbt doch nicht, ging es ihr durch den Kopf. Er schläft viel und wenn er Schmerzen hat, gibt ihm der Vater eine Spritze. Es sterben doch immer nur die alten Leute, so wie Opa Will oder Opa Grau. Oder es sterben welche im Krieg, so wie der Onkel Otto. Aber Wolfgang war doch erst elf, der kann doch noch nicht sterben!

Mutter schob Anna ins Schlafzimmer. Wolfgang lag im Bett und schlief, so wie meistens in den letzten Wochen. Wenn er aufwachte, hatte er oft starke Schmerzen und schrie. Das war manchmal so laut, dass man es im ganzen Haus hörte.

Die Familie stand um das Bett. Kaplan Brand legte sich eine Stola um den Hals und sprach einige Gebete. Anna hörte nur, dass Gott ihrem Bruder die Sünden vergeben solle und dachte, dass er doch gar keine Sünden haben könne, weil er ja wochenlang nicht aus dem Bett gekommen war. Sie sah, dass der Kaplan ein Fläschchen mit Öl öffnete und die Stirn und die Hände damit salbte. Gott solle ihm Linderung für seine Schmerzen geben und ihn in seiner Schwäche stärken. Das ist gut, dachte Anna. Das Öl und Vatis Spritzen, die werden Wolfgang helfen. Man betete gemeinsam das Vaterunser und als Ev-Marie dabei die Tränen runterliefen, konnte auch Anna sich nicht mehr halten und klammerte sich an die große Schwester. Kaplan Brand schüttelte den Eltern schweigend die Hand und als er sich zum Gehen wandte, legte er den Arm um Mutters Schulter: »Sie müssen jetzt stark sein. Gott schickt uns Leid, damit es uns zum Heile gereiche.«

Anna verstand den Satz nicht. Sie blieb am Fußende des Bettes stehen und während die Eltern den Kaplan an die Tür brachten, bemerkte sie, dass Wolfgang unruhig wurde. Vielleicht wirkt das Öl schon, dachte sie.

Drei Wochen später. Anna wachte auf und hörte in der Wohnung für diese Tageszeit ungewohnte Geräusche. Auch wurde sie nicht wie sonst von Gudrun geweckt, sondern die Mutter kam an ihr Bett, setzte sich auf die Kante und sagte, dass sie heute nicht in die Schule müsse, denn in der Nacht sei Wolfgang gestorben.

Anna setzte sich auf, sah die Mutter an. Die saß ruhig da, schaute auf ihre Hände, so wie sie es manchmal tat, wenn sie im Herbst den Garten winterfest gemacht hatte und sich müde vor dem Gartenhaus ausruhte. So als wolle sie sagen, der Frost könne jetzt kommen.

Anna erschrak nicht über die Nachricht. Sie hatte in den letzten Wochen gespürt, dass ihr Bruder sich immer weiter entfernte. Wenn sie am Bett stand, war es, als schaute er an ihr vorbei auf eine Stelle hinter ihr. Er aß kaum noch etwas. Mutter flößte ihm mit einer Schnabeltasse Tee ein. Er sprach nichts mehr, wollte, dass die Vorhänge geschlossen blieben, denn das Licht blendete ihn. Anna ging nicht mehr hinein, hörte von draußen das Schreien und Stöhnen und sah, wie die Eltern mit verschlossener Miene abwechselnd aus der Tür kamen.

Jetzt saß die Mutter an ihrem Bett und Anna dachte: Gottseidank, es ist vorbei. Sie war nicht froh über den Tod des Bruders, aber froh, dass es vorbei war. Sie drückte sich an die Mutter und die umschlang sie mit beiden Armen. Weinen konnten beide nicht.

»Willst du ihn sehen?«

Anna nickte und ging ins angrenzende Bad, um sich anzuziehen. Sie wusch sich besonders gründlich und putzte lange die Zähne, bürstete die Haare und ließ sich von Gudrun den Dutt hochstecken, diesmal ohne Zetern und Meckern, wenn es rupfte. Niemand sollte sie ermahnen müssen, dass irgendetwas nicht in Ordnung sei. Alles richtig machen. Bloß keine Sorgen bereiten.

Mit Mutter ging sie in Wolfgangs Zimmer, wo sie ihn aufgebahrt hatten. Man hatte die Schlafcouch in die Mitte des Raumes gerückt, ein weißes Laken darübergebreitet, darauf lag er in seinem Kommunionanzug, die Hände gefaltet und zwischen den Fingern Mutters Rosenkranz. Anna dachte daran, dass Wolfgang immer heftig protestierte, wenn er im Oktober in die Rosenkranzandacht sollte. Dort seien doch nur alte Weiber, die vor sich hinmurmeln und immer das Gleiche beteten. Das sei langweilig. Jetzt war Oktober und er konnte sich nicht mehr wehren.

Sie suchte den Vater und fand ihn im leeren Wartezimmer sitzen. Er hatte ein Stück weiße Pappe in der Hand, auf das er geschrieben hatte: »Wegen Trauerfall heute keine Sprechstunde«. Alle vier Ecken hatte er schon mit Heftpflaster versehen, um es draußen an der Haustür zu befestigen. Sie setzte sich zu ihm. Beide schwiegen. »Heute Nacht um drei Uhr ist er friedlich eingeschlafen. Die Mutti lag neben ihm, hat ihm die Hand gehalten.« Anna atmete tief und beide blickten auf das Bild an der gegenüberliegenden Seite des Wartezimmers, das sie so mochte. Es zeigte drei Kinder, die in einem Handwagen auf Kissen gebettet ihren Hund, einen Dackel, zum Arzt bringen im Vertrauen, dass er dem Tierchen schon helfen werde. Der Doktor blickt erstaunt aus dem Fenster auf die Kindergruppe und ihren » vierbeinigen Patienten«.

Das Schlagen der Kuckucksuhr, die seit Opa Wills Tod im Wartezimmer ihren Platz hatte, riss beide aus ihren Gedanken. Unter der Uhr war mit Heftpflaster ein Schild geklebt. Darauf stand groß in Vaters Schrift: »Diese Uhr bediene nur ich« und darunter Stempel und Unterschrift. Zu oft hatten Eltern für ihre Kinder die Wartezeit verkürzen wollen, indem sie den Zeiger so verschoben, dass Kuckuck und Wachtel mit ihren unterschiedlichen

Rufen aus den Türchen kamen. Beim letzten Ruf der Wachtel kam Gudrun ins Wartezimmer, sah die beiden sitzen und nahm ihrem Chef das Schild ab. »Ich mach das für Sie, Herr Doktor«. Er blickte auf, sah, dass die drei Gewichte der Uhr, die braunen Tannenzapfen nachgebildet waren, schon weit unten hingen. Er müsste sie jetzt nach oben ziehen, wenn die Uhr nicht stehen bleiben sollte. Das tat er jeden Morgen vor der Sprechstunde. Heute aber hatte er nicht die Kraft dazu.

Der Gedanke, dass sie ihr Kind nun der Erde übergeben sollte, war für die Mutter unerträglich. Sie wollte dem entgehen und ließ in Eile eine Gruft mauern. Der Vater wehrte sich gegen all das nicht, er ließ seine Frau gewähren. Sie solle es so machen, dass sie damit klarkomme.

In Malstadt kursierten Gerüchte, man habe Wolfgang einbalsamieren lassen. Bis zur Fertigstellung der Gruft war er in der Leichenhalle aufgebahrt und viele, die die Familie kannten, kamen, stellten Blumen hin und sprengten Weihwasser. Jeden Abend, bevor die Halle geschlossen wurde, ging die Mutter noch einmal hin. Sie hatte ihren Brautschleier wie eine Wolke um das Kind gelegt und bevor der Sarg endgültig geschlossen wurde, schnitt sie ihm eine Haarsträhne ab, die sie in einem Kuvert aufbewahren wollte.

Es war kalt am Tag der Beerdigung. Mutter wollte nicht, dass Anna ihren roten Wintermantel anzog. Das gehe nicht bei einem solchen Anlass. Also fror sich Anna durch die Zeit, ließ sich von den Klassenkameraden und Malstädtern begaffen und bedauern, wie sie zitternd in ihrem hellblauen Jäckchen am Grabesrand stand und keine Tränen mehr hatte. Ihr tat die Hand weh vom Kondolieren und sie wollte nur noch nach Hause, was sie ihrem Vater ins Ohr flüsterte. Er nickte und blickte zu Gudrun, die sofort verstand und Anna nach Hause brachte. Dort verlangte sie nach einem Milchsüppchen, legte sich ins Bett und schlief bis zum nächsten Mittag.

Am Nachmittag begleitete sie die Mutter zum Friedhof. Die Gruft war mit Brettern zugedeckt und darüber lag ein Meer von Blumenkränzen. Sie erklärte Anna, dass das frische Mauerwerk der Gruft erst trocknen müsse, bevor man sie mit einem Betondeckel verschließen könne, solange müssten die Bretter und darauf die Kränze liegen bleiben. Das werde jetzt im Oktober so zehn bis vierzehn Tage dauern. In der Gruft stünden jetzt zwei neue Eichensärge. Rechts der Sarg von Wolfgang und links ein Sarg, der die sterblichen Überreste von Oma und Opa Will enthielt, die ja auch noch nicht so lange tot seien. Opa Will sechs Jahre und Oma zehn Jahre.

Anna hörte aufmerksam zu. Dass Opa Will jetzt neben Wolfgang lag, beruhigte sie. Obwohl das Bild des im Sarg liegenden Bruders ihr doch fremd war, wurde es überdeckt von der Erinnerung an die Sommertage im Garten, an das Lehmhaus, die Spiele am Malbach. Sie hatte auf einmal den leicht brenzligen Geruch von Wolfgangs elektrischer Eisenbahn in der Nase, der während des Winters das Kinderzimmer füllte. Sie sah ihn ganz lebendig am blauen Transformator sitzen, den Schalter drehen, um den Zug vorsichtig durch den Tunnel fahren zu lassen. Sie hörte sein Lachen, als der Würfelzuckertransportkran, den er mit seinem Märklin-Baukasten konstruiert hatte, das Zuckerstück in Mutters Kaffeetasse fallen ließ und im Unterteller, aber auch auf der Tischdecke daneben eine kleine Überschwemmung anrichtete.

Mutters Erklärungen zur Gruft und dass sie hoffe, dass die Kränze so lange frisch bleiben, bis das Mauerwerk trocken sei und man den Deckel drauflegen könne, hörte Anna nicht mehr. Sie dachte an die Geschichte von Lazarus, die Schwester Hermenfrieda ihnen erzählt hatte. Der war auch schon länger tot gewesen und Jesus hat ihn auferweckt, weil die Schwestern von Lazarus geglaubt haben, dass er das kann. Anna dachte, wenn einer das kann, dann Jesus.

Die Mutter ordnete noch ein paar Kranzschleifen, nahm Anna an die Hand und ging über die Bauerngasse nach Hause. Sie wollte jetzt niemandem begegnen und Auskunft geben müssen und als sie auf der Höhe der Hellgasse waren, stand Tante Hertel vor dem Haus. Sie war die Firmpatin von Anna und winkte sie herein.

»Ihr Zwä braucht jetzt en Kaffee. Ich hab aach noch a paar Stücklich Apfelkuche!«

Zu dritt saßen sie bei ihr in der Küche. Für das Kind goss sie einen Caro-Kaffee auf und legte jeder ein Stückchen Kuchen auf den Teller. Man sprach Belangloses über die Kinder in der Schule und Mutter war froh darüber. Als man auf Lehrer Geuß kam und Mutter dessen Einschätzung über Annas geplanten Gymnasiumbesuch erzählte, lachte Tante Hertel und sagte, das Gleiche habe er über ihren Manfred auch gesagt, der Bub sei zu schüchtern. Dem könne man es nicht recht machen. Wer da nicht auf Zackzack die richtige Antwort parat habe, von dem halte er nichts.

»Des sin doch Kinner, dene muss mer Zeit lass, dann komme se scho un wer'n auch was!«

Die entspannte Atmosphäre in der Küche tat Anna gut.

Sie schmiegte sich an Tante Hertels weichen Oberarm und die legte ihren Kopf auf Annas Kopf. Am liebsten wäre sie ewig so sitzen geblieben. Die Mutter sah das feine Lächeln im Gesicht ihrer Kleinen und nahm sich vor, ihr jetzt mehr Zeit zu widmen.

Am übernächsten Tag ging Anna wieder zur Schule. Sie nahm eine gewisse Scheu bei den Klassenkameraden wahr. Alle wussten von Wolfgangs Tod, aber sie wurde nicht darauf angesprochen. Das war ihr recht so. Nur einer platzte mit der Bemerkung heraus: »Mei Mudder hat g'sacht, ihr habt euern Wolfgang lass einbalsamier. Stimmt des?«

Anna war ziemlich irritiert, schüttelte den Kopf und merkte, dass ihr die Tränen kamen. Roland, der frühere Spielfreund aus der Nachbarschaft, versetzte dem Frager einen Stoß: »Du, lass bloß die Anna in Ruh, sonst kriechste vo mir e Schell!«

Die nächsten Tage ging Anna täglich nach den Schularbeiten, aber manchmal auch gleich nach dem Unterricht zum Friedhof und stellte sich eine Weile vor das Grab. Zwischen den allmählich verwelkenden Kränzen sah sie auf die Bretter und durch einen kleinen Spalt konnte sie die beiden Särge auf dem Boden der Gruft erkennen. Jesus könnte doch jetzt das Wunder vom Lazarus wiederholen. Er könnte doch rufen: »Wolfgang, komm heraus!« Aber vielleicht wollte Jesus nicht dabei beobachtet werden und wartete auf den Einbruch der Dunkelheit? Anna gab die Hoffnung nicht auf, aber sie hoffte gegen die Zeit. In ein paar Tagen würden die Bauarbeiter den Betondeckel auf die Gruft legen und den könnte Wolfgang nicht von alleine hochheben. Auch bei

Lazarus haben die Schwestern den Stein vom Grab weggewälzt, erinnerte sie sich und weihte Ev-Marie in ihre Hoffnungen ein. Die aber schüttelte den Kopf. Nein, solche Wunder seien nur damals geschehen. Heute gebe es das nicht mehr.

Anfang November wurde der Deckel auf die Gruft gelegt, das Grab mit Erde aufgefüllt und später ein Grabstein gesetzt. Dort stand an oberster Stelle der Namen ihres Bruders, darunter 1947 – 1958.

Anna ging nur, wenn die Mutter darauf bestand, hinaus auf den Friedhof. Da war etwas gebrochen in ihr und am liebsten hätten sie und ihre Schwester jetzt ein unbeschwertes Leben begonnen, so wie alle anderen Kinder und jungen Leute, aber so einfach ging das nicht.

Zehn Jahre später, Anna studierte in Würzburg im dritten Semester Germanistik und Theologie – warum Theologie wusste sie nach einer gewissen Zeit selbst nicht mehr so recht – sie hatte eine Gruppe Kommilitonen gefunden, die politisch anders dachten und anders wählten als ihre Eltern. Wie die anderen trug sie einen Button mit »I like Willy« am Mantel, obwohl sie noch gar nicht wählen durfte. Sie fühlte sich wohl in dieser Gruppe, sie war anders. Sie verbrachte das Wochenende mit den Kommilitonen, man machte Ausflüge, diskutierte sich die Köpfe heiß und demonstrierte auf der Straße gegen die Hochschulgesetze. Anna war im Aufbruch, auch wenn gerade eine längere Freundschaft mit einem Italiener zu Ende gegangen war, die ihr viel bedeutete. Schmerzlich spürte sie jedoch, dass es gut so war, denn der so viel ältere charmante Carlo war schon beruflich auf der richtigen Schiene, sie hatte aber ihre Weichen noch nicht gestellt. Trotzdem tat es weh. Trotzdem fehlte er ihr. Da war eine

Leere, die ihr jetzt schmerzhaft zu Bewusstsein kam. Sie saß allein in ihrer Studentenbude. Es war still im Haus.

Doch dann hörte sie, wie der Sohn ihrer Zimmerwirtin im Keller Geräusche machte. Sie wusste, dass er dort eine Märklin-Eisenbahn aufgebaut hatte, denn er war Mitglied in einem Modelleisenbahnclub. Er hatte wohl die Tür zur Kellertreppe offengelassen. Sie ging nach draußen, um sie zu schließen, hörte das unverkennbare Surren der Lokomotive auf den Gleisen, nahm den Geruch wahr, den der Transformator produzierte, wenn er eine Weile auf Hochtouren lief. Und mit einem Mal war alles da: Sie sah Wolfgang vor seiner Anlage mit den zwei Schienenkreisen sitzen, sah die kleinen beleuchteten Häuschen, den Tunnel, den Bahnhof. Sah wie seine Hand auf dem blauen Transformatorkästchen den Schalter nach rechts drehte … schnell schloss sie die Kellertüre, eilte in ihr Zimmer und warf sich aufs Bett. Ein heftiges Schluchzen schüttelte sie. Es war, als würden alle Tränen, die sie damals nicht um ihren Bruder hatte weinen können, auf einmal aus ihr herausfließen wollen. Sie wusste, dass er tot war, aber in dem Moment begriff sie es. Er würde nicht neben ihr sitzen und sagen können: Anna, weine nicht! Ich bin ja auch noch da. Du bist nicht allein. Einundzwanzig Jahre wäre er jetzt, ein richtig großer Bruder. Einer, der richtig trösten kann. Vielleicht hätte er Maschinenbau studiert oder Architektur oder zur Freude des Vaters Medizin? Wer weiß? Alles war Gedankenspiel, die Leere in ihr aber nicht. Wolfgang war tot.

Von dieser unerträglichen Gewissheit war die zehnjährige Anna noch weit entfernt, ihr kindliches Alter wirkte wie ein Schutz vor Verzweiflung, auch wenn nichts mehr war wie vor Wolfgangs Tod.

Vor dem ersten Weihnachten ohne Wolfgang fürchteten sich alle und bemühten sich, die Rituale wie immer ablaufen zu lassen. Man ging, wie man es immer getan hatte, vor der Bescherung gemeinsam auf den Friedhof, um ein Licht anzuzünden. Für die Familie war es jetzt nicht mehr das Grab von Opa Will, sondern das Grab von Wolfgang. Zu ihrer Überraschung steckte ein kleiner Christbaum in der Erde. Einige Lametta-Streifen hingen daran und ein paar bunte Kugeln. Karl hatte ihn für seinen Freund aufgestellt. »Der gute treue Karl«, meinte Vater, »was der wohl jetzt ohne Wolfgang macht?«

Nach dem Friedhofsgang aß man wie immer einen Karpfen blau mit Salzkartoffeln und Selleriesalat. Wie immer wurde zu Beginn der Bescherung das im Flur hängende Glockenspiel geläutet und die Familie betrat gemeinsam das Wohnzimmer, wo am Baum die Kerzen brannten. Ev-Marie las das Weihnachtsevangelium vor und als wie immer »Oh, du fröhliche« von der Mutter angestimmt wurde, ließ man es bei einer Strophe bewenden, denn es klang jämmerlich. »Dann beten wir noch ein Vaterunser für den Frieden in der Welt«, schlug die Mutter vor.

Wie eine Erlösung empfanden es alle, als es nach dem Amen an der Wohnungstüre klingelte und Frau Kamm, die Frau des Lebensmittelhändlers vom Marktplatz, völlig aufgelöst davorstand, sich für die Störung an Heiligabend entschuldigte: »Herr Doktor, Sie müssen schnell kommen! Mein Mann hat eine Karpfengräte verschluckt! Er atmet schon ganz schwer und hat einen knallroten Kopf!«

»Das ist die Aufregung ... «, meinte der Vater beruhigend. »Ich komme gleich, muss mir nur noch Schuhe anziehen. Gehen Sie inzwischen rüber und kochen ein hartes Ei!«

Als der Vater nach einer guten dreiviertel Stunde mit einem Bocksbeutel und einer Schachtel feinster Sarotti-Pralinés unterm Arm zurückkam, lächelte er zufrieden. »Das hätte uns gerade noch gefehlt, dass der Kamm ausmacht! Wer hätte uns im nächsten Jahr den Karpfen verkauft und dir, Mutti, jede Woche den Schweizer Käs?«

Er ließ sich den Korkenzieher bringen, öffnete den Bocksbeutel, goss sich und seiner Frau ein und ermunterte seine Töchter, sich an den Pralinen zu bedienen.

»Was hast du mit dem hart gekochten Ei gemacht, Vati?«, wollte Anna wissen.

»Ich hab' den Mann erst mal beruhigt und dann aufgefordert, das Ei möglichst unzerkaut hinunterzuschlucken. Das hat dann glücklicherweise die Gräte mitgerissen. Jetzt hoffen wir mal, dass die auf ihrem weiteren Weg nichts mehr anrichtet. Er soll viel trinken, hab ich ihm noch geraten. Ein bis zwei Glas Rotwein dürfen auch dabei sein. Das beruhigt und entspannt.«

Anna war richtig stolz auf ihren Vater, dass er das Problem so schnell gelöst hatte und zitierte einen seiner Lieblingssätze: »Bete für deinen Arzt, dass ihm in der Stunde der Not das Richtige einfällt!«

Der Vater lächelte ihr zu und sagte in Richtung seiner Frau: »Ja, manchmal helfen ganz einfache Dinge, aber es ist nicht immer so.«

Man saß noch ein Weilchen zusammen und besprach die kleinen Geschenke, die auf dem Gabentisch lagen. Sie hatten ausgemacht, dass es nur Kleinigkeiten geben sollte, denn das Familiengeschenk für alle war, dass man vom zweiten Feiertag bis Dreikönig in die Nähe von Innsbruck, nach Mutters fahren wollte. Freunde hatten das den Eltern empfohlen und auch gleich einen Gasthof genannt. Sie bräuchten jetzt Abstand. Blieben sie an den Feiertagen zu Hause, würde sie alles an Wolfgang erinnern und das täte ihnen und den beiden Mädchen nicht gut.

Also waren für Anna weder Puppenküche noch Kaufladen aufgebaut und die Märklin-Eisenbahn sowieso nicht.

»Du bist doch schon groß! Kommst bald ins Gymnasium, da spielt man nicht mehr mit Puppen!«

Anna hatte damals zugestimmt, als die Mutter ihr sagte, dass man diesmal an Weihnachten darauf verzichten würde, da man ja am nächsten Tag für die Reise packen müsse. Weihnachten im Gebirge sei wunderschön, das werde ihr bestimmt gefallen.

Jetzt an Heiligabend vermisste sie jedoch ihre Spielsachen. Ihre beiden Puppen, das Rosele und die Ingrid, saßen nicht wie sonst mit neu gestrickten Kleidchen unterm Baum. Und Wolfgangs Puppe, der Seppel, war sowieso mit seinen anderen Spielsachen in der Truhe im Flur verpackt.

Ein bisschen enttäuscht blickte sie auf einen Ring an ihrer rechten Hand, den die Mutter für sie hatte umarbeiten lassen. Es war der Siegelring von Opa Will. Auf der rotgoldenen Oberseite waren jetzt die Buchstaben A und K eingraviert. Anna betrachtete den Ring an ihrer ausgestreckten Hand und steckte ihn dann wieder in das dunkelblaue Etui.

»Willst du ihn nicht tragen?«, fragte die Mutter.

»Er ist zu groß. So werde ich ihn verlieren.«

Am ersten Weihnachtsfeiertag wurden die Koffer gepackt und die Skier auf dem Autodach festgezurrt. Mutter wollte wieder mit dem Skifahren beginnen und die beiden Mädchen sollten zu einem Skikurs angemeldet werden. Vater hat das alles für sich abgelehnt. Er wolle sich die Knochen nicht brechen, sei sein Lebtag nicht Ski gefahren und fange es jetzt auch nicht an. Er wolle spazieren gehen.

Als die Skier auf dem Autodach befestigt waren, war er vor allem auf Sicherheit bedacht und dass der Lack seines dunkelgrünen Mercedes keinen Schaden nehme. Mutter rollte die Augen, sagte aber nichts. Ev-Marie hatte eigene Skier und Anna sollte die von Wolfgang nehmen. Seine ledernen Skistiefel waren an die Bindung angepasst, aber sie waren zu groß für Annas Füße.

»Ach, da ziehst du zwei Paar Socken an und nächstes Jahr passen sie!«, meinte die Mutter kurzerhand.

Anna war gewohnt, dass sie die Kleider ihrer Schwester auftragen musste und manchmal auch die Schuhe ihres Bruders. Das Kind habe so einen schweren Gang und brauche deshalb viel Schuhe. Man könne nicht immer alles neu kaufen.

Sie ging ein paarmal in den Skistiefeln im Badezimmer auf und ab. Zwei Paar Socken waren zu wenig und drei Paar zu viel. Sie setzte sich auf den Hocker, der neben dem Badschrank stand, wo die Stiefel den Sommer über aufbewahrt wurden, und wollte schon zu weinen anfangen, weil das ganze Theater mit der Skiausrüstung ihr die Vorfreude auf die Reise verdarb, da kam ihr eine Idee. In der blauen Schachtel, die ebenfalls im Badschrank stand, waren doch diese rosa Mulleinlagen. Camelia stand in weißer Schrift auf dem blauen Karton. Das klang doch gut. Zwar kannte sie deren Verwendung nicht, aber sie sahen ein bisschen aus wie Schuhsohlen. Sie nahm zwei heraus, steckte sie in ihre Skistiefel, schlupfte mit einem Paar Socken am Fuß hinein und siehe da! Der Schuh passte! Die Einlagen waren sogar wunderbar weich und warm. Das schien die Lösung zu sein. Sie holte noch zwei weitere Einlagen aus der blauen Schachtel und verstaute sie unter der Wäsche in ihrem Koffer. Falls die Stiefel nicht wasserdicht waren, wovon auszugehen war, hätte sie auf diese Weise Ersatz. Der Mutter und der Schwester erzählte sie nichts davon.

Am zweiten Weihnachtsfeiertag brachen sie in aller Herrgottsfrühe auf. Im Rasthaus Holledau wollte man eigentlich zu Mittag essen, aber die Mutter drängte zur Weiterfahrt. »Wir machen erst hinter München richtig Pause. München ist ein Moloch und Vati ist den Großstadtverkehr nicht gewohnt! Das müssen wir erst hinter uns bringen!«

Anna sagte nichts. Sie hatte Durst, musste aufs Klo und das Hinausschauen auf die vorbeiziehenden Schneefelder hatte sie müde gemacht. Auf ihr Drängen hin hielt man auf einem kleinen Rastplatz, auf dem auch einige andere Autos standen. Sie erleichterte sich hinter einem Schneehaufen, den ein Schneepflug zusammengeschoben hatte und sah an den gelblichen Spuren, dass wohl auch vor ihr einige diese Lösung gewählt hatten. Wo der Schnee noch unberührt war, bückte sie sich, nahm zwei Hände voll, knetete sie und spürte die angenehme Kühle. Sie rieb sich damit übers Gesicht und war wieder wach. Eine weitere Hand voll Schnee steckte sie in den Mund und ließ ihn auf der Zunge zergehen. Er schmeckte anders als der Schnee in Malstadt, den sie und ihr Bruder sich, nachdem sie sich am Großenberg müde und durstig gerodelt hatten, auf dem Heimweg in den Mund steckten. Sie musste an Wolfgangs Mahnung denken, keinesfalls mit der Zunge den Reif, der sich an

Metallteilen gebildet hatte, abzuschlecken. Die Zunge würde sofort dort festfrieren und nie mehr abzulösen sein! Man sei also mit der Zunge gefangen. Bei dem Gedanken bekam sie auch jetzt wieder Herzklopfen.

»Kind, wo bleibst du denn?« Wir müssen doch weiter. Vati will noch bei Büchsenlicht in Mutters ankommen!«

»Wie seid ihr eigentlich auf den Ort Mutters gekommen?«, wollte auf der Weiterfahrt Ev-Marie wissen. Es sei eine Empfehlung ihrer Stammtischkollegin Marianne gewesen, die dort zum Skifahren gewesen sei. Auch der Nachbarort Natters sei sehr hübsch, habe sie gesagt, aber dort sei nichts mehr frei gewesen über die Feiertage, aber in Mutters im »Mutterer Hof« hätten sie noch zwei Doppelzimmer bekommen.

Obwohl Anna außer dem Namen nichts über Mutters wusste, war sie doch froh, dass man dort Unterkunft bekommen hat. Natters klang nach Schlange und Gefahr, Mutters und »Mutterer Hof« hingegen nach Schutz und Wärme.

Es war kein Büchsenlicht mehr, als man, den Moloch München und Innsbruck hinter sich gelassen hatte und in das schmale Sträßchen zum »Mutterer Hof« abbog. Im trüben Dämmerlicht lag der Gasthof wie ein dunkler bedrohlicher Klotz am Hang. Wären nicht die Fenster erleuchtet gewesen, Anna hätte nicht hineingehen wollen.

Als der Vater todmüde den ersten Bissen des Tiroler Schweinebratens gegessen und seinen Durst mit einem dunklen Bier gelöscht hatte, war die Welt für ihn wieder im Lot. Er beobachtete wie immer die anderen Gäste und das Bedienungspersonal und teilte halblaut seine Diagnosen mit, als diktiere er sie auf eine Karteikarte.

Bei der zuständigen Kellnerin attestierte er eine schlecht behandelte Hüftgelenkdysplasie. Der ältere Mann am Zapfhahn habe wahrscheinlich Bluthochdruck, hoffentlich gut eingestellt, und die Frau am Nebentisch leide an einer akuten Logorrhöe. Aus ihren lauten und wortreichen Äußerungen entnahm er, dass sie am nächsten Tag abreise, was er mit einem »Gottseidank!« kommentierte.

Am nächsten Morgen ging die Mutter mit den beiden Mädchen ins Fremdenverkehrsamt, um sie für einen Skikurs anzumelden. Zwei Plätze habe man gerade noch in einem Anfängerkurs, aber die fünf anderen Teilnehmer seien alles Engländer, also würde auch der Skilehrer Englisch sprechen. Da es die einzige Möglichkeit für einen Kurs war, sagte die Mutter zu und meinte, Ev-Marie habe ja Englisch in der Schule gehabt und sie könne es Anna übersetzen. Und außerdem würde der Skilehrer ja vorfahren und da könnten sie sich das Wichtigste abgucken.

Der Kurs begann bereits am gleichen Nachmittag. Man traf sich an der Talstation des Lifts zur Mutterer Alm. Vier ältere Engländerinnen und ein junger, etwa achtzehnjähriger Mann namens David warteten ebenfalls. Der Skilehrer, ein drahtiger, sonnengegerbter Tiroler begrüßte alle auf Englisch oder was er dafür hielt. Die ganze Gruppe schaute sich an, denn nicht nur Ev-Marie, sondern auch die Engländer verstanden sein Englisch nicht, denn es war vom Tiroler Dialekt stark eingefärbt.

Auch er merkte, dass seine Ausführungen nur teilweise verstanden wurden und verlegte sich deshalb auf ausgeprägte Körpersprache. »I am Willy! You can say Willy to me!« Das Ziel des ersten Nachmittags war, zu lernen auf Skiern zu stehen und mit Skiern zu gehen und zwar ohne Stöcke. Ev-Marie und Anna konnten das recht schnell, auch die älteren Damen hielten sich tapfer, fanden es aber nach einer Weile ermüdend und verabschiedeten sich mit einem »see you later« in das nahe Café. Nicht so David. Er hatte beschlossen, das Skifahren zu lernen und kein Misserfolg konnte ihn davon abhalten. Ganz im Gegenteil!

»Look, David! Do it like that!", rief der Skilehrer und zeigte ihm, wie er mit den Skiern durch leichte Gewichtsverlagerung und Vorlage vorwärtskam, doch David knickte in seinen Stiefeln um und lag schon wieder im Schnee. Allein schaffte er es nicht hochzukommen, also schnallte er ab, klopfte sich den Schnee von der Hose, bückte sich, um wieder anzuschnallen und lag dabei schon wieder. Ev-Marie und Anna verkniffen sich das Lachen. »Das kann ja heiter werden!«, dachte Anna, war aber auch ein bisschen stolz darauf, dass sie die Vorübungen schon ganz gut beherrschte.

Am nächsten Tag ging es hinauf auf die Mutterer Alm und Willy suchte abseits der Piste einen leichten Hügel, wo er parallel zum Hang die unterschiedliche Funktion von Berg- und Tal-Ski erklärte. David scheiterte sowohl am Geradeausfahren, weil er aus Angst, ins Tal zu fallen, immer den falschen Ski belastete. Bei der Spitzkehre verhedderte er sich so mit den Skispitzen und den Stöcken, dass er auch nicht mehr von alleine aufstehen konnte. Er lag im Schnee, lachte sich halb tot, so dass auch die andern befreit lachen konnten, denn seine Stürze sahen einfach zu lustig aus. Anna wunderte sich, dass er trotz seiner mangelnden Sportlichkeit bester Dinge war, über sich selbst lachte und vor allem nicht aufgab. Wie oft hatte sie in den wenigen Sportstunden, die es in der Schule gab, sich die Tränen verkniffen, wenn etwas trotz aller Anstrengung nicht klappte und alle andern es besser konnten. Hier im Skikurs war sie zwar die jüngste, aber bei weitem nicht die schlechteste. Diese Rolle übernahm David und er schien kein Problem damit zu haben, was Anna sehr imponierte.

Beim Abendessen war David Thema Nummer eins und die Eltern freuten sich, dass die Mädchen beim Skikurs zwar nicht viel lernten, da der junge Engländer alle ausbremste, dass sie aber trotzdem ihren Spaß hatten.

Für den Silvesterabend hatte man im »Mutterer Hof« eine Tanzkapelle engagiert und einen Kappenabend vorgesehen.

»Herr Doktor, soll ich für Sie einen Tisch reservieren? Als Hausgäste dürfen Sie sich das doch nicht entgehen lassen!«, fragte beim Frühstück im Vorübergehen die Bedienung mit der Hüftgelenkdysplasie. Die Eltern schauten sich unsicher an und als Ev-Marie bettelte: »Ach bitte, sagt ja! Hier kennt uns doch keiner und niemand weiß, dass wir in Trauer sind!«

»Wenn ich nicht tanzen muss und wir nicht so nah an der Musik sitzen, soll's mir recht sein!«, gab der Vater ihrem Flehen nach. »Aber eine Kappe setze ich nicht auf!«

Nach dem Abendessen baute die Musikkapelle ihre Instrumente auf. Sie spielten aktuelle Schlager und Stimmungslieder und es dauerte nicht lange, da war die Tanzfläche gut gefüllt. Der Vater hatte sich den zweiten Schoppen Tiroler Wein bestellt, den er als deutlich leichter und süffiger als die fränkischen Weine einschätzte. Die Mädchen beobachteten die tanzenden Paare und machten eine Rangliste der besten.

Als sie den Schneewalzer spielten, stand Vater auf:

»Komm Mutti, wir versuchen es auch mal. Mit dem rechten Fuß nach der großen Trommel, dann ist man immer im Takt!« Er legte den Arm um Mutters Taille und schon drehten sich die beiden im Takt der Musik. Anna verfolgte sie mit den Augen. Es war das erste Mal, dass sie ihre Eltern tanzen sah und obwohl die meisten auf der Tanzfläche den Text laut mitsangen, war es in Anna plötzlich sehr still und sie hörte die Musik nur von Ferne. Selbstversunken saß sie da und spürte eine Ruhe und Zufriedenheit wie schon lange nicht mehr. Erst als Ev-Marie sie mit dem Ellenbogen anstieß, kam sie zurück in den Saal und schaute befremdet auf den jungen Mann, der sich vor ihr verbeugte. »Der will mit dir tanzen!«, flüsterte die Schwester ihr zu. Anna wurde ganz heiß und sie wusste nicht, wie sie damit umgehen sollte. Sie schüttelte den Kopf und der Mann machte eine bedauernde Handbewegung und versuchte sein Glück anderswo. Das geht doch nicht, dachte Anna. Auf der Tanzfläche sind doch nur die Großen. Sie war für ihre elf Jahre zwar schon ziemlich groß, aber mit fremden Männern tanzen, das fühlte sich fremd an.

Als Abschluss des Urlaubs hatte der Vater einen Ausflug zur nahen Bergisel Sprungschanze vorgesehen, wo das dritte Skispringen der Vierschanzen-Tournee stattfand. »Das ist etwas anderes als das Springen in Malstadt am Pfuhlbach!«, kündigte er an, »und packt euch warm ein! Dicke Socken und lange Unterhosen sind Pflicht!«

Am Abend davor beschloss Anna ihre speziellen Schuheinlagen durch die zwei frischen zu ersetzen, die sie in ihrem Koffer versteckt hatte. Während sie die alten Mulleinlagen in den Papierkorb werfen wollte, schaute Ev-Marie von ihrem Buch hoch, sah die kleine Schwester mit den Skistiefeln herumhantieren und entdeckte die Damenbinden. »Wo hast du denn die her und wofür brauchst du sie?«

»Die hab ich im Badschrank gefunden. Das sind wunderbar warme Einlegesohlen und vor allem passen jetzt die Skistiefel!«, erklärte Anna. Ev-Marie lachte schallend über Annas Erfindungsreichtum. »Nein, dafür sind die nicht gedacht!«, meinte sie Kopf schüttelnd und hielt sich immer noch den Bauch.

»Ja, wofür denn dann?«

»Das erkläre ich dir später, wenn du groß bist!« Solche Sätze hasste Anna, besonders wenn sie aus dem Mund der großen Schwester kamen.

Am 4. Januar war das Skispringen. Sie hatten Stehplätze auf der rechten Seite ziemlich nah am Schanzentisch, so dass sie sowohl den Anlauf, wie auch den Absprung gut verfolgen konnten. Auf dem Weg dorthin trafen sie David, der sich gut gelaunt zu ihnen gesellte.

Anna staunte über das Tempo, mit dem die Skispringer in gebückter Haltung auf den Schanzentisch zufuhren, um dann, die breiten Skier nach oben gestellt und die Hände an der Hosennaht, ins Tal zu fliegen. Siebzig Meter und darüber sprangen die Sportler, die aus acht verschiedenen Nationen kamen. Das war etwas anderes als die Weiten, die auf der Malstädter Schanze gesprungen wurden.

Vater drückte die Daumen für Georg Thoma, den Deutschen Meister in der Nordischen Kombination. Obwohl er sich nicht so sehr für Sport interessierte und für Skisport schon gar nicht, hatte er Sympathie für den bescheidenen Kerl aus dem Schwarzwald, den alle nur Jörgel nannten und der aus ganz einfachen Verhältnissen stammte. Nannte der Ansager dessen Namen, so mahnte er: »Jetzt Obacht und seid still!« So als könnte er auf diese Weise den Absprung verbessern und, weil er ihn bis zur Landung nicht aus den Augen ließ, ihn mit einigen Wimpernschlägen noch ein paar Meter weiter nach vorne schieben.

»You've good ski jumpers!«, sagte David anerkennend und reckte den Daumen in die Höhe. Obwohl Vater kein Englisch konnte, nickte er stolz und hob ebenfalls den Daumen hoch. Doch all das nützte wenig, denn Sieger wurde Helmut Recknagel aus der DDR. Vater konnte seine Enttäuschung nicht verbergen. Und als David ihm lachend gratulierte: »A german boy! That's wonderful!«, lächelte er säuerlich und bemerkte halblaut. »Wenigstens hat kein Russe gewonnen!«

Mutter schüttelte entgeistert den Kopf: »Aber er ist Thüringer und das ist nicht weit von uns weg! Er war halt der Bessere und im Sport soll der auch gewinnen.«

Vater drehte sich zum Ausgang und murmelte: «Im Verlieren sind wir ja geübt.«

Am nächsten Tag fuhr man wieder zurück nach Malstadt, denn am Tag nach Dreikönig begann wieder die Schule und Vater wollte auch seine Patienten nicht so lange alleine lassen. Im Winter habe der Bauer Zeit zum Krankwerden und die Bäuerin erst recht. Da müsse der Hausarzt vor Ort sein.

Die Eltern schliefen wieder beide im Eheschlafzimmer, aber sie schienen nicht wirklich zusammenzufinden. Im Frühjahr verbrachte Mutter Stunden im Garten, legte Beete neu an, plante den Abriss des alten Gartenhauses von Opa Will, das innerhalb der Familie nur »die vereinigten Hüttenwerke« genannt wurde. Der Bau eines neuen Gartenhauses mit Garage und Terrasse wurde geplant. Auch in der Wohnung am Jakobsplatz wurde vieles erneuert. Wolfgangs Zimmer wurde mit einem Wanddurchbruch ans Wohnzimmer angeschlossen. Dort standen Mutters Schreibtisch, das Radio und der Plattenspieler. Auf das Drängen der Mädchen wurde ein Fernsehgerät angeschafft, doch es waren nur wenige Sendungen, die Anna ansehen durfte. Für »10 Minuten mit Adalbert Dickhut«, einer Kinderturnsendung, ging sie sogar früher aus dem Schwimmbad nach Hause und turnte auf dem Teppich alle Übungen nach. Allein im Wohnzimmer musste sie keine Konkurrenz fürchten, was ihr beim Schulsport oft den Spaß verdarb, wenn die andern schneller liefen oder weiter warfen. Die Quizsendung von Hans Maegerlein »Hätten Sie's gewusst?« liebte sie und durfte deswegen auch ein bisschen länger aufbleiben. Sie hatte ein hervorragendes Gedächtnis, konnte einmal Gehörtes sicher wiedergeben und kannte alle bekannten Opernarien, obwohl sie selbst noch nie in der Oper gewesen war. Für die Eltern war klar, dass sie das Kind auch gegen die Einschätzung ihres Lehrers aufs Gymnasium schicken würden. Sie meldeten Anna zum nachmittäglichen Vorbereitungskurs an. Von denen, die Herr Geuß zur »ersten Garnitur« gezählt hatte, waren nur zwei dabei. Anna bestand die Aufnahmeprüfung. Es wurde das Wissen in Deutsch, Rechnen und Religion geprüft. Da sollte sie den Namen des Bischofs nennen, die sieben Sakramente und die zehn Gebote. Mit Schwester Hermenfriedas universalem Unterricht war dies ein Leichtes. In Deutsch galt es ein Diktat zu schreiben. »Fritzchen als Uhrmacher«, eine lustige Geschichte, die sie mühelos bewältigte. Nur in Rechnen hatte Herr

Geuß Recht behalten. Da sollte ein zwölf Meter langer Baumstamm in drei gleich große Stücke gesägt werden und man wollte wissen, wie lang die Stücke sind und wie oft gesägt werden müsse. Da hatte sie nicht alles richtig. »Sägen können Mädchen halt nicht so gut«, sagte der Vater schmunzelnd, als er das Ergebnis in Händen hielt.

Vater saß oft bis tief in die Nacht in seinem Sprechzimmer, las Fachzeitschriften und ordnete Ärztemuster im Schrank. Von seinen Krankenbesuchen kam er meist erst nach acht Uhr nach Hause. Mutter richtete ihm auf einem Tablett das Abendessen hin, denn die anderen hatten schon gegessen. Er stürzte sich regelrecht in die Arbeit, ließ keine Fortbildung aus, als müsse er sich seines beruflichen Könnens neu vergewissern. Die Entwicklung seiner beiden Töchter bekam er nur am Rande mit und überließ die Erziehungsarbeit seiner Frau. Man sprach selten über Wolfgang, obwohl er immer noch sehr präsent war.

In einer Truhe im Flur bewahrte die Mutter seine Spielsachen auf, die Eisenbahn, den Baukasten, das Federmäppchen, Bücher, Pullover und Handschuhe, die sie ihm gestrickt hatte. Wie einen Schatz hütete sie diese Dinge. Nach einem Foto ließ sie von einem Kunstmaler ein Pastellportrait anfertigen, gab die Jacke und das Hemd mit, das er auf dem Foto getragen hatte, auch die Haarsträhne, die sie im Kuvert aufbewahrt hatte. Es sollte ihm so ähnlich wie möglich werden.

Als der Postbote einige Wochen später am Morgen das Paket mit dem Bild brachte und sich den Empfang bescheinigen ließ, legte die Mutter es in der Verpackung auf den Wohnzimmertisch, ging immer wieder hin, wagte aber nicht, es auszupacken. Erst als am Abend der Vater von seinen Krankenbesuchen kam und gegessen hatte, rief sie die beiden Mädchen aus ihrem Zimmer und holte sie an den Tisch. Mit flattrigen Händen fingerte sie die Paketschnur auf, rollte sie sauber zusammen, wie sie es immer tat, schnitt das Packpapier auf und faltete es auseinander. Das Bild lag mit dem Rücken nach oben. Sie setzte sich hin, atmete schwer und bat ihren Mann, es zu wenden. Wortlos blickte die Familie auf das gezeichnete Portrait. »Ja, er ist es! Ich hatte solche Angst, dass er es nicht ist, aber er ist es!«

»Eine gute Arbeit«, meinte der Vater. Die Mutter schlug vor, es über seinen Sessel zu hängen, damit man es gleich sehe, wenn man das Wohnzimmer betrat. Er nickte und blickte zu den Mädchen: »Macht ihr das?«

Ev-Marie holte den Küchenhocker und schob den Sessel beiseite. Anna kam mit Hammer, Bleistift und einem Nagel. Sie probierten die Höhe, Mutter dirigierte sie, bis die richtige Position gefunden, die Stelle markiert und der Nagel eingeschlagen war. Als das Bild hing, schaute der Vater auf. Er hatte die ganze Zeit stumm am Tisch gesessen und auf das Packpapier geblickt. Anna sah, dass er mit den Tränen kämpfte.

»Der Herrgott hat mir meinen Sohn genommen!«, sagte er mit heiserer Stimme und Ev-Marie blickte auf den zusammengesunkenen Mann: »Wäre es dir lieber gewesen, er hätte dir eine Tochter genommen?« Entsetzt blickte er sie an, sagte aber nichts.

Als die Mutter am nächsten Morgen, es war ein Sonntag, das Packpapier wegräumen wollte, entdeckte sie einen Brief des Künstlers, der darauf hinwies, dass er beim Zeichnen der Augen eine alte Technik angewandt habe. Ein weißer Punkt in den Pupillen vermittle den

Eindruck, dass die Person den Betrachter ansehe, egal an welcher Stelle des Raumes er sich befindet. Sie bewegte sich langsam im Raum, ging nach rechts und links, um festzustellen, dass es tatsächlich so war. Ihr Sohn schaute sie an und das abgebildete leichte Lächeln schien wie eine Bestätigung zu sein, dass es ihm gut gehe, dort, wo sie hoffte, ihn wiederzusehen. Sie setzte sich auf den Sessel, der dem Bild gegenüberstand, als warte sie auf eine Antwort.

Das Geläut der Kirchenglocken riss sie aus ihren Gedanken. In einer halben Stunde würde die Spätmesse beginnen. Ihr Mann ging um neun Uhr zur Messe. Das war seine Zeit, so wie er um neun Uhr seine Sprechstunde begann.

Er ging in die Messe, weil er immer in die Messe gegangen war. Doch war das Ritual leer für ihn geworden. Die Predigt interessierte ihn kaum. Was sollte der Pfarrer, den er für sich nur »das geistliche Gerät« nannte, ihm denn auch Tröstliches sagen? Er saß behäbig in seiner Bank und las im »Schott«, dem lateinischen-deutschen Römischen Messbuch, als wolle er sein Latinum auffrischen. Die Lieder kannte er, sang aber nicht mit. Er wolle die anderen nicht mit seinem schrägen Gesang aus dem Takt bringen. Nach dem Schlusssegen verließ er die Kirche durch den Seiteneingang und ging rasch durch die Gässchen Richtung Jakobsplatz.

Bis zum Beginn des »Internationalen Frühschoppens mit Werner Höfer« im Fernsehen blätterte im »Deutschen Ärzteblatt«. Besonders Artikel, die über Früherkennung von Krebserkrankungen und neue Behandlungsmethoden berichteten, las er gründlich. Er war sich sicher, dass der Krieg die Krebsforschung um Jahre zurückgeworfen hatte.

Mutter ging gemeinsam mit den beiden Töchtern in die Spätmesse um halb elf. Sie trug immer noch ihren schwarzen Mantel und einen Hut, an den sie von Frau Zißler, der Modistin des Ortes, einen kurzen schwarzen Schleier hatte drapieren lassen, den sie, wenn sie vom Kommunionempfang zurück an ihren Platz ging, nach unten zog, so dass ihr Gesicht verdeckt war. Anna hörte, wie die Leute tuschelten. Es war ihr peinlich. Sie wollte nicht, dass die Mutter auf diese Weise ihre Trauer zeigte. Sie stand daneben in ihrem leuchtend roten Wintermantel, nahm die schwarze Armbinde ab, die sie auf Anweisung der Mutter zu tragen hatte und steckte sie in die Manteltasche. Irgendwann ist Schluss, dachte sie. Den missbilligenden Blick der Mutter nahm sie wahr und befürchtete, dass sie nach der Messe zu Hause Rede und Antwort stehen müsste. Mutter aber schwieg. Auch Anna schwieg, obwohl sie gerne darüber gesprochen hätte, denn irgendwie musste es ja weitergehen. Aber jedes Mal, wenn die Sprache auf den Bruder kam, füllten sich die Augen der Eltern mit Tränen. Das hielt Anna nicht aus, also vermied sie das Thema. Auch im Freundeskreis der Eltern sprach man nicht darüber, ganz im Gegenteil. Man versuchte sie auf andere Gedanken zu bringen, indem man über Alltäglichkeiten redete oder bewusst heitere Dinge ansprach. Das klappte auch scheinbar.

Eine Weile behielt es die Mutter für sich, dass durch den optischen Kniff des Künstlers Wolfgang auf dem Portrait den Betrachter nicht aus den Augen ließ. Immer wieder setzte sie sich vor das Bild und führte einen stummen

Dialog mit ihrem Sohn. Sie hatte das Gefühl, er sei der Einzige, der verstand, wie es in ihr aussah. Ihr Mann stürzte sich in seine Arbeit und die beiden Mädchen waren mit der Schule ausgelastet. Sie verließen um sieben Uhr am Morgen das Haus, um mit dem Zug nach Neustadt zu fahren und kamen oft erst am Nachmittag zurück.

Dass sie nachts kaum schlief, wollte sie zunächst ihrem Mann gar nicht erzählen. Sie wollte ihm keine Sorgen machen und er merkte ihre Erschöpfung nicht. Erst als Gallenkoliken auftauchten und auch die Schilddrüse verrücktspielte, nahm er sich der Beschwerden an. Ein Schlafmittel sollte Abhilfe schaffen. Er erkannte, dass seine Frau zur Patientin geworden war.

Als Anna einmal ins Wohnzimmer kam und ihre Mutter stumm vor dem Portrait des Bruders sitzen sah, setzte sie sich daneben, schmiegte sich an sie. Sie nahm wahr, wie sich ihre Arme um sie legten und sie fest drückten. Sie hielten einander fest und Anna erinnerte sich daran, wie die Familie damals nach Bad Kissingen fuhr, um dort von einem Fotografen Bilder anfertigen zu lassen, auch das, das Vorlage für das Portrait war. Sie sollte ihr Kommunionkleid mitnehmen, denn man habe von ihr mit den Windpocken im Gesicht damals keine Fotos machen wollen. Sie war stolz darauf, dass man für sie extra zum Fotografen ging. Ev-Marie und Wolfgang waren bei ihrer Erstkommunion nur vom Vater fotografiert worden. Keine schlechten Bilder, aber keine Profi-Aufnahmen.

Sie erinnerte sich noch an den Geruch des feinen Fotoateliers in der Nähe des Kurparks. Der Fotograf korrigierte ihre Kopfhaltung in verschiedenen Einstellungen, mal mit Kerze und Gesangbuch, mal mit geschlossenem Mund lächelnd, mal mit offenem Mund. Mal nur ein Brustbild mit Blick in die Ferne, mal sitzend mit Blick in die Kamera. Nie zuvor hatte Anna erlebt, dass sich jemand so viel Mühe gab mit ihr. Auch bei den Fotos von Onkel Hans sollten sie immer lächeln, aber er drückte schnell ab und gut war es. Hier wurden Scheinwerfer eingesetzt und Anna fühlte sich im Mittelpunkt der Aktion. Danach schlug die Mutter vor, auch Bilder von den drei Geschwistern zu machen. Wolfgang zwischen den beiden Schwestern, alle drei lächelnd. Dann Wolfgang allein, einmal ernst und einmal lächelnd, so wie er jetzt in Pastellfarben gezeichnet auf sie und die Mutter herunterlächelte. Daran dachte Anna, als sie mit der Mutter so eng beieinander auf dem Sofa saß.

Ob sie noch wisse, wie das damals beim Fotografen war, fragte sie die Mutter, sich an das gute Gefühl erinnernd, das sie damals empfand.

»Ja, das war ganz hart für Vati und mich. Wir wussten ja, wie schwer krank Wolfgang war und dass er die Krankheit nicht überleben würde. Ich schlug Vati vor, von Wolfgang gute Bilder machen zu lassen, weil es ja die letzten sein würden, die wir von ihm in einigermaßen gesundem Zustand haben würden. Später war er ja so blass und mager. Und ich wollte, dass er auch auf einem Foto ernst ist, so dass man es später für das Sterbebildchen verwenden kann.«

Anna blickte sie an. »Du hast alles gewusst und geplant?« Die Mutter nickte. Sie sei so froh, dass sie diese Bilder von Wolfgang habe und beinahe glücklich, dass dem Künstler das Portrait so naturgetreu gelungen sei.

»Und dann, Anna, schau, wo du auch stehst im Raum, der Wolfgang schaut dich immer an. So ist er uns auch immer nah,« sagte die Mutter und drückte sie fester an sich.

Anna nickte, entzog sich der Umarmung der Mutter, stand auf und ging im Wohnzimmer hin und her und erkannte, dass die Mutter recht hatte. Ihr wurde flau im Magen und das Herz klopfte bis zum Hals. Er würde immer da sein, das wusste sie mit einem Mal.

Das Gespräch mit der Mutter ging ihr lange nicht aus dem Kopf. Die Eltern haben also gewusst, dass Wolfgang sterben würde. Warum haben sie ihr nichts gesagt? Sie hätte doch dann öfter an seinem Bett gesessen. Sie hätten sein Lieblingsquartett spielen können, das mit den Automarken. Sie hätte ihm ihre Portion Schokoladenpudding überlassen. Für Schokoladenpudding hat er doch immer alles andere stehen lassen, das Pudding-Büble! Sie hätte die Zeit besser nutzen können! Vielleicht wäre sie nicht so oft zu Rita zum Spielen gegangen, wenn sie das alles gewusst hätte. Sie empfand es wie einen Betrug.

Als sie und Ev-Marie abends im Bett lagen, fragte sie die große Schwester, ob sie gewusst hätte, dass Wolfgang sterben würde.

Sie schwieg lange: «Nein, gewusst habe ich es nicht, aber geahnt.« Die Eltern hätten auch mit ihr nicht darüber gesprochen. Einmal habe sie den Vater gefragt, ob Wolfgang wieder gesund werden könne. Da habe er sie angeschaut, mit den Schultern gezuckt und die Tränen seien ihm runtergelaufen. Sie habe es kaum ausgehalten, denn noch nie habe sie den Vater weinen gesehen. Sie habe dann nicht mehr gefragt, auch die Mutter nicht.

Ev-Marie weinte, während sie ihrer Schwester davon erzählte. Sie drehte das Gesicht ins Kopfkissen und schluchzte hinein. Anna legte sich zu ihr ins Bett und hielt sie fest. »Keiner hat uns die Wahrheit gesagt!«

Sie tauchte aus dem Kissen auf: »Keiner wollte uns die Wahrheit sagen. Aber belogen haben sie uns auch nicht.«

»Doch, Schwester Hermenfrieda hat gelogen. Sie hat gesagt, wenn ich fest bete, wird Wolfgang wieder gesund. Und ich hab' ganz fest gebetet, jeden Abend.«

»Die Schwester Hermenfrieda weiß auch nicht mehr als der liebe Gott. Und was für den richtig ist oder ob es ihn überhaupt gibt, das frag ich mich auch manchmal.«

Die Schwestern lagen noch lange beieinander und sprachen darüber, wie sie den Eltern helfen könnten. »Am besten, wir machen ihnen keine Sorgen, strengen uns in der Schule an und helfen, wo wir können.«

Das Jahr nach Wolfgangs Tod war noch nicht vorbei, als im Haus ein weiterer Bewohner starb. Rudolf Rossmann aus dem Hinterhaus trug man hinaus auf den Gottesacker. Seine Frau Emma trug schwer daran, saß nun allein über der Heimarbeit und bat jeden Abend den Herrgott darum, er möge sie doch auch holen. Für wen sollte sie noch weiterleben? Der Sohn war gefallen, die Tochter kümmerte sich zwar um sie, lebte aber nicht am Ort. Emma kochte sich nichts mehr, bekam Magenprobleme, bei denen auch eine Wärmflasche nicht mehr half. Und als die Nachbarn bemerkten, dass sie nicht aufstand, holten sie den Doktor zu Hilfe. Emma war sowieso nur eine halbe Portion, wie man scherzhafterweise im Haus sagte, aber dass sie auch nur einen halben Magen hatte, erfuhr der Doktor erst jetzt, denn bislang hatte sie keinen Arzt gebraucht.

»Ach, die andere Hälfte hat man mir schon vor dem Krieg herausoperiert. Immer hatte ich Magengeschwüre und eins war so schlimm, dass ich beinahe daran gestorben wäre. So hat man den Teil abgeschnitten. Mein Rudolf hat immer gesagt, das sei ein Glück, weil ein halber Magen auch nur die Hälfte braucht. Sonst hätten wir die schlechte Zeit nicht überstanden!«

Der Doktor hörte sich alles ruhig an, verschrieb ihr eine Rollkur und sagte: «Emma, Sie müssen essen. Wer nicht isst, stirbt.«

»Ach, das wär doch ein Segen! Dann könnte ich bei meinem Mann und meinem Sohn sein!«

»So geht das nicht, Emma! Vier Tote in einem Jahr, das hält die Hausgemeinschaft nicht aus. Das können Sie uns allen nicht antun. Ab morgen essen Sie bei uns mit! Auf einen mehr oder weniger kommt es nicht an. Meine Frau kocht täglich frisch und eine warme Mahlzeit braucht der Magen am Tag, und ein halber erst recht!«

Emma wagte dem Doktor nicht zu widersprechen, willigte aber nur ein, wenn sie nicht am Tisch mitessen musste. Und sie wollte das nicht umsonst haben, das ließ ihr Stolz nicht zu.

Am Abend besprach Annas Vater die Angelegenheit mit seiner Frau, die sofort meinte, den halben Magen bekäme man auch satt. Aber dafür Geld nehmen, das käme nicht in Frage.

Für Emma wurde jeden Mittag ein Tablett hergerichtet, auf dem in einer Tasse die Suppe und eine kleine Portion des Hauptgerichtes stand. Entweder eines der Mädchen oder die Sprechstundenhilfe, die ja auch mit der Familie aß, brachte es über den Küchenbalkon ins Hinterhaus zu Emma, die sich dadurch revanchierte, dass sie eine halbe Stunde später an der Tür zum Balkon auftauchte und beim Spülen half. Das Abtrocknen übernahmen abwechselnd die Mädchen. Aber oft schickte Emma sie weg zu den Hausaufgaben oder im Sommer ins Schwimmbad. »Ach komm, das Bisschen schaffe ich allein!«, obwohl das Geschirr für sechs oder manchmal sieben Personen viel Arbeit war, aber das störte Emma nicht. Einen einzigen Wunsch hatte sie. Sie wollte die Suppe gerne in einer anderen Tasse serviert haben. Sie drehte die dickwandige Tasse mit dem roten Rand um und deutete auf das Hakenkreuz, das auf dem Tassenboden zu sehen war.

»Bitte haben Sie Verständnis dafür, dass mir die Suppe aus so einer Tasse nicht schmecken kann!« Vater war entsetzt, dass solches Porzellan noch in den Schränken war und konnte sich nicht erklären, wie es überhaupt in seinen Haushalt gekommen sein könnte. Mutter erklärte schuldbewusst, dass diese Tassen als Kochgeschirr einfach praktisch waren, wenn man zum Beispiel ein Ei aufschlagen musste. Man durchstöberte den Küchenschrank, fand noch eine zweite der gleichen Art und warf beide in die Mülltonne. So war auch der Küchenschrank »entnazifiziert«, wie Vater zufrieden feststellte.

Und als im Freundeskreis die ersten Spülmaschinen angeschafft wurden, war klar, dass das für die Familie nicht in Frage kam. Das hätte man ihr nicht antun können. Lachend verkündete die Mutter: »Unsere Spülmaschine heißt Emma.«

Anna war stolz darauf, jeden Tag zusammen mit der großen Schwester im Zug in die benachbarte Stadt ins Gymnasium zu fahren. Vor sieben gingen sie aus dem Haus durch die Rossmarktgasse, wo um diese Zeit der Metzger seine Schweine ins Schlachthaus trieb, vorbei an der alten Schmiede, wo es immer ein bisschen nach verbranntem Horn roch, wenn der alte Bluhm die glühenden Eisen auf die Pferdehufe nagelte, hinunter zur

Bauergasse, wo sie hofften, dass die Gänse von Gärtner Loose nicht auf der Straße waren und ihnen mit gestreckten Hälsen zischend den Weg versperrten, durch die Pforte hinunter zum Malbachbrückle, vorbei an den Gewächshäusern der Gärtnerei, der Post und der evangelischen Kirche und am Kiosk des Bahnhofshotels, den Anna nur zu gut kannte. Von hier aus konnten sie die Bahnhofsuhr sehen. Nun noch durch die Abschrankung und dann in den bereitstehenden Zug. Zehn nach sieben saßen sie im Abteil und besetzten Plätze für die Mitschüler, die mit dem Rhönzügle aus den Dörfern kamen. Die Abteile waren überwiegend mit Schülern besetzt, von denen die meisten in Neustadt ausstiegen. Wenige fuhren ein paar Stationen weiter nach Münnerstadt, wo es ein humanistisches Gymnasium gab. In den zwanzig Minuten Fahrzeit verglichen sie die Hausaufgaben oder spielten Sechsundsechzig. In Neustadt angekommen, wo es veritable Bahnsteige mit Unterführung gab, zogen die Schüler wie eine Karawane vom Industriegebiet in die Altstadt in die Schule, die sich nahe am Marktplatz befand.

Von den drei Parallelklassen war sie in der C-Klasse, die fast ausschließlich mit Fahrschülern besetzt war. Da kamen Kinder aus Dörfern der Rhön, wo Anna noch nie gewesen war und deren Namen sie nur vom Hörensagen kannte. Bis diese Kinder in der Schulbank saßen, waren sie oft schon eineinhalb Stunden unterwegs und manchmal sah sie, dass dem einen oder anderen in der zweiten Stunde die Augen zufielen. Die Mädchen waren in der Minderzahl, denn noch immer galt, dass sie sowieso heirateten und dann für Mann und Kinder zu Hause bleiben, also keine so gute Ausbildung bräuchten. Annas Eltern dachten da zum Glück anders, besonders die Mutter, die bedauerte, dass sie selbst kein Abitur und kein Studium hatte. Mit Begeisterung fragte sie Lateinvokabeln ab und freute sich, wenn sie sich dadurch einen medizinischen Begriff, den sie von ihrer Krankenschwesterausbildung kannte, besser erklären konnte. Anna liebte Latein. Es war wie eine Geheimsprache. Puella in casa est. Femina in silvam ambulat. Vor allem mochte sie ihren Lateinlehrer, den alle nur Papa Kriesche nannten, weil er väterlich mit den Fünftklässern umging. Er übersah, wenn ein Rhönbub in der letzten Bank vor Erschöpfung einnickte oder nur einen Teil der Hausaufgabe hatte, weil er erst spät nach Hause gekommen war oder dort niemand war, der ihm dabei helfen konnte.

Papa Kriesche hatte nur ein Bein und ging deshalb an Krücken. Wenn er vor der Klasse stand, legte er den Beinstumpf auf dem Handgriff der Krücke ab, so hatte er eine Hand frei, um das Lateinbuch zu halten. Gern setzte er sich auf das Pult, wenn er von den Sitten und Gebräuchen der Römer erzählte und die Kinder hingen an seinen Lippen, so anschaulich und spannend konnte er das. Dominus in convivio accubat. Sie waren beeindruckt, dass die Römer nicht am Tisch saßen, sondern lagen und jede Menge Sklaven als Bedienstete hatten.

Strenger ging es in Biologie zu. Der Lehrer kam im weißen Kittel in die Klasse, so dass Anna zunächst dachte, er sei Arzt. Auch der Mathematiklehrer kam im weißen Kittel. Und obwohl sie diese Kleidung von ihrem Vater kannte, hatte sie großen Respekt vor diesen weißbemäntelten Männern, die alle nur mit Nachnamen ansprachen und über die Köpfe der Schüler aus den Eingangsklassen sowieso hinwegsahen, geschweige denn außerhalb des Unterrichts ein Wort an sie richteten. Einmal jedoch wurde Anna vom Biologielehrer dabei erwischt, wie sie sich mit ihrer neuen Freundin Margrit während der Pause unter der Treppe versteckt hatte. Es lag draußen Schnee und war bitterkalt und Anna hatte schon auf dem Schulweg nasse Füße bekommen und so wollten beide lieber im Gebäude bleiben. Als der Lehrer sie unter der Treppe kauern und ihr Pausenbrot essen sah, schrie er sie an: »Ja, wo gibt's denn so was! Ihr Weicheier, raus an die frische Luft! Gelobt sei, was hart macht!«

»Ich hab aber nasse und kalte Füße!«, wimmerte Anna, »und außerdem ist die Pause gleich zu Ende!«

»Dir werd' ich Beine machen, du Sara!«, rief er und warf den Schlüsselbund nach ihr. »Auch noch widersprechen, ja wo sind wir denn?«

»Ich heiß' nicht Sara, sondern Anna«, verbesserte sie ihn.

»Nix da, ihr zwei geht raus, aber dalli!«, brüllte er und die beiden Mädchen zogen die Köpfe ein und beeilten sich, in den Schulhof zu kommen.

Als sie am Abend zu Hause davon erzählte, blickten sich die Eltern vielsagend an. »Und er hat wirklich Sara zu dir gesagt?«, wollte der Vater wissen. Anna nickte. Das mit dem Schlüsselbund sei nicht so schlimm, aber »Sara« sollte niemand zu seiner Tochter sagen dürfen. »Da ruf ich morgen in der Schule an!«

»Nein, Vati, bitte nicht! Dem ist sicherlich nur mein richtiger Name nicht eingefallen!«

»Das meinst auch nur du. Der alte Nazi hat wohl noch nicht begriffen, dass jetzt andere Zeiten angebrochen sind!«

Anna wollte nicht, dass der Vater in der Schule anrief, denn sie hatte Angst, dass herauskam, dass sie in Mathematik in der letzten Schulaufgabe eine Fünf geschrieben hatte. Dies hatte sie bislang vor den Eltern verheimlicht. Sie sollten sich keine Sorgen machen, das hatte sie sich vorgenommen. Nur keine Sorgen. Auf gar keinen Fall.

»Das mit dem Schlüsselbund hat gar nicht weh getan. Und außerdem hat er uns ja zurecht geschimpft, weil wir nicht im Pausenhof waren. Bitte, bitte Vati, nicht anrufen!«

Vater legte die Stirn in Falten. »Wenn er noch einmal zu dir oder einem anderen Kind »Sara« sagt, dann sagst du mir das!«

Es war Anfang Oktober, als die Mutter beschloss, dass man Anna besser die Haare abschneiden sollte. Über den Kinderdutt sei sie jetzt rausgewachsen, dachte sie. Im Grunde war es ihr lästig, so bald mit ihren Töchtern aufzustehen und der kleinen den Dutt hochzustecken. Ev-Marie weigerte sich, die Schwester zu kämmen. Sie habe morgens mit der eigenen Frisur genug zu tun. Anna war das recht, denn sie bettelte schon eine ganze Weile, dass man ihr den langen Schopf abschneiden solle. Ihre dichten Haare reichten weit über die Schulter und sie zeterte jeden Morgen, wenn mit Kamm und Bürste und schmerzhaftem Rupfen die Frisur zusammengesteckt wurde.

Den Malstädter Friseuren traute die Mutter nicht zu, dass sie für Annas Haarfülle den richtigen Schnitt zusammenbrächten. Es sollte was jugendlich Flottes werden. Man wählte einen Salon in Neustadt, der nicht weit von der Schule entfernt war, gleich rechter Hand vor dem Stadttor. Die Mutter holte sie nach dem Unterricht ab und beide warteten, fast ein bisschen aufgeregt, bis der Chef für sie Zeit hatte.

»Sooo, die junge Dame will sich also verändern?«, sagte

er und ließ das volle Haar durch seine Finger gleiten. »Fast schade drum! Da wären manche froh, wenn sie so volles und festes Haar hätten!«

Plötzlich war sich Anna nicht mehr so sicher, ob sie auf solche Haarpracht verzichten sollte.

»Vielleicht kann man es auf Schulterlänge kürzen?«, meinte sie zaghaft.

Die Mutter schaltete sich ein. Dafür sei das Gesicht zu rund und der Hals zu kurz, dann wirke sie insgesamt noch gedrungener. Eine praktische Kurzhaarfrisur solle er ihr schneiden. Eine, die das Gesicht schmaler wirken lasse und mit der sie allein zurechtkomme. Sie sei Fahrschülerin am hiesigen Gymnasium und müsse ganz früh aus dem Haus. Da sei wenig Zeit für komplizierte Frisuren.

Gut, dann wisse er Bescheid, sagte der Meister, griff zur Schere und im Nu lagen die Haare in dicken Strähnen auf dem Boden. »Willst du sie mitnehmen und aufheben?«, fragte er. Anna saß mit klopfendem Herzen auf dem hohen Drehstuhl, schluckte und wusste nicht, was sie sagen sollte.

»Nein, was sollen wir damit!«, sprang die Mutter ein. Anna dachte an die Haarsträhne, die sie Wolfgang auf dem Totenbett abgeschnitten hatte und jetzt wie einen Schatz in einem Kuvert in ihrer Schreibtischschublade aufbewahrte.

Im Spiegel verfolgte sie den Feinschnitt, sah, wie der Meister Strähne um Strähne zwischen Zeige- und Mittelfinger nahm und mit der Schere kürzte. Er spürte die Beklommenheit des Kindes und versuchte durch ein unverfängliches Gespräch die Situation aufzulockern. Ob es ihr denn in der neuen Schule gefalle und ob sie nette Mitschüler habe. Aber außer einem leisen »Ja« war dem Mädchen nichts zu entlocken.

Bang verfolgte sie das Entstehen der praktischen Kurzhaarfrisur. Es war ein ernstes, ihr völlig fremdes Mädchen, das da aus dem Spiegel herausschaute. Der Friseur griff zum Schluss nach einem Handspiegel und zeigte ihr alle Seiten der Frisur und kommentierte: «Schau, den Nacken habe ich ein bisschen spitz zugeschnitten, so wirkt der Hals viel schmaler. Und durch den kurzen Schnitt haben sich am Hinterkopf sogar leichte Locken gebildet. Das kommt richtig frech und sieht pfiffig aus! Gefällst du dir so?«

»Die Locken hat sie von mir!«, hörte sie im Hintergrund die Mutter sagen. In dem Moment wusste Anna nicht, ob sie sich mit der Frisur gefallen sollte.

Als sie einige Tage danach von der Schule nach Hause kam und wie immer erstmal auf die Toilette ging, erschrak sie. Sie hatte Blut im Schlüpfer. Schon während der Zugfahrt spürte sie ein Ziehen im Unterleib, das sie bislang nicht kannte, aber sie maß dem keine Bedeutung bei, denn sie war nicht schmerzempfindlich. Eine Weile blickte sie ratlos auf den blutigen Fleck und eine unbestimmbare Angst schnürte ihr die Kehle zu. Sie zog den Schlüpfer aus, knüllte ihn zusammen, wickelte ihn in Papier und ging von der Toilette aus gleich hinunter in den Hof zur Mülltonne. Niemand sollte sehen, dass sie blutete. Zurück in der Wohnung wusch sie sich und zog frische Wäsche an. Vielleicht hört das Bluten bald auf? Irgendwie musste sie das stoppen, wusste aber nicht wie? Sie legte sich aufs Bett und wurde von einem stummen Heulkrampf geschüttelt. Sollte sie jetzt auch einen Unterleibsarkom haben wie ihr Bruder? Das würden ihre Eltern nicht überleben. Sie beschloss das Vorkommnis für sich zu behalten, wollte es vergessen. Sie behalf sich notdürftig mit einer Packung Watte, die sie heimlich aus einem Schrank der Praxis des Vaters holte. Das Ziehen hatte nachgelassen, aber sie blutete immer noch, zwei Tage lang.

Wenn sie im Wohnzimmer vor dem Bild ihres Bruders saß und sah, wie er sie lächelnd anblickte, packte sie die Wut. Wollte er vielleicht, dass sie auch krank würde? Sollte sie sterben und zu ihm kommen? Fehlte sie ihm vielleicht, wie er ihr fehlte? »Nein, so geht das nicht! So nicht!«, sagte sie halblaut in den stillen Raum.

Während des Unterrichts vergaß sie es, aber bei jedem Toilettengang blickte sie angstvoll in den Schlüpfer und atmete auf, wenn da nichts war. Bloß keine Sorgen machen, das hatte sie sich fest vorgenommen.

Als Ev-Marie eines Abends mit Bauchweh im Bett lag und die Mutter ihr ein Glas Wasser mit einer Schmerztablette brachte, mit Schmerz- und Beruhigungstabletten war die Mutter immer schnell bei der Hand, sagte Anna besorgt: »Vielleicht kommt das von den Stachelbeeren, die wir heute Nachmittag gegessen haben. Das vergeht wieder.«

Die beiden lachten und die Schwester meinte, dass sie ihre Tage bekomme. Anna schaute ungläubig und wartete, bis die Mutter das Zimmer verlassen hatte.

»Wie? Welche Tage meinst du?«

Ev-Marie rollte mit den Augen und wollte eigentlich in Ruhe gelassen werden. »Du nervst!«

Anna ließ aber nicht locker und wollte wissen, ob es denn bestimmte Bauchwehtage gebe. »So könnte man es auch sagen,« meinte die große Schwester. »Weißt du, wenn du mal so alt bist wie ich, dann hast du auch einmal im Monat Bauchweh und dann blutest du ein paar Tage aus der Scheide und das Bauchweh ist weg.«

Anna legte sich zu ihr ins Bett, kuschelte sich an sie und sagte, dass sie vor einigen Wochen auch geblutet habe, aber ohne Bauchweh.

Ev-Marie setzte sich im Bett auf und schaute die kleine Schwester verdutzt an: »Wie? Du hast auch schon deine Tage? Das gibt's doch nicht! Du bist doch erst elf! Ich war fünfzehn, als es anfing! Und? Hast du es der Mutti gesagt?«

»Nein, ich dachte, dass ich jetzt auch Krebs habe und wenn ich auch sterbe, das überleben die Eltern nicht. Es ist seitdem auch nicht mehr vorgekommen!«

»Ach Mädle, dass wir immer wieder bluten, ist ganz normal. Das ist ein Zeichen, dass wir erwachsen werden. Davon wird niemand krank. Alle Frauen bluten, sonst können sie später keine Kinder kriegen.«

»Und woher weißt du das?«

»Das hat mir Mutti erklärt. Und wie das mit dem Kinderkriegen geht, das wusste die Gudrun.«

»Und wie machst du das mit dem Blut? Ich hab' mir Watte ins Pippi geklemmt und dann ins Klo geworfen.«

»So kann man es auch machen. Besser nimmst du die Camelia-Binden, die in der blauen Schachtel im Badschrank stehen. Die kennst du doch. Die hast du ja neulich als Einlegesohlen in deine Skistiefel gesteckt!«

Anna schluckte, holte tief Luft und wollte noch von der großen Schwester wissen, wie das mit dem Kinderkriegen sei.

»Das erzähl ich dir morgen,« sagte die und blickte auf das entspannte Gesicht von Anna, der die Augen vor Erschöpfung zugefallen waren.

»Es tagt der Sonne Morgenstrahl,
weckt alle Kreatur.

Der Vögel froher Frühchoral
erweckt des Lichtes Spur.
Es singt und jubelt überall,
erwacht sind Wald und Flur.«

Anna sang aus voller Kehle das Lied, mit dem die Musiklehrerin in der ersten Stunde statt eines Gebets ihren Unterricht begann. Sie sang gerne und konnte Lieder, die sie ein paarmal gehört hatte, schnell auswendig in Melodie und Wort. Auch Fräulein Stümmer war das nicht entgangen. Auf ihren Stock gestützt kam sie auf die Kinder zu, die vor der Sitzbank standen und lauschte den Stimmen. Tische gab es nicht im Musiksaal, nur Bänke, die sich in Hufeisenform an der Wand entlangreihten. Anna hatte Angst vor dieser strengen Frau, die da auf sie zusteuerte und wich unwillkürlich einen Schritt zurück, bis sie die Kante der Sitzbank in ihrer Kniekehle spürte. Beinahe hätte sie sich vor Schreck hingesetzt. Was wollte sie von ihr? Ahnte sie wohl, dass Anna die Benennung der Tonleiter noch nicht sicher beherrschte? »Do – re – mi – fa – … .«, weiter kam Anna nicht. Sie hörte ihren Namen. In dem Moment wurde ihr ganz heiß.

»Jetzt komm nach vorne zu mir!« Fräulein Stümmer saß am Klavier und schlug einen Ton an, den sie aber mit der Hand verdeckte. »Welchen Ton hast du gehört? Anna hätte ohne Schwierigkeiten den Ton nachsingen können, ihn aber benennen, das schaffte sie nicht.

Bei Schwester Hermenfrieda wurden meist Kirchenlieder gesungen und bei Herrn Geuß lernten sie das Rhönlied, das Frankenlied, die Bayernhymne und das Deutschlandlied mit allen Strophen. Sie hätte sie sogar allein mit ihrer klaren Stimme singen können, aber die

Noten dazu kannte sie nicht. Warum auch? Die Lieder hatte sie im Kopf, sie brauchte kein Notenblatt.

Als Fräulein Stümmer auf sie zukam und bestimmte: «Du singst im Chor und die Noten bring ich dir auch noch bei!«, erschrak Anna. Es hörte sich wie eine Drohung an. Auf keinen Fall wollte sie länger als nötig mit dieser Frau zusammen sein, so fasste sie ihren ganzen Mut zusammen und ging am Ende der Stunde zu ihr. »Ich kann nicht in den Chor kommen. Ich bin Fahrschülerin und verpasse sonst meinen Zug. Meine Eltern sind da ganz streng!«

»Das ist schade, Kind« Du hast eine wunderbare Stimme. Spielst du kein Instrument?« Anna schüttelte den Kopf.

»Sag deinen Eltern, sie sollen dir eine Flöte kaufen, dann lernst du die Noten von ganz alleine!« Anna nickte, drehte sich auf dem Absatz um und war schon draußen auf dem Schulflur, wo ihre neue Freundin Margrit auf sie wartete.

»Und? Darfst du im Chor mitsingen?«

»Ich dürfte schon, aber ich will nicht,« antwortete Anna, »die ist so streng und gar nicht freundlich. Da macht das Singen keinen Spaß!«

»Aber da sind doch viele andere auch aus den höheren Klassen!« Anna wollte jedoch keine anderen kennenlernen. Die neuen Mitschüler in der eigenen Klasse waren ihr genug. Dort hatte sie ihren Platz noch nicht gefunden und einen Platz braucht man doch.

Sie war beinahe ein bisschen stolz auf sich, dass sie die Aufforderung zum Chor abgebogen hatte. Zuhause würde sie davon nichts erzählen. Inzwischen war sie darin geübt, Dinge, die ihr unangenehm waren, zu verschweigen. Es hatte ihr gut getan, dass die Musiklehrerin ihre Stimme gelobt hatte, aber sie spürte eine Abneigung gegen solches Lob, das nicht ihre Person meinte, sondern von ihr nur etwas haben wollte. Anna hätte es nicht in Worte fassen können, aber sie hatte das sichere Gefühl, dass das Nein richtig war.

Obwohl Vater ein begeisterter Autofahrer war, ging er gerne auf Bahnhöfe, am liebsten hatte er das zusammen mit Wolfgang getan und meist in Würzburg, wo seit Kriegsende sein Vater und seine Schwester mit ihrem Sohn lebten. Die Familie fuhr mehrere Male im Jahr hin, um sie zu besuchen und größere Einkäufe zu erledigen. Dies überließ der Vater gerne seiner Frau und den beiden Töchtern, während er und Wolfgang sich Bahnsteigkarten lösten und Fernzüge ankommen und abfahren ließen. Der Geruch von Kohle und das Zischen der Dampflokomotiven hatten etwas von der großen weiten Welt und wenn sich eine Diesellok nach dem Pfeifen des Schaffners langsam in Bewegung setzte, so langsam, dass sie den Zielbahnhof noch an den Schildern ablesen konnten, dann wusste Vater meistens eine Person, die dort wohnt und die man besuchen könnte, wenn man jetzt einsteige würde.

»Der fährt nach München, dort wohnt der Onkel Martel mit seiner Frau Fritzi, er ist ein Cousin von der Mutti. Die beiden könnte man auch wieder mal besuchen. Und der dort drüben, Büble, der fährt nach Passau. Da muss er in Regensburg halten und wir könnten bei meinem Studienfreund Walter Beckenkamp vorbeischauen. Was der wohl macht?«

Zu jeder Richtung wusste der Vater etwas zu erzählen und wenn ein Zug Richtung Hamburg fuhr, bekam er glänzende Augen. Da sei er während seiner Studentenzeit mit dem Schnellzug hingefahren, dort umgestiegen nach Bremerhaven und dann auf ein Passagierschiff von »Kraft durch Freude«, mit dem er eine wunderbare Seereise durch die Fjorde Norwegens gemacht habe. Bis nach Bergen sei er gekommen, und das alles, weil sein »alter Herr«, wie er von seinem Vater immer sprach, ihm aus Versehen einen zweiten Monatswechsel geschickt habe. »Weißt du, Büble, im Dritten Reich konnten auch einfache Leute oder solche, die wie ich als Student nicht so viel Geld hatten, durch KdF schöne Reisen machen. Wenn ihr Kinder größer seid, dann fahren wir auch mit dem Schiff mal dorthin. Das war die schönste Reise meines Lebens!«

Nach Wolfgangs Tod ging Anna ein paarmal mit dem Vater zum Würzburger Bahnhof. Sie wollte ihm eine Freude machen, denn sie wusste, wie sehr er solche Unternehmungen vermisste. Mit der Bahnsteigkarte in der Hand ließen sie ein paar Züge abfahren. Hustend standen sie im weißen Rauch, den eine Dampflok abließ und lachten. Sie hörte geduldig seinen technischen Erklärungen zu und musste grinsen, als sie neben dem Zug nach Hamburg standen und Vater genau die Geschichte erzählte, die sie von Wolfgang bereits kannte. Und als der Satz kam: »Wenn ihr größer seid, fahren wir auch mal dorthin!«, freute sich Anna.

Es sollte jedoch gut fünfzig Jahre dauern, bis er wieder die Fjorde Norwegens mit dem Schiff erleben konnte. Er hatte die Idee, seinen beiden Enkeln, den Söhnen von Ev-Marie, ein Geschenk zu machen: eine Kreuzfahrt auf der »Europa« genau an die Orte, die er als Student mit »Kraft durch Freude« besucht hatte. Sie sollten ihn als großzügigen Großvater in Erinnerung behalten. Seine Frau hatte Bedenken, dass die Jungs noch zu klein seien, um das Geschenk zu würdigen. Außerdem hatte sie Angst, der Situation mit den quicklebendigen Enkeln nicht gewachsen zu sein. Doch ihr Mann wollte sich nicht davon abbringen lassen. Er wolle den beiden nicht als Tattergreis in Erinnerung bleiben und weiß der Himmel, wie lange er noch lebe.

Ev-Marie wollte nicht mit auf die Reise. Ihre Vorstellungen vom Zusammenleben mit Kindern unterschieden sich sehr von den Vorstellungen des Großvaters, also wären Konflikte unvermeidbar gewesen. Obwohl sie ihrem Vater einerseits sehr ähnlich war, hatte sich doch über die Jahre eine Distanz entwickelt, die unüberbrückbar schien. Vielleicht war es die Enttäuschung des Vaters über das abgebrochene Medizinstudium seiner Tochter, das sie ihm zuliebe begonnen hatte, aber bald merkte, dass das doch nicht ihr Weg war? Oder vielleicht war es der Mann, den sie geheiratet hatte, mit dem der Vater so gar nicht warm werden konnte und der, das war ihm das Schlimmste, als Vater seiner geliebten Enkel wenig präsent war und durch allerlei Eskapaden tiefe Keile in die Familie trieb? Vielleicht war es aber auch ein »Trotzdem« der Tochter. Die Ablehnung des Vaters dem Schwiegersohn gegenüber spürte sie immer wieder und schrieb ihm unausgesprochen einen Anteil am Misslingen ihrer Ehe zu. Zehn Tage mit ihren Eltern und ihren Söhnen auf einem Schiff, ob das gut gehen könnte, daran hatte sie große Zweifel. Die Reise wäre nicht zustanden gekommen und damit ein Herzenswunsch des Großvaters unerfüllt geblieben, hätte sich nicht Annas Mann, der über die Jahre hin zum Lieblingsonkel der beiden Jungs geworden war, auf die Seite des Großvaters gestellt. Er erklärte sich bereit, mit an Bord der »Europa« zu gehen, um so die Großeltern zu entlasten, in dem er alle Aktivitäten betreute, die Kindern auf so einer Reise Spaß machen. Und Spaß hatte der Onkel mit seinen beiden Neffen und sie mit ihm.

Immer wieder musste der Großvater während der Mahlzeiten, die täglich für ihn, den Genießer, kulinarische Höhepunkte waren, an die Überfahrt seinerzeit mit seinen drei Kindern nach Dänemark denken, denn auch seine Enkelkinder haben sich am liebsten Spaghettis mit Tomatensoße bestellt und anschließend Schokoladeneis und konnten einem Entrecôte oder einer Tarte flambée wenig abgewinnen. Auch die Großmutter erinnerte sich an die damalige Enttäuschung ihres Mannes beim Kapitäns Büffet und schmunzelte, wenn sie daran dachte, wie damals, als ihre drei Kinder noch lebten, eine Ferienreise an die Ostsee nur dadurch gerettet werden konnte, dass ihr Mann eine Überfahrt mit einem Fährschiff nach Dänemark buchte.

Damals waren sie als Deutsche nicht sehr willkommen in dem Land, anders als sie das jetzt in Norwegen erlebt hatte. Sie erinnerte sich noch genau an die ambivalenten Gefühle von damals.

Damals, das war 1956. Die Familie plante mit dem neuen Auto an die See zu fahren. Die Kinder hatten noch nie das Meer gesehen und der Vater wollte ihnen die Marinestützpunkte in Kiel und das Marinedenkmal in Laboe zeigen. Mutter hatte dafür weder Interesse noch Verständnis und war der Meinung, dafür seien die drei noch zu klein. Sie glaubte jedoch wie so oft zu spüren, dass der Vater auch nach zehn Jahren noch nicht ganz vom Krieg zurückgekehrt sei. An manchem Sonntag blätterte er mit seinem Sohn in den Blauen Heften, die die U-Bootflotte der Marine zeigten und erklärte ihm, was ein Torpedo war und wofür man es einsetzte. Also stimmte sie etwas widerwillig den Reiseplänen ihres Mannes zu.

In Dahme hatten sie zwei Zimmer mit Kochgelegenheit gemietet, aber so, wie die Mutter sich das gedacht hatte, war das nicht. Man konnte in der Küche, die man mit den Vermietern teilte, mal ein Teewasser kochen, mehr war nicht erwünscht. Also gingen sie ins Restaurant essen und dass es zu jedem Gericht Salzkartoffeln gab, passte allen nicht. Mutter war ziemlich genervt. Sie fand das Wetter zu kalt, den Badeort zu überfüllt mit lauter Norddeutschen und ihre drei Gören hatten, angeregt durch das See-Klima, ständig Hunger. So hatte sie sich den Urlaub nicht vorgestellt. Abends im Bett hörten die Kinder, wie die Eltern im Nebenraum stritten. Das kam selten vor. Sie habe sowieso nicht an die Ostsee gewollt, jammerte die Mutter. Warum man nicht an den Chiemsee gefahren sei, dort sei das Wetter freundlicher und wahrscheinlich auch die Menschen. Die Norddeutschen seien halt anders als die Süddeutschen. Vom Vater vernahmen die Kinder kein Wort.

Wolfgang und Anna hatten nichts gegen die Ostsee. Sie hatten dort das Schwimmen gelernt, hatten um den Strandkorb, der in erster Reihe direkt am Landesteg stand, eine Sandburg geschaufelt und mit Muscheln verziert. Täglich besserten sie die Burg aus und waren damit beschäftigt, neu gefundene Muscheln in das Muster einzuarbeiten. Langeweile kam nicht auf. Sie froren auch nicht, wohl aber die Mutter. Sie saß, die Strickjacke fest zusammengezurrt, neben ihrem Mann im Strandkorb und fragte sich, ob es denn an dieser Ostsee auch mal einen Tag ohne Wind gebe, einfach nur Sonne und ein bisschen wärmer. Zwanzig Grad würden ihr schon genügen.

Vater musste sich was einfallen lassen, um die Urlaubstimmung seiner Frau zu heben. Er ging ins nächste Reisebüro und buchte eine Überfahrt mit der »Kong Frederik« von Großenbrode nach Gedser in Dänemark, von wo aus es mit dem Auto weiter nach Kopenhagen gehen sollte. Dort hatte er für zwei Nächte in einer Pension Zimmer reservieren lassen. Mutter war begeistert und überrascht über den Unternehmungsgeist ihres Mannes. Hauptsache weg von dem zugigen Strandkorb und der mäßigen Unterkunft.

Das Abenteuer begann bereits in Großenbrode in der Warteschlange vor der Fähre. Vater steuerte schwungvoll seinen dunkelgrünen Daimler 190 in den Laderaum, zog die Handbremse und wollte schon das Kommando »aussteigen« geben, als der Lademeister ihm bedeutete, dass er so nicht stehen bleiben könne.

»Nu fahren'se mal n'büschen weiter nach rechts min Heer! Andere brauchen ook Platz!« Im Prinzip sah Vater das ein, aber dort rechts, wo der Lademeister hindeutete, war ein dicker Poller. Widerwillig stieß Vater zurück und steuerte den Wagen etwas näher in diese Richtung, offensichtlich aber nicht weit genug, denn der Lademeister winkte erneut und zog eine verächtliche Grimasse. Das ärgerte den Vater. »Wichtigtuer« zischte er aus dem halb geöffneten Fenster und diagnostizierte außerdem ein Rhinophym.

»Vati, was ist ein Rhinophym?«, wollte Anna wissen.

»Na, wenn einer so eine Knollennase hat wie der!«, sagte er und schlug verärgert das Lenkrad nach rechts ein, gab kräftig Gas und schrammte den Poller seitlich. Der vordere Kotflügel seines gerade mal ein Jahr alten Autos hatte deutliche Spuren im Lack.

»Tja, min Jong, so'n dicker Daimler ist breiter als de denkst!«, meinte die Knollennase und grinste.

Der Rest der Familie schwieg, stieg aus und ging nach oben ins Bordrestaurant. Man wollte den Fahrfehler nicht dadurch vergrößern, dass man jammernd um den zerkratzten Kotflügel herumstand. Auch Mutters Hinweis, es sei doch nur Blech, versöhnte den Vater kaum.

Er hatte für alle das Kapitäns Büffet gebucht, denn, so dachte Vater, es sollte eine Genussfahrt werden. Die Kinder hatten so etwas noch nicht erlebt. Zwar waren sie immer wieder mit den Eltern in Restaurants gewesen, wo die Speisen vom Kellner serviert wurden, aber dass man sich einfach einen Teller vom Stapel greifen konnte und sich nehmen durfte, was einem schmeckte, und das so oft, wie man wollte, das war neu für sie. Vater erklärte weltmännisch, dass das in Skandinavien meistens der Fall sei. Während Mutter mit Ev-Marie den Platz am Tisch sicherte, ging Vater mit den Kleinen ans Büffet. Wolfgang hatte schon die Schokoladencreme entdeckt, von der er eine große Portion neben seine beiden Rollmöpse platzierte. Für diese ungewöhnliche Kombination war Vater verantwortlich, der mit den Worten: »Da schau her, der Däne kennt auch den Rollmops!« auf die Platte mit den gerollten Heringen deutete. Wolfgang hatte das Wort noch nie gehört, lachte lauthals und Vater legte ihm einen auf den Teller. »Sauer macht lustig!« Wolfgang dachte, das könne nach der Kollision mit dem Poller nicht schaden und legte sich noch einen zweiten dazu. Und Schokoladencreme, das war sowieso seine Lieblingsspeise.

Anna entdeckte eine Schüssel mit Kartoffelsalat und daneben einen Topf, in dem knallrote Würstchen schwammen. Schon deren Farbe machte ihr Appetit. Vater nahm sich mit Lachsstreifen und mit Kaviar gefüllte Eier. »Als Vorspeise«, wie er beiläufig bemerkte.

Als dann auch Mutter und Ev-Marie mit fein angerichteten Fischsalaten vom Büffet zurückkamen, wünschte Vater mit »gebetet wird zuhause« allen einen guten Appetit.

Anna biss ins erste Würstchen und schon schossen ihr die Tränen in die Augen. »Beim Metzger Haaf sind die net so scharf!«, hechelte sie und nahm einen Schluck Wasser, was das Problem nicht löste, ganz im Gegenteil. Sie wollte die inzwischen heitere Stimmung am Tisch nicht mit Gemeckere stören und wendete sich dem Kartoffelsalat zu. Als sie die erste Gabel im Mund hatte, entfuhr ihr ein »Huch«, denn der Kartoffelsalat war süß. Sie ließ beides auf dem Teller liegen und aß nicht weiter. »Schmeckt's nicht?«, fragte die Mutter. Anna wusste nicht, ob sie mit dem Kopf nicken oder ihn schütteln sollte. Nun biss Mutter in eines der Würstchen und zog tief Luft ein. Mit einem Blick auf ihren Mann meinte sie, das sei wirklich zu scharf für Kinder. Vater hatte gerade seine Vorspeise hinter sich und griff mit der Gabel auf den Teller seiner Tochter, um sich die Reste der Würstchen zu angeln. »Im Krieg wären wir froh drum gewesen!«, meinte er und hatte schon die roten Feuerwürstchen im Mund. Als auch ihm der Schweiß ausbrach, überspielte er es. Andere Länder hätten eben andere Sitten und der Däne mag es offenbar scharf. Er kühlte seine Zunge mit einem Schluck Tuborg Beer. Bier könne der Däne aber inzwischen brauen, das habe er von den Deutschen gelernt, meinte er anerkennend und wischte sich den Schaum von der Oberlippe. Mutter rollte genervt mit den Augen und war froh, dass ihr Vater das nicht mehr erleben musste. Solche Töne von oben herab waren ihm im Innersten zuwider.

»Kind, hol dir noch was vom Büffet!« Das ließ sich Anna nicht zweimal sagen und kam mit einem ganzen Stoß Leibniz-Kekse zurück. Die kannte sie vom Würzburger Großvater, wo man sich aber immer nur einen Keks nehmen durfte, hier aber gab es keine Mengenbegrenzung. Was für ein Keks-Glück!

Vaters Enttäuschung, dass Anna und Wolfgang die wahren Köstlichkeiten des Kapitäns Büffets nicht zu schätzen wussten, sondern mit Rollmops, Pudding und Keksen zufrieden waren, stand ihm ins Gesicht geschrieben.

»Es sind doch Kinder!«, versuchte die Mutter ihn zu beschwichtigen.

Es war schon Abend, als sie die Pension in einem Außenbezirk von Kopenhagen erreichten. Sie lag im zweiten Stock eines höheren Wohnhauses, nannte sich »Pensionat Mette« und war nur durch ein kleines Schild neben der Klingel als solche erkennbar. Eine Zigarre rauchende jüngere Frau öffnete, stellte sich als Mette vor, was den Vater, der einen Mann als Besitzer erwartet hatte, ein bisschen verunsicherte. Auch die Kinder staunten, denn Zigarre rauchend kannten sie nur Männer, insbesondere ihren Vater. Die Frau gab ihnen in bestem Deutsch Tipps für Unternehmungen am nächsten Tag und wo sie in der Nähe noch ein preiswertes Abendessen bekommen könnten.

Auf Empfehlung von Mette fuhren sie am nächsten Morgen mit dem Bus in die Innenstadt, dort seien die wichtigsten Sehenswürdigkeiten vom Marktplatz aus zu Fuß erreichbar. Vater nahm das gerne an, denn in einer unbekannten Großstadt zu fahren, davor hatte er ein bisschen Bammel. Mehr als eine Beule im Blech wollte er nicht nach Hause bringen.

Die Kinder verbanden mit dem Wort »Stadt« vor allem Würzburg, wo noch viele im Krieg zerstörte Häuser zu sehen waren, und waren deshalb von der Metropole Kopenhagen sehr beeindruckt. Anna stand mit offenem Mund auf dem weitläufigen Marktplatz und sah auf einem der Dächer eine Reklame für Wolle, bestehend aus einem riesigen Wollknäuel, das sich drehte und auch tagsüber rotleuchtend blinkte. Zuhause hatte sie schon immer die Reklame für Esslinger Wolle bewundert, die im Schaufenster des Kurzwarengeschäftes Triebel ausgestellt war. Es handelte sich um eine Großmutter mit schwarzem Häubchen, die ihre Hände wie beim Stricken bewegte. Sie wusste, dass es ein Automat war, trotzdem stand sie jedes Mal minutenlang vor dem Fenster. Hier in Kopenhagen war alles größer und schöner, wollte es ihr scheinen.

Auf einem anderen Gebäude konnte man mittels Laufschrift die wichtigsten Neuigkeiten wie in einer Tageszeitung lesen. »Gell, das ist was anderes als der »Rhön- und Streubote«, meinte Vater anerkennend.

Vom Marktplatz ging es weiter zum Königsschloss. Dort standen Soldaten in hohen Bärenfellmützen und roten Uniformjacken vor einem Wachhäuschen. Nach einer gewissen Zeit drehten sie sich und marschierten im Stechschritt den Zaun entlang, machten kehrt und liefen wieder aufeinander zu.

»Genauso hab' ich mir immer den tapferen Zinnsoldat aus dem Märchen vorgestellt!«, flüsterte Wolfgang Anna ins Ohr, denn er wagte in Gegenwart der majestätisch schreitenden Wachsoldaten nicht laut zu sprechen. Auch sie verfiel ins Flüstern und fragte ihre Mutter, ob das Königspaar im Schloss sei und ob es wohl auch eine echte Prinzessin gebe. Ev-Marie glaubte gesehen zu haben, dass einer der Soldaten ein bisschen genickt habe, aber sicher war sie sich nicht. Die Kinder waren nicht wegzulocken und suchten die Fenster des Schlosses ab, ob sich da jemand mit Krone zeigte. Zu gern hätten sie einen echten König gesehen.

Nach einer Weile meinte der Vater, dass wohl niemand im Schloss sei, denn es sei keine Fahne auf dem Dach gehisst, und Mutter ergänzte: »Im August ist auch bei Königs Ferienzeit. Die sind sicherlich in ihrer Sommerresidenz!«

Enttäuscht zogen die Kinder weiter, denn man wollte noch die »Kleine Meerjungfrau« sehen. Anna kannte das Märchen und war sehr gespannt, der Vater hatte ihr schon auf dem Schiff davon erzählt. Die Statue sei weltberühmt und das Wahrzeichen der Stadt. Man könne nicht in Kopenhagen gewesen sein, ohne die »Kleine Meerjungfrau« gesehen zu haben.

»Vati, was ist ein Wahrzeichen?«

»Das ist eine Figur oder ein Haus, an dem alle Menschen die Stadt erkennen. Zum Beispiel am Dom erkennen alle die Stadt Köln. Oder an der Festung die Stadt Würzburg. Oder am Eifelturm Paris.«

»Hat Malstadt auch ein Wahrzeichen?«, wollte Anna wissen.

»Malstadt ist nicht so bekannt,« meinte der Vater lachend. »Bevor ich eure Mutter kennengelernt habe, habe ich gar nicht gewusst, dass es Malstadt gibt. Früher, als Opa Will noch bei der Eisenbahn war, da ist der Schnellzug nach Berlin durch Malstadt gefahren und ein paar Mal hat er laut Opa sogar gehalten. Aber jetzt, wo die Grenze da ist, da ist hinter Malstadt die Welt zu Ende. Da geht's nicht weiter.«

Sie waren mit dem Stadtplan in der Hand schon ein ganzes Stück gelaufen und die Frage »Ist es noch weit bis zu Meerjungfrau?« war schon mehrmals mit »gleich sind wir da!« beantwortet, als Anna nicht mehr weitergehen wollte. Sie habe Hunger und die Füße täten ihr weh. Das war bei den anderen auch nicht viel anders, aber sie trösteten die Kleinste und lockten mit Kaffee und Kuchen.

»Laut Stadtplan müssten wir direkt davorstehen«, verkündete Mutter nach einiger Zeit, »hier irgendwo auf einem Felsen muss sie sitzen!«

»Wo? Ich seh' nichts,« sagte Wolfgang und zückte sein Spielzeugfernglas, das er immer in der Hosentasche bei sich trug. »Halt, dort vorne auf dem abgerundeten Stein seh' ich was! Das muss sie sein!« Es folgte ein beredtes Schweigen und dann ein kleinlautes: »Mensch, die is ja winzig!«

Jetzt hatte auch Vater sie entdeckt. Er schluckte und meinte, dass sie ja auch *kleine* Meerjungfrau heiße. Auf den Postkarten habe sie allerdings viel größer gewirkt.

Die allgemeine Enttäuschung über die Ausmaße des Kopenhagener Wahrzeichens verlangte schnell nach Kakao und Kuchen. Vater gönnte sich ein Tuborg.

Die nächste Trumpfkarte zog er, als er nach dem letzten Schluck Bier verkündete, dass man mit dem Bus zurück Richtung Schloss fahre, um dann ins Tivoli, den großen Vergnügungspark der Stadt, zu gehen. Tivoli? Vergnügungspark? Die Kinder schauten unsicher zu den Eltern, die sich anlächelten, da ihnen diese Überraschung sichtlich gelungen war.

»Tivoli, erklärte der Vater, das ist wie der Rummel, der jährlich auf dem Malstädter Viehmarkt stattfindet, nur mindestens zwanzigmal so groß! Also nicht nur Schiffschaukel, Kinderkarussell und Schießbude, sondern viel, viel mehr!« Die Kinder jubelten und hatten die ach so kleine Meerjungfrau schnell verschmerzt, und dass man mit dem Bus fahren wollte, fand besonders Anna wunderbar.

Die Schlange vor dem Kassenhäuschen am Eingang war am späten Nachmittag nicht sehr lang. Vater musste für die fünf Personen einen größeren Geldschein zücken, doch die Frau erklärte ihnen im gebrochenen Deutsch, dass die meisten Fahrgeschäfte im Preis enthalten seien. »Inklusiv, inklusiv ... «, sagte sie mehrmals. Anna hatte das Wort zwar noch nie gehört, aber das freundlich nickende Gesicht der Kassenfrau nahm allen die Unsicherheit.

Sie stiegen gleich am Eingang in Boote, die aussahen wie Seerosen und wie von alleine über den See schwammen. Nicht weit davon war ein chinesisch anmutender Tempel zu sehen, dessen Dachkanten von Lichterketten umrahmt waren. Gleich daneben stand eine Traube von Menschen vor einer Bühne, auf der weiß geschminkte Musikclowns ihre Späße machten. Deren Körper- und Musiksprache war international, so dass alle Zuschauer in Gelächter verfielen, auch wenn sie nicht dänisch konnten. Und als Anna eine Schiffschaukel mit Überschlag entdeckte, zog sie so lange an Mutters Hand, bis die ganze Familie davorstand und sie mit Wolfgang in eines der Schiffchen steigen und schaukeln durfte.

»Die ist fast so schön wie Lehnerts Schaukel auf dem Viehmarkt, bloß viel größer!«

Es war Abend geworden und Vater schlug vor, in ein Restaurant zu gehen. Etwas abseits vom großen Rummel entdeckten sie ein Kellerlokal, das mit einem großen Schild Live-Musik ankündigte: »i aften Svend Asmussen«. Auf dem Foto sah man einen jungen Mann mit Geige und Vater erinnerte sich an die netten Heurigen-Lokale, die er in Wien besucht hatte und versprach sich einen gemütlichen Abend mit Schrammelmusik. Beherzt stieg er ins Lokal hinunter, um nach einem freien Tisch Ausschau zu halten, kam jedoch kurze Zeit später zurück.

»Alles besetzt?«, fragte seine Frau.

»Ja, es ist erstaunlicherweise ziemlich voll, obwohl dieser Asmussen eine furchtbare Musik macht. Der Kellner hat was von Jazz gefaselt. Aber die Negermusik will ich mir nicht den ganzen Abend anhören! Komm, wir suchen ein anderes Lokal.«

Die Mutter schämte sich ein bisschen über seine abfällige Bemerkung.

Ein paar Ecken weiter entdeckten sie ein feines Restaurant, wo auf einer kleinen Bühne ein Flügel stand und ein Mann dezent Klavier spielte.

»Na, das wär doch was für uns,« meinte er und winkte dem Kellner, um sich einen der freien Tisch zuweisen zu lassen.

»Alles reserviert, mein Herr!«, sagte der.

»... und der Tisch vorne beim Klavier?«

»Auch reserviert.«

Vater deutete auf einen Tisch ganz hinten. Der Kellner nickte wortlos. Sie schlängelten sich durch die Tische und ließen sich, inzwischen erlebnissatt, aber hungrig auf den Stühlen nieder. Sie warteten, dass der Kellner die Speisekarte brächte oder schon mal die Getränke aufnehmen würde, aber er eilte an ihnen vorbei, schien sie nachgerade zu übersehen. Vater winkte, rief vernehmlich »Herr Ober, können wir bestellen?« Keine Reaktion. Er winkte einen der jüngeren Kellner heran, die mit Tabletts durch den Raum eilten, doch die deuteten nur auf den im dunklen Jackett, der offensichtlich als einziger die Bestellungen aufnehmen durfte.

Vater versuchte es noch ein paar Mal, sah wie der Oberkellner sich ausgiebig mit anderen Gästen unterhielt, sah, wie er, die Hände auf dem Rücken verschränkt, aus dem Fenster die vorüber flanierenden Menschen beobachtete und begriff allmählich, dass der Kellner sie nicht bedienen wollte. Er erwog kurz, sich beim Geschäftsführer zu beschweren. Zuhause hätte er das vielleicht getan, hier aber war er in doppelter Weise Gast, also verwarf er den Gedanken, wendete sich seiner Frau und den Kindern zu und sagte knapp: »Wir gehen anderswohin.«

Die Kinder merkten, dass der Vater gereizt war und folgten ihm wortlos bis zur Haltestelle. Man fuhr zurück zur Pension. Der Bus hielt vor dem Lokal, wo sie am Tag zuvor noch ein spätes Abendessen bekommen hatten. Auch jetzt gingen sie hinein, bestellten »Frikadeller med stegte kartofler« und Vater meinte nach dem zweiten Tuborg: »Fleischpflanzl mit Bratkartoffeln, die kann er gut machen, der Däne!«

Anna und Wolfgang fielen nach dem langen Tag todmüde ins Bett und schliefen sofort ein. Ev-Marie saß noch ein bisschen bei den Eltern im Zimmer und hörte dem Vater zu, der, immer noch kopfschüttelnd, mit seiner Frau den Vorfall im Restaurant besprach.

»Ich versteh die Dänen nicht. Hier ist doch keine Bombe gefallen, hier haben wir doch nicht gekämpft! Und außerdem ist der Krieg schon eine ganze Weile her!«

»Berny, das ist grad mal elf Jahre her! Ihr habt Dänemark besetzt und wie überall werden sich die Deutschen nicht gerade gut benommen haben.«

»Im Krieg benimmt sich keiner gut. Krieg ist Krieg. Ich hab' als Arzt alle zusammengeflickt, die sie mir gebracht haben, ohne Ansehen der Person!«, entgegnete er unwirsch.

»Das steht dir aber nicht auf der Stirn geschrieben ... du warst dabei, hast diese Uniform getragen und das werden sie dir und uns allen noch lange nachtragen. Der Oberkellner in dem Restaurant war vielleicht im Widerstand, war vielleicht im Gefängnis, das wissen wir nicht. Er hat gesehen, dass wir Deutsche sind und hat es vielleicht nicht über sich gebracht, den zuvorkommenden Bedienenden zu spielen, der auf ein Handzeichen herbeieilt und sich am Ende noch für das Trinkgeld bedanken soll. Das musst du doch verstehen, Berny!«

Er holte tief Luft, zog seine Kravatte vom Hals und setzte sich erschöpft aufs Bett.

»Vati, hast du im Krieg auch auf Menschen geschossen?«, wollte Ev-Marie wissen.

»Nein, aber ich musste mal überprüfen, ob die andern gut geschossen haben und das war sehr schlimm. Ich hab Wunden zugenäht, Beine und Arme amputiert, Medikamente verteilt und oft auch zusehen müssen, dass man jemandem nicht mehr helfen kann. Kind, das waren keine guten Zeiten, obwohl man sie uns versprochen hatte! Aber das ist vorbei.«

»Für den Kellner offensichtlich nicht«, warf die Mutter ein.

Gut zwanzig Jahre später, Anna stand schon im Beruf und machte Urlaub mit ihrem zukünftigen Mann in Holland, entdeckten die beiden das Radfahren für sich, hatten aber keine Räder dabei, was in dem herrlichen Land, wo man an jeder Ecke Fahrräder mieten kann, zunächst kein Problem darstellte. Sie erkundeten per Rad die Umgebung von Harlingen, mieteten auf der Insel Terschelling ein Tandem, was ihnen so viel Spaß machte, dass sie beschlossen, zu Hause sofort eins zu kaufen. Sie schauten beim heiteren Tobbedansen zu und bewunderten die Einheimischen, wie sie auf schwarzen Friesenpferden auf den Pflasterstraßen Harlingens entlangritten, um bei einem Spiel, das sie Ringriderie nannten, mit einer Lanze einen Ring von einer Stange zu holen. Solche kräftigen Pferde mit üppigen Mähnen und behaarten Fesseln hatten sie noch nie gesehen. Es gefiel ihnen in Holland. Die beschaulichen Orte mit ihren Grachten, die alten Häuser, wo man im Vorübergehen ins Wohnzimmer schauen konnte, weil die Menschen sich nicht hinter Vorhängen versteckten. Alles schien ihnen offener und heimelig.

Im schönen Utrecht wollten sie noch ein paar Tage bleiben und auch dort Räder ausleihen, doch der Verleiher hatte kein Rad für sie. Sie standen in einer Halle voller Fahrräder, warteten auf den Chef, der sich reichlich Zeit ließ, sie zu bedienen, und fragten, ob sie für zwei Tage »twee Fietsen« leihen könnten, vielleicht sogar ein Tandem.

»Nein, alle reserviert!«, entgegnete er.

»Und heute Nachmittag?«, fragte Anna.

»Kein Rad, auch morgen nicht!«, sagte er und schaute beiden dabei so lange ins Gesicht, bis sie seinem Blick nicht mehr standhalten wollten und irritiert nach draußen gingen.

Noch am selben Tag fuhren sie zurück nach Deutschland, übernachteten gleich hinter der Grenze und sprachen abends noch lange über diesen Vorfall.

»Der muss doch gesehen haben, dass wir eine andere Generation sind!«, meinte Anna kopfschüttelnd, »der Krieg und die deutsche Besatzung sind doch schon über dreißig Jahre her!«

»Für manche sind halt alle Deutschen Nazis. Obwohl Hitler nur zwölf Jahre an der Macht war, scheint uns das Tausendjährige Reich wohl auch tausend Jahre zu verfolgen ... «, meinte er, dessen Familie aus Brünn geflohen war und durch den Krieg alles verloren hatte. Keine zwei Jahre sei er damals alt gewesen und sein Bruder drei. Immer sei er in dem Dorf, wo der Krieg sie hingespült hatte, gefragt worden, wie er denn heiße und wer sein Vater sei. Tapfer hätten sie als Buben Auskunft gegeben, aber dann gespürt, dass sie nicht willkommen waren, einfach nicht dazu gehörten. So ähnlich sei es ihm jetzt bei dem Fahrradverleiher gegangen. Er kenne das Gefühl.

Anna drückte sich unter der Bettdecke fest an ihn und wärmte ihre kalten Füße an seinen, die stets warm waren.

»Und zuhause kaufen wir uns ein Tandem!«, brummelte er ihr ins Ohr.

»Ja, sofort!«, antwortete sie.

Annas Schulzeit verlief unproblematisch, wenn man von der mangelnden Begabung, aber vielleicht auch nur von den mangelnden Erfolgen in Mathematik und Physik absieht. Dies hatte Desinteresse am Unterricht und den entsprechenden Lehrern zur Folge. Manchmal bangte sie deshalb, das Klassenziel wegen schlechter Leistungen in diesen Fächern nicht zu erreichen, aber sie war gut in Deutsch, Sprachen, Geschichte, Sozialkunde und sehr interessiert in Biologie, so dass sie mehrmals mit einem blauen Auge davonkam. Es war wohl auch ihrem heiteren und kameradschaftlichen Wesen geschuldet, dass sich die Klassenlehrer immer wieder für sie einsetzten, wenn es am Ende des Schuljahres knapp zu werden drohte.

Eine brave Schülerin war sie trotzdem nicht und Annas Vorsatz, den Eltern, die ein Kind verloren hatten, keine Sorgen mehr zu machen, konnte ihr Verhalten nicht grundsätzlich bestimmen. Dazu hatte sie zu viel Temperament. Besonders bei Lehrern, deren Unterricht langweilig war, beschäftigte sie sich gerne mit anderen Dingen. Ein halbes Schuljahr lang über die fruchtbare rheinische Tiefebene und deren Ursachen und Folgen zu sprechen, das fand sie öde und blätterte lieber im Weltatlas, suchte dort Liverpool, die Heimat der Beatles oder überlegte, welche Insel Harry Belafonte wohl meint, wenn er singt: «This is my Island in the sun.«

In einer dieser stinklangweiligen Stunden holte sie einen Schmierblock aus der Tasche, um schon mal die Gliederung für den Hausaufsatz zu entwerfen, den sie in einer Woche abzugeben hatten. Anna liebte Hausaufsätze und zwanzig Seiten und mehr abzuliefern, war ihr ein Leichtes. Sie setzte einen mehrteiligen Entwurf auf, überlegte es sich aber dann doch anders und wollte gerade das Blatt umschlagen, als sie merkte, dass es die Rückseite eines Formulars war. Offensichtlich hatte ihr Vater, der einseitig bedrucktes Papier aus Sparsamkeitsgründen immer als Konzeptpapier verwendete und zu Blöcken zusammenheftete, das nicht mehr gültige Formular in die Kiste mit den Schmierblöcken gelegt, wo sich jeder aus dem Haushalt bedienen durfte. Anna stupste Margrit an und schob ihr das Formular hin. Die grinste, als sie den Titel »Totenbescheinigung« las. Irgendwie bekam das nun eine Dynamik, die die ganze letzte Reihe erfasste und man begann damit, das Formular auszufüllen. Plötzlich stand der Name des unterrichtenden Lehrers dort und als Todesursache waren übermäßige Blähungen angegeben, die zu feurigen Explosionen und dann zum Tod geführt hätten. Als behandelnder Arzt tauchte Dr. Mabuse auf. Jeder in der Reihe hatte eine Lehrerin oder einen Lehrer, die oder den er nicht leiden konnte. Der durch die Jugendzeitschrift »Bravo« bekannte Dr. Sommer attestierte der Geschichtslehrerin, sie sei »beim Scheißen vom Blitz getroffen« worden und Dr. Faust gab zu Protokoll, dass der Physiklehrer sich schwarzgeärgert habe, was eine sofortige Mumifizierung zur Folge gehabt hätte. Eine phantasievolle Todesursache löste die andere ab und die Stimmung war bestens. Da es die letzte Stunde war, falteten sie die die Totenscheine zusammen und steckten sie kurzerhand den betroffenen Lehrern auf dem Parkplatz unter die Scheibenwischer ihrer Autos. Sie fanden das lustig. Nicht so die betroffenen Lehrer, die überlegten, wer von ihren Schülern an solche Formulare kommen konnte und sehr schnell fiel der Verdacht auf Anna. Der Direktor bestellte sie und ihre Eltern ein. Es war von einem makabren und derben Scherz die Rede, der die Würde der Lehrer zutiefst verletzt und auch dem Ansehen der Schule schwer geschadet habe. Anna nahm die ganze Schuld auf sich, obwohl jeder Schein in einer anderen Schrift ausgefüllt war. Sie erhielt einen Rektoratsverweis mit vier Stunden Arrest. Ihr Vater sagte auf dem Heimweg, sie solle das nicht so schwernehmen. Er sei in seiner Jugend auch kein Engel gewesen. Lehrer seien meist humorlose Wesen. Dem stimmte die Mutter zu und lächelte auf ihre unnachahmliche Weise.

Ein Horrorfach war für Anna Sport. Nicht, dass sie sich nicht gern bewegt hätte oder gar unbeweglich war, ganz und gar nicht, aber sie scheute den Konkurrenzkampf, der alle in Sieger und Verlierer aufteilte. Gehörte sie ausnahmsweise mal zur Siegermannschaft, taten ihr die Verlierer so leid, dass sie sich gar nicht richtig am Sieg freuen konnte. Auch konnte sie den Ehrgeiz mancher Mitschülerinnen, unbedingt siegen zu wollen, gar nicht verstehen. Sie wollte ihre Leistung nicht nach Zeit und Zentimeter gemessen haben, was besonders bei den Bundesjugendspielen von Bedeutung war. Wofür sollte das gut sein? Wieso sollte sie über einen Bock springen, der ihr gerade mal bis zum Kinn reichte? Das konnte sie eingedenk ihrer Körpergröße nie schaffen. Es leuchtete ihr nicht ein, dass ihre Freundin Rita, die Anfang Januar geboren war, gut zehn Zentimeter weniger weit springen musste als sie, die drei Wochen davor auf die Welt gekommen war. Was war das überhaupt für eine Welt, wo man Urkunden und Applaus dafür bekam, weil man andere besiegt hatte und offensichtlich besser war als sie? Ehrgeiz war eine Eigenschaft, von der Anna nicht geplagt war. Sie interessierte sich für vieles und war neugierig auf Menschen, aber das war nicht an deren Leistung gebunden, sondern an das, woran diese ihrerseits Interesse hatten und welche Geschichten sich dahinter verbargen.

Diese Neugierde befriedigte der Unterricht oft nicht, und der Sportunterricht schon gar nicht.

In den ersten Jahren, als sich die Schule noch mitten in der Stadt befand, mussten sie bei den Bundesjugendspielen mit weißer Turnhose und rotem Sporthemd mit Wappen auf der Brust durch die Hauptstraße zum Sportplatz marschieren, möglichst im Gleichschritt und dabei singen:

Turner, auf zum Streite!
Tretet in die Bahn
Kraft und Mut geleite
uns zum Sieg hinan!
Ja, zu hehrem Ziel
führet unser Spiel
Nicht mit fremden Waffen
schaffen wir uns Schutz
Was uns anerschaffen,
ist uns Schutz und Trutz.
Bleibt Natur uns treu,
stehn wir stark und frei!
Wie zum Turnerspiele
ziehn wir in die Welt;
der gelangt zum Ziele,
der sich tapfer hält.
Männern, stark und wahr
strahlt der Himmel klar!
Auf denn, Turner, ringet
prüft der Sehnen Kraft
Doch zuvor umschlinget
euch als Bruderschaft.
Großes Werk gedeiht
nur durch Einigkeit.

Die Sportlehrer marschierten forsch nebenher. Das Lied kannten sie von früher.

Anna konnte dem nichts abgewinnen. Alles Militärische war ihr nicht geheuer. Das schmeckte nach Krieg und die Erzählungen ihres Vaters und seiner Brüder aus dieser Zeit gingen ihr sowieso auf die Nerven. Da musste nur ein Stichwort fallen und schon waren sie wieder »im Feld«. Es gäbe viele Dinge, die man »beim Barras« gut lernen könne, vor allem das richtige Gehen, und damit meinten sie den Gleichschritt.

Anna war fünfzehn Jahre alt, als ihre Klasse einen Deutschlehrer bekam, über den sich die Jungs, von denen etliche schon im Stimmbruch waren, lustig machten, weil er so klein war. Sie sprachen in seiner Abwesenheit nur von »Giftzwerg«, obwohl Herr Pfleiderer, so Annas feste Überzeugung, im Kern ein netter Lehrer war. Freilich, er wirkte mit seinem sauber gescheitelten Haar, der Brille und dem fast bartlosen Gesicht wie ein Schulbub, den man in einen Anzug gesteckt hatte. Als Referendar verfügte er noch nicht über die Erfahrung, wie man mit einer Gruppe pubertierender junger Leute umgeht. Oft versteckte er sich hinter seinem Wissensvorsprung, den er besonders Vorlauten deutlich spüren ließ. Auch Anna hatte diese Erfahrung einige Male machen müssen, denn um eine schlagfertige Antwort, die ihr mitunter als vorlaut ausgelegt wurde, war sie nie verlegen.

Der Grammatik- und Rechtschreibunterricht von Herrn Pfleiderer, wenn es um das Komma im Satzgefüge oder die richtige Zeitenfolge ging, interessierte sie herzlich wenig. Nachgerade begeistert war sie jedoch von seinem Literaturunterricht. Weit weg von beschaulichen Erzählungen konfrontierte er die Schüler mit Kurzgeschichten von Wolfgang Borchert und Heinrich Böll. Er brachte ihnen bei, dass das Wesentliche dieser Kurzgeschichten nicht gesagt oder nur angedeutet wurde. Und wieviel er aus diesen Texten herauslas, wie er Farben und kleine Gesten deutete, das fand Anna spannend.

Die Geschichten, die er ausgewählt hatte, zeigten eine andere Seite des Krieges. Dort wurde eine andere Wahrheit erzählt, als die, die sie von ihrem Vater und dessen Brüdern kannte, wenn sie zusammensaßen und von ihren Kriegserlebnissen schwadronierten. Von dem, was sie dort las, erzählten sie nichts und Anna bekam eine Ahnung davon, warum sie es nicht taten, obwohl auch sie Vergleichbares erlebt hatten. Erschüttert ließ sie sich mitreißen von der Situation des jungen Mannes, den Böll in seiner Geschichte »Wanderer, kommst du nach Spa« beschrieben hatte. Schwer verletzt kommt dieser als Soldat in seine alte Schule zurück, die inzwischen zum Lazarett geworden war. Sie verstand dessen Verzweiflung, als er das Ausmaß seiner Verstümmelung erkannt hatte, und bekam eine Vorstellung davon, was ihr Vater als Stabsarzt damals hatte tun müssen. Sie begriff auf einmal, warum er und seine Brüder in dieser Weise vom Krieg erzählten, auch wenn sie es missbilligte und nicht mehr hören wollte, aber vielleicht konnten sie nicht anders. Vielleicht konnten sie es nur so aushalten.

Herr Pfleiderer wollte die Wirkung dieser Kriegsgeschichten nicht verkleinern, indem er die Schüler lesen ließ. Er las sie selbst. Er las sie im Stehen, manchmal sogar auf Zehenspitzen, und zwischendurch, wenn ihm beinahe die Stimme brach, spürten alle, dass es ihm dabei um viel mehr ging. Solche Geschichten konnte man nicht im Sitzen lesen. Betroffenes Schweigen herrschte im Klassenzimmer, als er fertig war. Und nachdem er das schmale Lektüreheftchen mit dem olivgrün gestalteten Titelbild und der Aufschrift »Krieg« zugeklappt hatte, ergänzte er: »Diese Soldaten waren nicht viel älter als ihr.«

Dann klingelte es. Herr Pfleiderer trat hinter das Pult zurück, sammelte sich dort, nahm seine Aktentasche und ging.

»Na, zum Glück keine Hausaufgaben!«, sagte einer.

Anna dreht sich zu ihm um: »Vollidiot!«

Zuhause las sie den Text noch einmal und entdeckte in den Anmerkungen einige Erklärungen zum Titel. »Wanderer, kommst du nach Sparta, sage dorten, du habest uns liegen sehen, wie das Gesetz es befohlen hat.« So lautet das Schillerzitat aus dem Gedicht »Der Spaziergang«, hieß es dort. Warum hatte Böll den zweiten Teil des Zitates weggelassen? Anna nahm sich vor, ihren Lehrer danach zu fragen.

Nach der nächsten Deutschstunde wollte sie das tun.

Herr Pfleiderer begann die Stunde damit, dass er Bilder vom zerstörten Berlin und Köln zeigte. Zerbombte Häuser, soweit das Auge reicht. Tausende von Menschen seien darunter verschüttet gewesen und erstickt. Auch seine Großeltern seien so gestorben. Bilder von zerstörten Städten kannten die Schüler aus den Geschichtsbüchern der älteren Geschwister, auch wenn das Kapitel »Zweiter Weltkrieg und Folgen« dort wenig Raum einnahm.

Er wolle ihnen nun eine Geschichte vorlesen, die zeige, was Krieg mit den Kindern mache. Der Autor, Wolfgang Borchert, sei mit 26 Jahren an den Folgen einer Krankheit gestorben, die er sich im Krieg geholt habe. Dieser Generation sei nicht nur die Jugend, sondern auch die Zukunft genommen worden.

Pfleiderer stand vor der Klasse, das schmale Heftchen mit der Aufschrift »Krieg« aufgeschlagen in der Hand. Anna erkannte erst jetzt, dass der olivgrüne Aufdruck drei Soldaten zeigte, die im Gleichschritt gingen, den Kopf hatte der Grafiker weggeschnitten. Kopflose Soldaten, dachte sie. Diesen Gedanken schob sie weg, als sie die Stimme des Lehrers hörte.

»Nachts schlafen die Ratten doch«, begann er, wiederholte nach einer kurzen Pause den Satz noch einmal und lief ein paar Schritte in den Mittelgang. Manche schauten vor sich auf den Tisch, einige lasen den Text mit, andere hingen ihm an den Lippen. Als Anna begriff, dass der Text mit ihr zu tun hatte, dass da ein Kind auf einem Trümmerberg Wache hielt, damit die Ratten seinen dort verschütteten Bruder nicht auffressen, als Anna das begriff, spürte sie, wie ihr das Blut wegsackte, wie die Hände kalt wurden. Auch tiefes Luftholen half nicht. Ich muss das aushalten, dachte sie. Ich will das aushalten. Sie setzte sich aufrecht hin, ballte die Hände zur Faust. Als sich die Geschichte allmählich ins Hoffnungsvolle wendete, weil der Mann dem Jungen mitteilte, dass doch die Ratten nachts schliefen und seinem toten Bruder nichts anhaben könnten und er ihm eines seiner kleinen Häschen schenken würde, da fand auch die Stimme des Lehrers aus dem düsteren Moll heraus. Anna lehnte sich zurück, atmete tief und lange aus. Sie dachte daran, dass es wunderbare Lügen gab. Lügen, die einfach halfen. Solche, die aus dem Dunklen hinauslocken konnten.

Zwanzig Jahre später, Anna unterrichtete schon eine Weile an einer Schule in Stuttgart, entdeckte sie im Lesebuch einer ihrer Deutsch-Klassen diese Geschichte von Borchert und überlegte, ob sie die mit den Schülern lesen sollte. Achte Klasse, vierzehn, fünfzehn Jahre waren sie, eine aufgeweckte Truppe mitten in der Pubertät. Sie dachte an Herrn Pfleiderer und wie er sie damals sensibilisiert hatte für das Thema. Sie dachte an die Bilder, die jeden Abend in den Nachrichten zu sehen waren. Steine werfende Jugendliche im Krieg zwischen Iran und Irak. Von Bomben zerstörte Häuser, davor weinende Frauen mit Säuglingen auf dem Arm und kleine Kinder in zerlumpter Kleidung, barfuß. Ja, dachte sie, ich kann meinen 14-Jährigen schon auch was zumuten.

Aus der Tageszeitung nahm sie einen Artikel mit in den Unterricht, in dem von der »Operation Morgenröte« berichtet wurde, es um den Kampf zwischen iranischen und irakischen Truppen um eine Straße zwischen Basra und Bagdad ging, eine der verlustreichsten Schlachten dieses Krieges. Sie ließ die Schüler raten, was sich hinter diesem blumigen Begriff von der Morgenröte wohl verbergen könnte. Vom romantischen Rendezvous vor Sonnenaufgang bis zur durchzechten Nacht vor dem Abschlussscherz der zehnten Klassen war alles dabei. Heiteres Gelächter in den Bänken. Als sie ihnen den Artikel vorlas, herrschte betretenes Schweigen. Man sprach über die Folgen für die Zivilbevölkerung, insbesondere für die Kinder, aber das war weit weg. Auch das Foto einer Mutter mit zwei halbwüchsigen Jungen, die auf den Trümmern ihres Hauses saßen, wurde zwar mit ernstem Kopfnicken betrachtet, weil sie glaubten, die Lehrerin erwarte das, aber es hatte mit ihnen nichts zu tun, berührte sie wenig.

Dann begann Anna zu lesen und als die Schüler begriffen, was das Bild mit dem Text verband, spürte sie eine Wachheit und Betroffenheit in der Klasse, wie sie sich selten einstellt. Und nachdem sie fertiggelesen hatte, fragte einer, der einen blonden Lockenkopf hatte: »Haben Sie Geschwister?«

»Ja, wir waren zu dritt.«

»Wieso *waren*?«

»Mein Bruder ist tot. Er starb mit elf Jahren, da war ich zehn.«

Betroffenes Schweigen.

»Das war auch schwer, gell?«, sagte eine Rothaarige in die Stille hinein.

Anna nickte und sah, wie einige schluckten, andere bekamen feuchte Augen und nun ging es ihr ebenso.

»Wir müssen mehr solche Sachen lesen!«, forderten sie in den nächsten Stunden. Anna las mit ihnen die Kurzgeschichten von Heinrich Böll, auch »Wanderer kommst du nach Spa«.

»Lebt der Böll noch?«, wollte eine Schmale mit dunklen Haaren wissen.

»Ja, im Herbst war der in Mutlangen, das ist hier ganz in der Nähe, und hat gegen die Mittelstreckenraketen demonstriert, die von den Amerikanern dort stationiert wurden. Der Mann hat den Krieg erlebt und will nicht, dass Deutschland wieder Schauplatz eines Krieges wird.«

»Und woher wissen Sie das?«

»Wir waren auch dort, mein Mann und ich.«

»Mein Opa war auch im Krieg und die Oma hat erzählt, dass in Stuttgart viele Bomben gefallen sind und dass sie die jungen Frauen im Kohlenkeller versteckt hätten, als die Franzosen einmarschiert sind, damit sie nicht vergewaltigt werden!«, sagte eine. Und plötzlich waren da viele Geschichten, die sie von den Großeltern gehört hatten.

Anna schlug vor, mit dem Kassettenrekorder oder per Telefon die Großmütter zu befragen, wie sie den Krieg erlebt hätten, während sie auf ihre Männer gewartet haben oder mit ihren Kindern im Luftschutzkeller saßen. Sie sammelten alle offenen Fragen und als man überlegte, welche wohl die wichtigste sei, sagte die schmale Dunkelhaarige spontan, man müsse sie fragen, was sie heute tun, damit kein Krieg mehr entsteht. Was sie daraus gelernt hätten?

Eine sagte: »Meine Großeltern standen in der Menschenkette, die im Herbst von Ulm nach Stuttgart-Vaihingen zum Nato-Hauptquartier in Europa ging und haben für den Frieden demonstriert. Mein Vater fand das aber albern!«

Ein anderer meinte, sein Vater sage, alle Demonstranten seien vom Verfassungsschutz fotografiert worden, deshalb mache er bei so was nicht mit.

»Und was haben Sie an dem Tag gemacht?«, fragte der blonde Lockenkopf kess.

»Ich stand mit meinem Mann in der Menschenkette, und zwar in Stuttgart-Wangen!«

Es war der 26. Juli 2001, der erste Ferientag. Anna hatte nicht nur deshalb den Tag im Kalender markiert, sondern weil Anna-Tag war. Nicht dass der Namenstag in der Familie wie ein Geburtstag gefeiert wurde, aber Anna war Familienname, man dachte aneinander und telefonierte miteinander. Da auch Annas Mutter den Namen Anna trug, rief sie am späten Vormittag im Malstädter Krankenhaus an, wo die inzwischen Sechsundachtzigjährige lag, um sich ein bisschen aufpäppeln zu lassen, wie sie ihrem Mann und den Töchtern verkündet hatte. Die hatten mitunter den Eindruck, dass sie nicht ungern im Krankenhaus sei, es wie einen medizinisch betreuten Hotelaufenthalt genoss. Sie wurde umsorgt, der Chefarzt kam zur Visite, fragte nach ihrem Befinden und sie stand für die Dauer ihres Aufenthaltes im Mittelpunkt. Anna und ihre Schwester, die in Malstadt geblieben war und als Grundschullehrerin dem halben Ort Lesen, Schreiben und Rechnen beigebracht hatte, waren froh, dass die Eltern zu Hause ihre alten Tage verbringen konnten. Nachdem der Vater seine Praxis mangels Nachfolger aus der eigenen Familie einem jungen Arztehepaar geschenkt hatte, die jetzt am Jakobsplatz in seine Fußstapfen traten, zogen die Eltern in das renovierte Haus von Opa Will in den Heiligengarten. Dort im Grünen genossen sie ihren Lebensabend und ihre Enkel.

Im Sommer lud Vater ehemalige Kollegen auf die Terrasse ein und liebte es, bis in die späten Nachtstunden bei Wein und Käsehäppchen zu politisieren. Gleichgültig, wie die Außentemperaturen waren, hatte er seine Freude daran, den Außenkamin zu befeuern, den ihm seine Töchter zum siebzigsten Geburtstag geschenkt hatten. Er liebte es, in die Flammen zu schauen und der Nachtigall zu lauschen, die im Frühsommer im nahegelegenen Gebüsch sang.

»Von der ersten Liebe bis zum letzten Kriegstag, am Feuer wird alles erzählt!«, war sein Standardsatz. Immer noch las er alle Fachzeitschriften und ging auf regionale Fortbildungen, wozu er auch die jungen Kollegen animierte, indem er sich als Chauffeur anbot. War im Krankenhaus oder im Ort ein neuer Kollege, lud er ihn zu einem Kaminabend ebenso gerne ein, wie die indischen, polnischen oder afrikanischen Urlaubsvertretungen des Pfarrers, mit denen er die Weltlage und die in seinen Augen fehlgeleitete Entwicklungshilfe diskutierte.

Die Mutter hatte an solcherlei Unternehmungen weniger Interesse. Die Geschichten, die er bei dieser Gelegenheit gerne zum Besten gab, kannte sie zur Genüge. Seine Erfolge in der Homöopathie gehörten zu den Lieblingsthemen. Kuriose Patientengeschichten hätte sie sogar in der Reihenfolge nacherzählen können, wie sie ihr Mann denen berichtete, die sie noch nicht kannten oder vorgaben, nicht zu kennen, um dem alten Mann die Freude des Erzählens nicht zu nehmen.

Oft ein bisschen eifersüchtig missbilligte sie, dass der Vater immer noch, das Blutdruckmessgerät in der Tasche, langjährige Patienten besuchte, bei einem Schoppen Wein dort plauderte und die Zeit vergaß. Zwischendurch maß er seinem Gegenüber den Blutdruck, um zu kontrollieren, ob für ihn und vor allem für sich selbst noch ein weiterer Schoppen medizinisch vertretbar war. Von solchen Ausflügen kam er meist erst gegen Abend nach Hause. Der Mutter war dies ein Dorn im Auge.

Zum Ausgleich meldete sie sich zu diversen Kuraufenthalten an, um ihre schleichende Osteoporose behandeln zu lassen. Von der Rolle der Mutter und der Frau Doktor hatte sie sich in die Rolle der Patientin begeben. »Oh, wenn ihr meine Schmerzen hättet!«, warf sie den Töchtern vor, wenn sie kritisch auf ihren Tablettenkonsum angesprochen wurde. Eines Vormittages stürzte sie im Garten, noch taumelig von den Schlaftabletten, die sie seit Wolfgangs Tod allabendlich einnahm. »Ich muss doch auch zu meinem Schlaf kommen«, erklärte sie. Jetzt lag sie zwischen den Erdbeerbeeten und es dauerte geraume Zeit, bis man ihre Hilferufe hörte. Sie hatte sich den Oberschenkelhals gebrochen. Durch die poröse Knochensubstanz war es ein schwieriger Bruch. Eine physiotherapeutische Folgebehandlung in einer Reha-

Klinik lehnte sie ab. »Ich kann den Vater nicht alleine lassen!«, war ihre Begründung. In ihrer Fantasie und Eifersucht hatte sie Angst, ihr Mann würde sie betrügen. Aber das war nicht der Fall, zumindest nicht in der Form, wie sie es dachte. Ihr Mann, der schon immer ein geselliger Mensch war, betrog sie um die Zeit, die er den andern zukommen ließ. Oft waren es Witwen, denen er zuhörte, die sich auf den Besuch des früheren Hausarztes freuten und die auch ihm zuhörten. Sie hatte also recht in der Annahme, dass er zu anderen Frauen ging, aber er war ihr nicht untreu.

Sie aber saß zu Hause, hatte wenig Ansprache und ging an Krücken. Ein Rollstuhl kam für sie nicht in Frage: »Wie sieht das denn aus? Ich bin doch kein Krüppel!«

Ihr Bewegungsradius erstreckte sich deshalb vom Schlafzimmer im ersten Stock ins Wohnzimmer und im Sommer auf die Terrasse. Auch die Schmerzmittel, die sie nach dem Verlust ihres Kindes jahrelang genommen hatte, versagten ihre Wirkung, als wirklich körperlicher Schmerz zu bekämpfen war.

Sie lebte das Leben der anderen, die ihr bei gelegentlichen Besuchen oder Telefonaten von ihrem Leben erzählten. Das ließ sie bitter werden. Sie neidete allen das Leben außerhalb der vier Wände und verlernte es, sich mit den andern zu freuen. Kochen war nicht mehr möglich. Man bestellte »Essen auf Rädern«. Mit Hilfe der Sozialstation, einer beherzten Haushaltshilfe, die dreimal wöchentlich kam und dem Nachbarn, einem ehemaligen Postboten, der alle Neuigkeiten aus Malstadt mitbrachte, konnte das Leben zu Hause organisiert werden. Ab und an, wenn sie einen guten Tag, also keine Schmerzen hatte, fuhr man sie ins Café Moritz zum Kaffeekränzchen. Aber schon auf dem Heimweg verkündete sie, dass sie das morgen büßen müsse, denn drei Stunden auf den harten Stühlen, das halte ihr alter Rücken nicht mehr aus.

»Dann nimm doch ein Kissen mit!«, schlug Anna vor. »Das nimmt dir in deinem Alter bestimmt niemand übel!«

»Kind, werd' erstmal so alt wie ich, dann weißt du, wovon ich spreche! Und außerdem, wie sieht das denn aus!«

Anna und ihre Schwester gaben es irgendwann auf, Vorschläge oder Hilfsangebote zu machen. Auch die Bitte, den Vater nicht mit grundlosen Eifersüchteleien zu plagen, führte nur dazu, dass sie mit Enterbung drohte. Letztlich warf sie Ev-Marie vor, dass sie sich nicht genug um sie kümmere und Anna, die immer wieder zwischen den Fronten zu vermitteln suchte, dass sie aus Malstadt weggegangen sei.

Es war schwierig geworden zwischen allen und Anna stellte zunehmend bei sich fest, dass ihr die Telefonate am Sonntagmorgen mit der Mutter das Herz beschwerten. Oft saß sie anschließend weinend da, weil das Gespräch eine einzige Klage war. Der Vater habe wiedermal den Hochzeitstag vergessen und bis um zehn Uhr im Morgenmantel mit Frisierhaube am Frühstückstisch gesessen und nur in die Zeitung geblickt. Auf sein Versäumnis angesprochen, habe er die Zugehfrau zum Gärtner Loose geschickt. Die sei dann mit Rittersporn und gelben Rosen zurückgekommen. Ausgerechnet gelbe Rosen, wo doch jeder wisse, dass das *seine* Lieblingsblumen seien. Er denke halt nur an sich.

Alle Ferien teilte sich Anna mit der Schwester die Betreuungszeit für die Eltern auf, so konnte diese unbeschwert verreisen. Auch in deren Leben lief vieles anders, als sie es sich gewünscht hatte. Eine glückliche Ehe und ein entspanntes Familienleben sahen anders aus. Die beiden Söhne kamen als Kinder gerne zu Anna und ihrem Mann in die Großstadt, liebten es, Straßenbahn zu fahren oder verreisten auch mit Onkel und Tante. Der ältere von beiden, der mehr unter den Spannungen zwischen seinen Eltern litt, fragte Anna eines Abends, ob Onki, wie ihr Mann liebevoll von beiden Neffen genannt wurde, nicht zwei Frauen haben könne. Sie und die Mama. Das wäre schön. Sie solle einfach den Papa rauschmeißen.

Anna sah die Not des Kindes, sah, dass das Zuhause, das sie seinerzeit verlassen hatte, brüchig geworden war. Sie stand ihrer Schwester bei, so gut sie konnte, aber die Besuche in Malstadt waren immer davon überschattet.

Mehr aus Pflichtgefühl griff sie an jenem Sommertag zum Telefon, um ihrer Mutter zum Namenstag zu gratulieren.

»Mutter, heute ist der 26. Juli!«

»Ja?«

»Wir beide haben doch heute Namenstag. Herzlichen Glückwunsch!«

»Ach, Kind! Ich bin ganz aus der Zeit.«

»Wie geht's dir, Mutter?«

»Ach, Kind!«

Anna hörte ein schweres Schnaufen. Sie wartete auf ein weiteres Wort, aber es war nur noch der schwere Atem der Mutter zu hören. Anna saß still am Tisch, wartete, aber da kam nichts mehr.

Den Vater anzurufen hatte wenig Sinn, denn der alte Mann hätte ihr keine Auskunft geben können. War er doch nicht mehr in der Lage gewesen, die Mutter im

Krankenhaus zu besuchen. Die Beine trugen ihn nicht mehr, so dass er sich die letzten Monate nur noch im ersten Stock des Hauses aufgehalten hatte, da die Treppen für ihn zu gefährlich waren. Er konnte nicht wissen, wie es seiner Frau wirklich ging.

Ev-Marie war um diese Zeit noch in der Schule. Die letzten Wochen des Schuljahres waren für sie immer die anstrengendsten: Konferenzen, Schulberichte schreiben, Ausflug, Elterngespräche. Anna wollte sie nicht noch mehr belasten. Sie legte den Hörer auf und ließ sich mit der Stationsschwester verbinden.

»Ihrer Mutter geht es mal so, mal so. Heute hat sie am Tisch gefrühstückt und ist auch wieder alleine zurück ins Bett gekommen. Sie klingelt oft, auch wegen Kleinigkeiten, zum Beispiel weil ihr ein Papiertaschentuch auf den Boden gefallen ist. Und manchmal liegt sie drin und schnauft so schwer, dass wir denken, es geht zu Ende. Das kann im Alter Ihrer Mutter ganz schnell gehen.«

Die Aussage der Krankenschwester löste ganz zwiespältige Gefühle bei Anna aus. Sie besprach sich mit ihrem Mann, ob sie nicht gleich am nächsten Tag nach Malstadt fahren solle.

»Das musst du wissen, ob du nicht auch erst mal nach dem schweren Schuljahr ein bisschen Abstand brauchst. Du weißt, die Tage in Malstadt werden nicht leicht. Es reicht, wenn du in ein paar Tagen fährst. Lass dich nicht immer unter Druck setzen durch deine Mutter.«

Annas Unruhe blieb. Am nächsten Tag packte sie ihr Köfferchen, hatte auch ihr schwarzes Kostüm in der Hand, hängte es aber wieder in den Schrank zurück. Es war ihr, als würde sie dadurch etwas vorwegnehmen, wofür die Zeit noch nicht gekommen war.

Ihr Mann versprach ihr, wenn er in ein paar Tagen

mit seiner Arbeit fertig sei, nachzukommen. Er wollte sich noch mit Ev-Maries ältestem Sohn treffen, der als Diplomingenieur arbeitete und überraschend Vater geworden war.

»Hallo, ihr seid Großtante und Großonkel geworden!«, hatte er ihnen vor ein paar Tagen mit jubelnder Stimme auf den Anrufbeantworter gesprochen. Anna hatte die junge Mutter und das Töchterchen im Krankenhaus besucht und freute sich über den Familienzuwachs, auch wenn da vieles noch ungeplant und improvisiert war.

Sie würde ihrer Mutter davon berichten, dass sie Uroma geworden sei. Das würde ihr bestimmt etwas Auftrieb geben.

Die Strecke nach Malstadt kannte Anna aus dem Effeff, hing während der Fahrt ihren Gedanken nach. Vor einem guten Jahr war sie schon einmal überstürzt aufgebrochen. Ev-Marie hatte sie alarmiert, dass die Mutter im Krankenhaus liege. Es bestehe der Verdacht, dass sie eine Überdosis Tabletten genommen habe. Anna bat ihren Schulleiter um Unterrichtsverlegung. Der winkte nur ab, als er den Anlass erfuhr. »Fahren Sie, Frau Kollegin, das geht vor!« Sie startete noch vom Lehrerparkplatz aus, innerlich unruhig und eine seltsame Beklemmung in der Brust. Sollte die Mutter versucht haben, ihrem Leben ein Ende zu setzen? Sie erinnerte sich daran, dass vor zwei Tagen auf dem Anrufbeantworter nur ein schweres Schnaufen zu hören gewesen war, als sie von einer Veranstaltung zurückkamen. Ach, da habe sich sicherlich ein Schüler einen Scherz erlaubt, beruhigte ihr Mann sie. Nun kam ihr in den Sinn, dass es die Mutter gewesen sein könnte, dass sie ihr noch etwas hätte sagen wollen. Mit einem Gefühl von Angst und

Schuld ist sie schneller gefahren, als müsse sie sich beeilen, wenn sie die Mutter noch lebend antreffen wollte. Unterwegs hatte sie einen Regenbogen hinter den Weinbergen gesehen, ganz klar und scharf gegen den dunklen Himmel abgegrenzt. Jetzt öffnete sie das Fenster und ließ die kühle Luft übers Gesicht streifen. Die heutige Fahrt ließ die Erinnerung wieder lebendig werden und doch war es anders. Sie atmete tief ein und nahm den Fuß vom Gas.

Als sie ihren Wagen in der Einfahrt vor der Garage parkte, blieb sie noch ein paar Minuten sitzen und erschrak, als Gerhard, der Nachbar, an die Scheibe klopfte. Es war halb vier, die Zeit, in der er immer den Vater von dessen Mittagschlaf aus dem Bett holte und ihn ins Arbeitszimmer brachte, das schon lange ein Krankenzimmer geworden war, um mit ihm und vor ein paar Wochen auch noch mit der Mutter Kaffee zu trinken. Doris, die Haushaltshilfe, hatte wie immer Kuchen vorbereitet.

»Es ist gut, dass du kommst, Anna! Die Eltern werden sich freuen. An den drei Tagen, an denen Doris im Haus ist, geht sie anschließend zur Mutter ins Krankenhaus. An den anderen Tagen Ev-Marie. Ich kümmere mich mehr um den Vater und zweimal am Tag kommt die Sozialstation. Trotzdem ist es natürlich immer zu wenig, aber besser als Altenheim. Und erschrick nicht. Er ist dünn geworden.«

Als Anna ins Zimmer kam, strahlten die Augen des alten Mannes und wie immer war die erste Frage: »Wie lange bleibst du?«

Man hatte Vaters automatischen Sessel mit der Aufstehhilfe aus dem Wohnzimmer in den ersten Stock transportiert. Dort saß er mit eingefallenen Wangen und obwohl draußen über dreißig Grad herrschten, trug er über dem hellen Hemd seine dunkelrote Strickweste.

»Er friert immer«, sagte der Nachbar.

Er hatte inzwischen Pulverkaffee und Kuchen auf einem Tablett nach oben gebracht. Bedächtig ließ der Vater drei Stück Süßstoff aus dem Spender mit dem blauen Deckel in seine hohle Hand fallen, überprüfte, ob es auch drei Stück waren, ließ sie dann in den Kaffee fallen und rührte um. In großen Schlucken leerte er die Tasse, als wollte er es hinter sich bringen, spießte mit der Kuchengabel zwei Stückchen auf, um den Teller dann wegzuschieben.

»Ja, Appetit hat er nur noch wenig. Süß geht noch am besten. Kartoffelpuffer mit Apfelmus am liebsten dreimal in der Woche«, kommentierte es der Nachbar.

»Die besten Reiberdatschi hat unsere Mutter gemacht, immer aus frisch geriebenen Kartoffeln«, fiel der Vater ihm ins Wort. »Da haben wir Buben manchmal zehn Stück verdrückt und der Otto oft auch fünfzehn. Aber der Otto ist auch nicht mehr da. Auch der Willi und der Hans. Nur die Gertrud und ich sind noch übriggeblieben. Komisch, die Jüngste und der Älteste.«

Anna sah, wie der Vater glasige Augen bekam, nahm seine Hand, die immer noch weich war, die Hand, mit der er sie als Kind vor dem Einschlafen geraschelt hatte. »Wir sind noch da, Vati. Und es geht weiter. Du bist vor einigen Tagen Urgroßvater geworden, wie dir Ev-Marie sicherlich erzählt hat. Urgroßvater, das erleben nicht alle!«

Er nickte stumm. Und es entstand eine Pause, als wolle er diese Nachricht in sich einsickern lassen, aber habe noch keinen Platz dafür gefunden.

Am frühen Abend fuhr Anna ins Krankenhaus, um nach der Mutter zu schauen. Als sie vorsichtig die Türe öffnete, saß sie auf der Bettkante und hatte das Tablett mit dem Abendessen auf der Ablage des Nachttischs vor sich.

»Immer gibt's Wurstbrot! Immer diese rosa Wurst, wo ich doch so gern Käs' ess! Da liegt man Klasse und kriegt fast jeden Abend rosa Wurst, da hätt' ich auch daheim bleib' könn'!«

Anna stellte den Strauß mit weißen Rosen und blauem Rittersporn auf den Tisch am Fußende des Bettes. »Noch nachträglich zum Anna-Tag, Mutter!« Sie holte sich einen Stuhl ans Bett und schaute zu, wie sie das Brot belegte und sich mundgerechte »Reiterchen« schnitt.

»Das hast du für uns, als wir noch Kinder waren, auch immer gemacht.« Die Mutter blickte auf das Wurstbrot und lächelte.

Auch Anna schaute auf das Brot. »Aufschnitt hat es aber immer nur Sonntagabend gegeben. Und Samstagabend Weißwürste mit süßem Senf und Kimble-Kipf.«

Als die Mutter das Wort »Kimble-Kipf« hörte, lachte sie schallend.

»Kind, was du noch alles weißt! Solche guten Kipf bäckt keiner mehr in Malstadt! Und warum sie Kimble-Kipf heißen, wissen nur noch die älteren Malstädter. Anna wusste, dass der Sohn des Bäckers, selbst auch Bäcker, immer wiedermal für ein paar Wochen verschwunden war. Böswillige Nachbarn vermuteten, dass er »auf der Flucht« vor seiner Frau war, deren sparsamer Charme stadtbekannt war. Und weil zu dieser Zeit in einer Fernsehserie Dr. Kimble immer auf der Flucht war, hat man dem Bäcker diesen Spitznamen gegeben in der Vermutung, hinter seiner zeitweisen Abwesenheit stecke auch eine Flucht.

Mutter und Tochter schwelgten in Erinnerungen an die Zeit, als es in Malstadt noch sechs Bäckereien gab, von denen jede ihre Spezialitäten hatte, die man sich reihum besorgte. Anna war froh, dass sie das Gespräch in andere Bahnen lenken konnte. Fast heiter saß die Mutter auf der Bettkante, goss sich immer wieder Tee nach und steckte mit sichtlichem Appetit ein »Reiterchen« nach dem anderen in den Mund. »Weißt du, was mir am meisten gefehlt hat, als ich die Jahre in dem Schweizer Internat war? Das Malstädter Brot. Und immer, wenn ich daheim war, hat mein Vater beim Bäcker Wallner einen Stollen Brot holen müssen. Das war so ein dunkel gebackenes Brot mit einem leichten Anisgeschmack. Nur mit Butter und Salz hab' ich das gegessen.«

Als Anna das Leuchten in ihren Augen sah, glaubte sie fast, wieder die Mutter vor sich zu haben, die sie als Kind erlebt hatte. Eine stolze Frau, die sich mit Freude in den Malstädter Fasching gestürzt hatte, tanzte, sich mit Freundinnen zum Rommé-Spiel traf, die ihren Kindern Gute-Nacht-Geschichten vorlas und im Mai statt Abendgebet mit ihrer wunderschönen Sopranstimme »Maria Maienkönigin« sang, bevor sie die Narzissen vom hauseigenen Mai-Altar aus dem Kinderzimmer trug, damit der starke Duft nicht den Schlaf störe. Die Mutter, die am Sonntagmorgen mit ihren drei Kindern ins Schwimmbad ging und auf deren Arm Anna sich mit ins Tiefe traute, sich an ihren Hals klammernd, wo sich der Duft von Chlor und Sonnenöl mischten. Versonnen schauten die beiden Frauen sich an.

»Gell, morgen kommst du wieder, aber schon am Nachmittag.«

Anna nahm eines der Fotoalben mit, als sie am nächsten Tag ins Krankenhaus fuhr. Was ihr zuvor nie aufgefallen war, bemerkte sie jetzt, als sie mit der Mutter die Seiten durchblätterte. Es gab von ihr als Kind nur wenig Bilder. Man sah die Schwester auf dem Bärenfell, auf dem Arm von Opa, im Badewännchen, im Sandkasten im Garten sitzend, auf dem Schoß des Vaters. Da waren Fotos von Wolfgang bei seinen ersten Gehversuchen, beim Osternest-Suchen, auf dem Schlitten, später mit der Märklin-Eisenbahn und viele andere mehr. Die Erklärung der Mutter enttäuschte sie.

»Kind, du warst die Dritte, da war vieles nichts Besonderes mehr. Und drei Kinder halten ganz schön auf Trab, da hat man nicht immer den Fotoapparat griffbereit. Aber der Onkel Hans hat immer Bilder gemacht. Du bist in vielem ein bisschen zu kurz gekommen, ich weiß. Aber geliebt hab' ich euch alle drei. Und für den Opa warst du sein Augenstern, sein Moggele.«

Sie ließ sich zurück ins Kissen fallen und schloss die Augen.

»Es ist alles gut, Mutter. Mach dir keine Gedanken. Es war gut, so wie es gewesen ist.«

Anna blickte in das Gesicht der alten Frau. Sah die tief liegenden Augen, die die Nase jetzt besonders spitz erscheinen ließen und es war, als ob sie schon ihr Totengesicht habe. Anna erschrak nicht, sondern lächelte, weil ihr einfiel, dass die Mutter mit ihrer Zungenspitze bis an die Nasenspitze kam, ein Kunststückchen, das sie zur Freude der Kinder immer wieder vorführte, was von denen auch, meist bei unpassender Gelegenheit, verlangt wurde.

Die Stille im Raum, der tiefe Atem der Mutter, in dessen Rhythmus sich Anna plötzlich wiederfand, dieser Wechsel zwischen Festhalten und Loslassen führten zu einer inneren Ruhe, die sich heilsam auf alles legte, was zwischen ihnen offen und unerfüllt geblieben war.

Sie hörte nicht, als Schwester Stilla das Zimmer betrat

und erschrak ein bisschen, als sie plötzlich neben dem Bett stand. Sie gehörte zu den Ordensschwestern, deren Gründerin in Malstadt geboren war und die in einem kleinen Konvent in der Bauerngasse lebten.

»Wie geht es Ihnen?«, fragte sie und Anna war erstaunt, dass nach ihr gefragte wurde und nicht nach dem Befinden der Mutter.

Sie wollte nicht reflexhaft mit »gut« antworten, schaute die Ordensfrau an, zog die Augenbrauen hoch und holte tief Luft.

»Abschiednehmen ist immer schwer, für beide.« Sie hob die Bettdecke ein wenig und strich der Mutter über die Fußsohle. Die zuckte und zog den Fuß zurück.

»Gehen Sie nach Hause, das dauert noch ein Weilchen. Aber vielleicht kann man den Vater hochbringen, dass sie sich noch einmal sehen.«

Am Abend besprach sie sich mit Ev-Marie, wie sie das bewerkstelligen könnten. In einem Tragetuch die Treppe runter, Rollstuhl, Krankenwagen, ja, so könnte es gehen. Anna wollte am nächsten Tag das Gespräch mit dem Vater führen, die Schwester den Krankenwagen organisieren.

Man wolle ihm die Möglichkeit geben, die Mutter im Krankenhaus zu besuchen, begann sie das Gespräch.

Ach, das sei sicher nicht notwendig, bestimmt käme sie bald heim. Da brauche man nicht solche Umstände zu machen. Die Leute vom Roten Kreuz hätten anderes zu tun, als alte Männer zu Krankenbesuchen zu fahren, wehrte er ab.

»Ich glaube nicht, dass sie nochmal heimkommt. Es geht allmählich zu Ende und ihr sollt Abschied voneinander nehmen können.«

Der Vater schwieg, schaute kurz auf seine Tochter und starrte dann ins Leere. Eine Weile strich er mit dem Daumen über den Zeigefinger, als gäbe es da etwas, was man wie ein Papierkügelchen zusammenrollen könne.

»Wann?«

»Morgen Nachmittag.«

Er nickte und bedeutete ihr, sie möge ihn ins Schlafzimmer führen, er sei müde.

Die beiden Fahrer standen pünktlich vor der Tür, ein Älterer und ein kräftiger Junger. Der Ältere meinte, es sei ihm eine Ehre, seinem ehemaligen Chefarzt vom Roten Kreuz diesen Gefallen zu tun. Er sei mit dem Wagen, weil es so heiß sei und das Fahrzeug keine Kühlungsvorrichtung habe, zwei Stunden in den Wald gefahren und dort habe er alle Fenster und Türen geöffnet, damit der Doktor nicht kollabiere.

Als die beiden Männer ihn im Tragetuch die Treppe hinuntertrugen, stand dem immer noch schweren alten Mann die Angst ins Gesicht geschrieben.

»Mir kriege des hin, Herr Dokter, unne steht der Rollstuhl un dann simmer gleich drin im Sanka«, beruhigte ihn der Ältere. »Da ham mir Zwä doch scho ganz anneres g'schafft, gell Herr Dokter.«

Als die Töchter den Vater ins Krankenzimmer schoben und die Mutter ihn erkannte, ging ein Lächeln über ihr Gesicht. Trotzdem war die Stimmung für alle bedrückend.

Sie hatte zur Kühlung einer Beule einen roten Eisbeutel auf dem Kopf, da sie am Morgen aus dem Bett gefallen war.

Anna hatte das Bedürfnis, der Situation die Schwere zu

nehmen und bemerkte, dass ihre Hüte früher deutlich schicker gewesen seien.

Sie lächelte. »Stimmt, schöne Hüt' hab' ich immer gern getrage'.«

Und als sie den Vater näher ans Bett schoben, damit er die Hand der Mutter halten konnte, sagte er, als befände sich seine Frau in einem Hotel, sie solle sich doch eine Flasche Wein hochkommen lassen, dann ginge es ihr bestimmt besser. Ihr Lächeln und die damit verbundene Handbewegung kannten die Töchter zur Genüge. Immer wenn sie etwas lustig oder verrückt fand, machte sie mit der Hand diese Abwärtsbewegung, als wolle sie sagen, was das wieder für eine Idee sei.

Die beiden hielten sich an den Händen und schwiegen. Sie hatte die Augen geschlossen und er blickte auf die Bettdecke, auf die sie ihre Hände abgelegt hatten. Nach einer Weile drehte er sich zu den Töchtern um und bedeutete ihnen, dass er nach Hause wolle.

Ev-Marie schob ihn zur Tür und Anna ging noch einmal ans Bett, um zu sagen, dass sie morgen wiederkäme. An der Tür drehte sie sich um und winkte der Mutter zu. Sie sah noch, wie sie den roten Eisbeutel vom Kopf nahm und wie er ihr aus der Hand glitt und zu Boden fiel. War die folgende Handbewegung ein Gruß oder ein Zeichen der Gleichgültigkeit? Anna wusste es nicht.

Während die beiden Sanitäter den erschöpften Vater in seinen Sessel setzten, hatte Gerhard aus dem Kühlschrank den Wein geholt, von dem die beiden sich täglich ihren Dämmerschoppen einschenkten. Den Geldschein, den Ev-Marie den beiden in Hand drückte, wollten sie zunächst nicht nehmen. Erst als sie von Spende sprach, stimmte der Ältere zu und steckt ihn in die Tasche.

Das Telefon klingelte und als Anna abnahm, sahen die anderen sie nur nicken, als müsste sie die Nachricht, die man ihr mitteilte, auf diese Weise bestätigen. Nach einer kurzen Pause sagte sie: »Ja, wir kommen.«

Die Schwester, der Vater und Gerhard blickten sie fragend an.

»Die Mutter ist gestorben«, sagte sie in die Stille hinein, »kurz nachdem wir gegangen sind.«

Gerhard schob dem Vater das Glas Wein hin, der griff nach dem Henkel und nahm einen tiefen Schluck.

»Da müssen wir uns also den 1. August merken«, sagte Gerhard und blickte zu den beiden Frauen. »Ich bleib beim Vater.«

Als sie ins Zimmer kamen, sahen sie, dass man der Mutter das Kinn mit einer Binde hochgebunden und die Hände gefaltet hatte. Auf dem Nachttisch brannte eine Kerze, Annas Rosenstrauß mit dem Rittersporn stand daneben.

Eine Weile standen sie schweigend am Fußende des Bettes. Sie schauten sich an,

Ev-Marie legte den Arm um die Schwester und beide spürten, dass die Mutter noch da war, aber nicht fordernd und klagend, sondern beruhigt, zufrieden.

Anna legte die Hand auf die Stirn der Mutter und fühlte, wie die Wärme langsam wich und als wollte sie ihr noch etwas mitgeben, zeichnete sie mit dem Daumen ein Kreuz darauf, so wie es die Mutter immer bei ihnen getan hatte, wenn sie auf eine Reise gingen.

Sie benachrichtigte ihren Mann, dass man wohl besser den Sommer in Malstadt verbringen solle, bis alles geregelt sei. Man könne den Vater nicht alleine lassen. Er stimmte sofort zu und versprach zu kommen und die

Kleidung mitzubringen, die Anna für diesen Fall im Schrank beiseite gehängt hatte.

Am Tag nach Mutters Tod wollte der Vater nicht aufstehen. Man solle mit der Beerdigung ein paar Tage warten, vertraute er Anna an. Er werde auch bald sterben und dann bräuchten alle nur einmal zu kommen.

»Weißt du, in so einem Sommer haben die Leute auch anderes zu tun, als auf Beerdigungen zu gehen.« Einerseits sei es gut, dass sie im Sommer gestorben ist, denn im Winter solle man aus Rücksicht auf den Totengräber nicht sterben. Was habe der Andres Bauner immer geflucht, wenn er im gefrorenen Boden ein Grab ausheben musste, erinnerte er sich und zitierte ihn, den er Spaßens halber immer als Kollegen bezeichnete: »Was nützt die schönste Beerdigung, wenn man den Toten spielen muss.«

Anna musste schmunzeln. Sie ließ den Vater im Bett, brachte ihm Tee und ein paar Biskuits, denn Appetit hatte er keinen. Als Schwester Eberharda, die Ordensfrau von der Sozialstation kam, um ihm die Insulinspritze zu verabreichen und zu kondolieren, ließ sie seinen Entschluss, jetzt auch sterben zu wollen, nicht gelten.

»Herr Doktor, das haben wir nicht in der Hand. Das müssen wir schon dem Herrgott überlassen, der weiß, wann für jeden die Zeit gekommen ist.«

»Aber manchmal vertut sich der Herrgott auch«, meinte er halblaut, »wenn ich an unsern Wolfgang denke, für den war die Zeit noch lange nicht da!«

Die Schwester packte Ampulle und Spritze zusammen, schaute auf den alten Mann, holte tief Luft, als wolle sie sagen, der Herrgott sei doch auch nur ein Mensch.

Man hatte die Mutter auf dem Parkfriedhof zu Grabe getragen. Bei der Besprechung des Requiems und dessen, was vielleicht über die Mutter in einer kleinen Ansprache zu Wort kommen sollte, hatte sich Anna im Vorfeld noch mit dem polnisch-stämmigen Pfarrer gestritten, der sich zunächst weigerte, irgendetwas Persönliches über die Verstorbene zu sagen. Das sei nicht üblich in der katholischen Kirche und vor Gott seien alle gleich, besonders in der Stunde des Todes. Anna ließ das nicht gelten. Sie hatte auf einem Zettel einige Lebensstationen ihrer Mutter notiert, die sie geprägt hatten. So wollte sie, dass die Liebe ihrer Mutter zu ihrem Garten erwähnt werde, in dem sie, ihre Kinder und Enkelkinder groß geworden seien und jetzt vielleicht sogar ihr erstes Urenkelkind aufwachsen würde, von dessen Geburt sie noch erfahren hatte. Und als der Geistliche sich weigerte, »Maria, dich lieben«, eines ihrer Lieblingskirchenlieder in den Ablauf des Requiems aufzunehmen, weil ein Marienlied in den Mai, nicht aber in den August passe, da verlor Anna ihre Zurückhaltung. Ein Gottesdienst, der nicht bei den Menschen sei und ihren Anliegen diene, den könne man gleich sein lassen. Wer starr an einer jahrhundertealten Liturgie festhalte, die nichts mehr mit ihnen und ihrem Leben zu tun habe, der brauche sich nicht zu wundern, dass sich immer mehr Menschen von der Kirche abwenden. Sie habe auch Theologie studiert und wisse, wovon sie rede. Irritiert verabschiedete sich der Pfarrer.

Fünf persönliche Sätze sprach er am Beginn des Requiems in der Reihenfolge, in der Anna ihre Gedanken auf dem Zettel notiert hatte. »Maria, dich lieben« war das Schlusslied. Annas Stimme versagte, aber mitsummen, das wollte sie ihrer Mutter zuliebe schon.

Es wurde ein Familiensommer. In den Zeiten, in denen der Vater wach war, saß immer jemand bei ihm. Das Urenkelchen, erst ein paar Wochen alt, legte man ihm in den Arm. Er streichelte ihr über die Bäckchen und meinte, dass sie bestimmt mal eine Stramme werden würde.

Anna briet ihm sein Lieblingsessen, Reiberdatschi mit Apfelmus oder kochte ihm eine gebrannte Grießsuppe, so wie seine Mutter, von der er jetzt oft sprach, sie gekocht hatte. Sie hatte den Geschmack seiner Kindheit.

Ev-Maries ältester Sohn wohnte mit seiner jungen Familie im Gartenhaus und wann immer er eine Pause in seiner Arbeit machte, setzt er sich zu seinem Großvater und ermunterte ihn, Geschichten aus seiner Schulzeit zu erzählen.

Er und seine drei Brüder seien gefürchtet gewesen in Weiden im Klosterinternat der Steyler-Patres. Es sei ihnen immer etwas eingefallen, um die Mitschüler oder die Lehrer zu ärgern. Einige Male habe der alte Herr, wie er seinen Vater immer noch voller Respekt nannte, vorsprechen müssen, um die Wogen zu glätten. »Weißt du, wir haben die Zeit im Internat genossen. Dort haben wir uns freier gefühlt als zu Hause. Klar gab es auch Regeln und Strafen, aber auch Verständnis. Geschlagen wurden wir nicht.«

Als Anna eines Morgens über die Treppe in den ersten Stock kam, hörte sie den Vater nach der Mutter rufen. Sie ging ins Schlafzimmer und fand den alten Mann schweißgebadet im Bett vor.

»Ich dachte, ich hätte die Mutter gehört!«

»Sie fehlt dir sehr, gell?«

Der Vater hatte Tränen in den Augen.

»Warum habt ihr mich denn so lange allein auf dem Bahnsteig stehen lassen?«, wollte er wissen.

»Vadder, des haste, geträumt. Du warst die ganze Nacht im Bett«, gab Anna zu bedenken. »Wir bleiben jetzt in den Sommerferien da, du bist nicht allein.«

Der alte Mann schaute auf einen Punkt in weiter Ferne und nickte kaum merklich.

Der Idee, einen Abend gemeinsam auf der Terrasse am Kamin zu verbringen, stimmte er zu. Schwiegersohn und Enkel transportierten ihn mit vereinten Kräften die Treppe hinunter und setzten ihn auf seinen angestammten Platz. Wie lange war er da nicht mehr gesessen? Er ließ seinen Blick über die vielgestaltige grüne Baumkulisse schweifen, die das Grundstück umsäumte. Hohe Pappeln, Birken, eine Blutbuche, Kiefer, Tanne, Lärche, Goldregen, Jasmin und dazwischen Apfel-, Zwetschgen- und Kirschbäume. Eine Vielfalt, die zu jeder Jahreszeit ihren Reiz hatte. Und gleich neben der Terrasse der alte, weit ausladende Apfelbaum, unter dem seine Kinder und Enkelkinder groß geworden waren. Vieles sah er nur noch schemenhaft, denn seine Sehkraft hatte stark nachgelassen. Auch die Geräuschkulisse des angrenzenden Schwimmbades hörte er nur von Ferne. Es war der Sommerton, die Grundierung der Hitze, die er seit über sechzig Jahren kannte und lieben gelernt hatte. Hier, auf diesem Fleckchen Erde, hatte er sich zu Hause gefühlt, doch jetzt, wo seine Frau nicht mehr lebte, fühlte er sich fremd. So, als gehöre er nicht mehr dazu. Obwohl das Thermometer immer noch achtundzwanzig Grad zeigte, war er froh, dass er seine Strickjacke anhatte.

»Habt ihr genügend trockenes Holz geholt, dass wir ein ordentliches Flammfeuer haben?«, fragte er.

»Alles da, Vater! Auch die Mäppchen, damit die Strahlung nicht den Wein erwärmt.«

Er hatte die Angewohnheit, die Weingläser mit rechtwinklig stehenden Kunststoffmäppchen wie durch einen Paravent zu schützen, denn nichts war ihm mehr zuwider als warmer Weißwein.

Als er vom Kirchturm das Geläute des Totenglöckchens vernahm, wandte er den Kopf, lehnte sich dann zurück: »Da hat jemand gehen dürfen.«

Gerhard wusste schon, dass es die Minna aus der Bauerngasse war. Sie sei schon lange bettlägerig gewesen und habe ihre Medikamente nicht mehr genommen und auch nicht mehr essen wollen. Es sei eine Erlösung für alle gewesen.

»Wenn's mal so ist, geht's nimmer lang«, sagte der Vater, »da soll auch der Doktor dem Herrgott nimmer ins Handwerk pfuschen.«

Inzwischen waren die Bratwürste und Rostbrätchen auf dem Grill fertig. Anna hatte einen Kartoffelsalat zubereitet und die Familie saß um den Tisch, an dem nur zwei fehlten: die Mutter und der zweite Enkel, der sehr zur Freude des Großvaters Medizin studiert hatte und seine Zeit als Medizinalassistent in einer Klinik in Neapel verbrachte. Er hatte während eines Studienaustausches in Bari eine Italienerin kennengelernt und die Strecke Neapel – Bari war leichter zu überbrücken als die von Leipzig, wo er den Großteil seines Studiums verbracht hatte.

Bevor das Streichholz an das aufgeschichtete Kaminholz gehalten wurde, wollte man mit ihm telefonieren. Der Hörer machte die Runde und jeder erzählte ihm, wie gemütlich man zusammensitze und wie sehr er in der Runde fehle. Dem Vater liefen die Tränen über die Wangen, als das Gespräch zu Ende war.

»Dass ich bald sterben muss, ist nicht schlimm. So ist halt das Leben. Aber ich hätte ihn gern als Arzt arbeiten sehen. Er hat das Zeug dazu. Er wird es gut machen.«

Ev-Marie hatte inzwischen das aufgeschichtete Reisig angezündet und legte nun Holzscheite darauf. Der Blick aller war auf das kräftige Flammfeuer gerichtet, nur das Prasseln des Reisigs war zu hören.

Und als der Vater wie immer mit den Worten »Nehmen wir die Sache mal in die Hand«, das Glas erhob, schlug Anna vor, man könne auf Opa Will trinken, dem man ja zu verdanken habe, dass man auf diesem schönen Fleckchen Erde sitzen könne.

»Und auf dich Opa und die Oma, denn ihr habt das alles gepflegt und erhalten«, ergänzte der Enkel.

Es war Anfang November, als der Vater starb. Die Tage zuvor hatte er mit allen noch telefoniert. Mit Gerhard hatte er am Nachmittag wie immer ein Glas Wein getrunken und als dieser ihm noch einmal einschenken wollte, meinte er:

»Danke, es reicht.«

Es war ein stiller Tod, eher ein Verlöschen. Er sei »zammgange«, sagten die Malstädter. Aus dem einst stattlichen Arzt, der seinen Patienten früher »Adenauer-Pillen«, wie er sie nannte, für ein langes Leben verordnete, war ein zittriger Mann geworden, dessen Lebensradius sich nur noch zwischen Bett und Sessel erstreckte. Im Kopf immer noch klar, las er jeden Morgen die Überschriften im »Rhön- und Streuboten«, seiner üblichen

Morgenzeitung und verfolgte im Fernsehen die Nachrichten. Und als am 11. September vom Anschlag auf das World Trade Center in New York berichtet wurde, verstand er die Welt nicht mehr. Wo steht der Feind? Wer kämpft wo und warum?

»Hauptsache unsere Buben müssen nicht ins Feld!«, meinte er besorgt.

»Nein, Vater, sei beruhigt, soweit wird es nicht kommen. Beide sind keine Soldaten geworden.«

Man beschloss, das Haus im Heiligengarten erst einmal so zu belassen, wie es war. Zu viele Erinnerungen steckten in den alten Möbeln. Das konnte man nicht einfach auflösen und zur Tagesordnung übergehen. Das musste man erst setzen lassen, musste erst begreifen, dass da etwas zu Ende gegangen war. Doch es war noch nicht zu Ende. Die Enkel gingen wieder ihrer Wege. Anna fuhr nach Stuttgart.

Ev-Marie blieb zurück, erschöpft, aber auch voller Hoffnung. Jetzt würde vieles leichter werden. Die Verantwortung für die alten Eltern fiel wie eine Last von ihr. Auch wenn sie diese immer mit Anna geteilt hatte, war doch sie es, die mehrmals in der Woche nach dem Rechten sah, unterstützt durch die Sozialstation, Doris, die treue Haushaltshilfe und Gerhard, den Nachbarn. Jetzt würde sie Zeit finden, sich um das erste Enkelkind zu kümmern. Jetzt würde sie ohne beschwerende Gedanken zu Ausstellungen fahren oder Freunde besuchen können. Jetzt würde vieles anders werden.

Es war der sechste Dezember, als Anna von ihrer Schwester einen Anruf bekam, der sie zutiefst erschütterte. Ihr Frauenarzt habe beim Ultraschall in der Brust etwas entdeckt, das weiterer Untersuchungen bedürfe. Diese hätten ergeben, dass sich da ein Knoten gebildet habe, den man operieren müsse. Bald.

Als Anna die Schwester in der Universitätsklinik besuchte, scheute sie sich, dorthin zu schauen, wo einmal die Brust gewesen war. Sie hatte ihr ein Foto mitgebracht vom Gartenhaus, wo sie oft im Sommer gesessen hatten bei Kaffee und Kuchen oder einem Glas Sekt.

»Dort werden wir beide im kommenden Sommer sitzen! Du wirst es schaffen!«, sagte Anna. Die beiden schauten sich ernst an und Anna nahm ihre Hand. Sie dachte an die Auskunft ihres Neffen, der als angehender Arzt beim Gespräch mit dem Operateur zugegen war. Seine Mutter habe von den fünf Schweregraden, die man bei Brustkrebs unterscheide, die schwerste. Es seien auch schon Lymphknoten befallen gewesen, die man habe entfernen müssen. Er gebe ihr noch ein halbes Jahr Lebenszeit.

Anna weigerte sich, daran zu glauben. Sollte sie innerhalb eines Jahres nicht nur die Eltern, sondern auch die Schwester verlieren? Sie hoffte mit aller Seelenkraft dagegen an. Das Beten hatte sie seit dem Tod des Bruders verlernt. Das Hoffen musste helfen.

Ev-Marie muss sich dem Leben zuwenden, da war sich die Familie einig. Das Enkelkind auf dem Schoß, das wäre eine Kraftquelle, die ihr helfen würde. Doch das scheiterte an der jungen Mutter und deren Eltern. Die glaubten fest daran, dass die Aura einer Krebskranken dem Kind die Kraft aussaugen würde. Ein Konflikt, den die junge Familie neben anderem nicht überstand.

Ev-Marie schien jetzt die in der Familie zu sein, die sich durch nichts aus dem Tritt bringen ließ. Von so vielem hatte sie in ihrem Leben Abschied nehmen müssen, so vieles war anders gelaufen, als sie es sich gewünscht hatte. Sie hatte gelernt, einzustecken und auszuhalten. Auch Dinge, die sie hätte ändern können, hielt sie aus. Selbst wenn man ihr goldene Äpfelchen geboten hätte, sagte sie einmal zu ihrer Schwester, wäre sie nicht weggegangen aus Malstadt. Sie wollte kein anderes Leben. Auch dieses hier würde sie weiterführen, also stellte sie sich erneut auf Aushalten ein. Bestrahlung. Chemotherapie. Keine Maßnahmen der Rehabilitation. »Was soll ich dort? Zuschauen, wie schlecht es den andern geht? Zuschauen, wie es enden kann?«

Ev-Marie wollte die Verantwortung für das große Mietshaus am Jakobsplatz nicht mehr tragen und war von vorne nach hinten in den Heiligengarten gezogen, also hatte man das Erbe entsprechend aufgeteilt. Sie verschenkte die Möbel der Eltern, nahm das Portrait von Wolfgang von der Wand und verstaute es sauber verpackt im Schrank. Sie baute neue Fenster ein, eine Solaranlage aufs Dach, pflanzte Obstbäume und Beerensträucher, frei nach dem Motto: Was würdest du tun, wenn du erfahren würdest, dass du morgen sterben musst? Dann würde ich heute einen Apfelbaum pflanzen!

Sie stellte einen Mann für die groben Arbeiten an. Freute sich jeden Tag an ihrem Garten, wie er im Frühjahr blühte und im Herbst bunt wurde. Sie lebte nach vorne, als hätte es den Krebs nie gegeben.

Im Frühsommer danach saßen sie und Anna vor dem Gartenhaus auf der Terrasse, hatten Kaffee und Kuchen vor sich und schauten auf die grüne Mauer von Büschen und Bäumen, die das Grundstück vom Schwimmbad trennten. Es war ein sonniger Tag und obwohl man schon ohne Strickjacke sitzen konnte, trug Ev-Marie noch ihre Wollmütze. Das Haar, das ihr nach der Chemotherapie gewachsen war, war noch dünn und flaumig, aber es drehte sich zu Locken, worüber beide witzelten. »Wie eine Negermama sehe ich jetzt aus!«, meinte sie, rollte mit den Augen und schob ihre Lippen schwulstig nach vorne.

Anna schaute auf die Uhr. »Es ist halb vier.« Sie schauten sich an und lächelten. Beide hatten den gleichen Gedanken. Im Vorjahr hätten sie jetzt hinüber zu den Eltern ins Haus gehen müssen, um sie vom Mittagsschlaf aufzurichten. Sie hätten mit ihnen Kaffee getrunken, die immer gleichen Fragen nach den Enkeln und nach Annas Mann beantwortet und wenn sie ein ernsteres Thema angeschlagen hätten, hätte der Vater mit einer abwehrenden Handbewegung gesagt: «Lassen wir das. Reden wir von etwas Schönerem!«

Jetzt blieben sie sitzen, genossen diese Freiheit und als Anna eine Flasche Sekt aus dem Kühlschrank holte und zwei Gläser füllte, prosteten sie sich zu.

»Dass die Eltern fast bis um Schluss zu Hause bleiben konnten, das haben wir gut hingekriegt. Und du hast ja gesagt, dass wir im Sommer wieder hier sitzen werden, als du mich auf der Krebsstation besucht hast. Du hattest Recht, ich wusste es!«

Sie nahmen das entspannte Zusammensein zum Anlass, den Schmuck der Mutter unter sich aufzuteilen. Jede nahm sich das aus dem Kästchen, was ihr gefiel und weil beide unterschiedlichen Geschmack hatten, lief das problemlos ab.

»Und Vaters Geige?« – Beide lachten, weil sie nie erlebt hatten, wie er darauf spielte. Er war für seine mangelnde Musikalität bekannt, konnte nicht singen und nur leidlich tanzen. Und als Ev-Marie sich an ihren Tanzstundenabschlussball erinnerte, wo er den ganzen Abend nur zweimal auf der Tanzfläche war, sehr zum Leidwesen der Mutter, ergänzte Anna: »Und jeden Tanz begann er mit seinem Leitspruch: »Mit dem rechten Fuß nach der großen Trommel, dann ist man immer im Takt!«

Plötzlich waren die immer wieder gehörten Sätze des Vaters nicht mehr mit tiefem Luftholen und Augenrollen verbunden, sondern sie schienen kostbar. Es war ein Herholen mit Worten, eine heiter warme Wehmut, die gut tat.

Als sie sich das zweite Glas Sekt eingegossen hatten und sich an die Italienreisen mit den Eltern erinnerten, wo der Vater abends im Lokal jeden jungen Mann, der sich seinen Töchtern näherte, mit so strengem Blick musterte, ihn für einen Pappagallo hielt, dass dieser nicht wagte, sie zum Tanzen aufzufordern, war ihr Zorn von damals verflogen. Er hatte Angst um seine Töchter, wollte sie nicht verlieren. Für einen Ferienflirt waren sie ihm zu schade. Lieber zeigte er ihnen die Mosaiken von Ravenna, den Dogenpalast in Venedig oder besuchte die Opernfestspiele in Verona, wo er den dritten Akt regelmäßig verschlief.

Ein paar Jahre später, Ev-Marie hatte schon ihren Führerschein, gab es einen Sinneswandel. Vater stellte den VW zur Verfügung, mit dem er seine Krankenbesuche machte, damit die Mädchen selbstständig nach Italien fahren konnten. Man hatte ihnen eine Campingausrüstung gekauft, so dass sie unabhängig von Hotelbuchungen waren. Es war wohl die Mutter, die ihn ermutigt hatte, seinen Kindern zu vertrauen, sie loszulassen.

Als dann Ansichtskarten aus Ravenna, Florenz, Venedig und Verona kamen, schien er beruhigt. Seine Saat war aufgegangen. Von den Tanzabenden und Flirts mit charmanten italienischen Männern stand nichts auf den Ansichtskarten. Vor allem zunächst nichts davon, dass sich Anna unsterblich in einen Carlo verliebt hatte, einen überaus sympathischen und einfühlsamen Biochemiker aus Ferrara. Wie ein Film liefen jetzt die Ereignisse von damals an ihr vorüber. Er war sieben Jahre älter als sie und stand schon im Beruf, hatte die deutschen Philosophen Feuerbach, Kant und andere gelesen und fand sie, ihr Wesen und ihre dralle Körperlichkeit wunderbar. Anna fühlte sich gut in seiner Gegenwart, fühlte sich als Frau, als schöne Frau. Über drei Jahre hatten die beiden sich geschrieben und in den Ferien getroffen. Sie war im zweiten Semester, als er sie in Würzburg besuchte. Man hatte Ausflüge in die Umgebung machen können, da Vater ihr seinen VW-Käfer zur Verfügung gestellt hatte. Im Handschuhfach hatte sie zu ihrer Überraschung eine Packung Antibabypillen entdeckt. Sie musste schmunzeln, denn sie hatte sich schon vorher heimlich im Arzneimittelschrank zwei Packungen genommen. Es war unausgesprochen zwischen ihrem Vater und ihr, dass sie und ihr Freund nicht nur Händchen halten würden, aber sie spürte die verstehende Fürsorge des Vaters, und das tat ihr gut.

Anna und ihr Freund Carlo waren glücklich in den paar Wochen der Semesterferien. Umso herber war ein Ereignis, das beide aus ihrem Himmel riss. Eine kleine Unachtsamkeit Annas führte zu einem Autounfall. Sie stießen mit einem entgegenkommenden Wagen zusammen und Vaters VW hatte einen zerknautschten Kühler. Zum Glück waren sie beide und auch die Unfallgegnerin nicht schwer verletzt, nur ein paar Kratzer im Gesicht. Aber die

Unfallaufnahme bei der Polizei, die ärztliche Versorgung in der Klinik des Julius-Spitals, das alles war ernüchternd für beide. Carlo konnte nur Italienisch und Französisch, Anna musste übersetzen und man behandelte ihn wie einen ungebildeten Gastarbeiter. »Non sono un terrone!«, zischte er in ihre Richtung.

Am Abend, nachdem Anna den Blechschaden ihren Eltern von einer Telefonzelle aus gebeichtet hatte, saßen sie in der Studentenbude stumm auf dem Sofa. Sie war froh, dass von zuhause keine Vorwürfe kamen. »Hauptsache, es ist niemandem etwas passiert! Blech kann man ausbeulen! Am besten, ihr kommt nach Hause, so lernen wir den jungen Mann auch mal kennen!«, schlug die Mutter vor.

Carlo wollte aber unter solchen Umständen nicht kennengelernt werden. Der Unfall hatte ihn sehr mitgenommen. Er saß da, hielt seine Brille in der Hand und rieb sich mit Daumen und Zeigefinger die Nasenwurzel. Seine Hand zitterte und plötzlich flossen ihm Tränen über die Wange. Anna erschrak. So hatte sie ihn noch nicht erlebt und sie spürte, dass da etwas verschwand, was sie nicht halten konnte, so wie der feine Sand am Strand der Adria durch die Finger rann, auch wenn man das nicht wollte.

»Domani tornerò a casa!«, hatte er mit belegter Stimme gesagt und Anna hatte gespürt, dass es keinen Sinn hatte, ihn davon abzuhalten. Es folgten noch einige Briefe, wo er sich für die schöne Zeit bedankte, »ma la distanza e troppo grande«. Und Anna spürte, dass es nicht nur die Kilometer waren, die sie trennten. Auch sie war dankbar für die gemeinsame Zeit, die sie in seinem wunderbaren Land verbracht hatten, für die Briefe, die die Zeit bis zum Wiedersehen überbrückten, die schönen Geschenke und vor allem das Erlernen seiner Sprache. Schon in den letzten Klassen des Gymnasiums hatte sie eine Arbeitsgemeinschaft in Italienisch besucht und dann auch an der Universität bei Signora Galerini, einer feinsinnigen Florentinerin, die immer über Annas ferrareser Dialektfärbung schmunzeln musste, die sie, ohne es zu wissen, von Carlo übernommen hatte. Seine bloße Existenz half ihr über Zeiten hinweg, in denen ihre Klassenkameradinnen mal mit dem und mal mit jenem unterwegs waren, Anna sich aber nicht von den Jungen ihrer Schule gesehen oder gar begehrt fühlte. Dort war sie der kameradschaftlich heitere Kumpel, bei Carlo fühlte sie sich wie eine Frau, der man Komplimente macht, nach deren Nähe man sich sehnt. Carlo füllte auf wunderbare Weise eine Lücke, die ihr half, erwachsen zu werden.

Ev-Marie schaute mit warmem Blick auf die jüngere Schwester, als die ihre Erinnerungen an die romantische Liebe zu Carlo mit ihr teilte.

»Die Reaktion unserer Eltern war großartig!«, meinte sie und Anna stimmte ihr zu.

Die Heiterkeit, mit der sich die beiden Frauen ihre gemeinsame Jugend, auch die unangenehmen Begebenheiten, her-erzählten, ließ sie herzlich lachen.

»Weißt du noch, wie wir uns beim Zeltaufbauen immer bewusst ahnungslos gestellt haben, bis aus den Nachbarzelten ein paar Männer kamen, ihre Hilfe anboten und uns das Zelt aufgebaut haben? Die argwöhnischen Blicke der Ehefrauen haben wir übersehen.«

»Ja freilich! Und kannst du dich erinnern, wie eines Morgens eine Tüte mit Hühnerknochen vor dem Zelt stand, an der ein Zettel hing: Für scharfen Hund.«

Die beiden hatten, um sich unliebsame Besuche vom

Leib zu halten, ans Vorzelt ein Schild mit der Aufschrift »Scharfer Hund« angebracht, was zu allerlei Vermutungen und Späßen Anlass gab.

Das »Weißt du noch?« holte Erinnerungen hervor, die jetzt, wo drei aus der Kernfamilie fehlten und auch Ev-Maries Söhne das Haus verlassen hatten, wichtig waren.

Anna behielt es bei, immer wieder ein Wochenende zu ihrer Schwester in die Rhön zu fahren, mal allein, mal mit ihrem Mann, der gerne auf dem dortigen Flugplatz war, wo er einen der Neffen schon als Halbwüchsigen für den Segelflug hatte begeistern können. Er selbst hatte wegen seiner schlechten Augen keine Fluglizenz, war aber ein begeisterter Mitflieger und ein gern gesehener Gast auf dem Flugplatz. Für die Malstädter war Anna eine, die immer noch dazu gehörte, auch wenn sie schon lange Jahre in Stuttgart lebte.

»No, aa wieder hiesig?«, so begrüßte man sie und erzählte bereitwillig, was es Neues im »Städtle« gab und war beinahe gerührt von ihrem Interesse und der Anteilnahme, wenn es Trauriges zu berichten gab.

Das Vertrauen, das man ihrem Vater geschenkt hatte, ging auf sie über. Die Malstädter Handwerker, die in ihrem Haus am Jakobsplatz zu tun hatten, erledigten ihre Arbeiten genauso zuverlässig, als wäre sie noch vor Ort.

Aber nicht nur deswegen war Anna regelmäßig in Malstadt und wohnte bei ihrer Schwester im Heiligengarten. Seit dem Tod der Eltern und der schweren Erkrankung von Ev-Marie war der Ort für sie wie eine Vergewisserung all dessen, was gewesen war. Manchmal saß sie unter der Linde am Großenberg und blickte Richtung Bahnhof, von wo aus sie täglich zur Schule gefahren war. Der

Abhang unterhalb der Kapelle, in der ihre Eltern, die Schwester und auch sie selbst getraut worden waren, hatte ihr als Kind beim Schlittenfahren den ganzen Mut abgefordert. Jetzt erschien er ihr wie eine leichte Bodenwelle. Den Kinosaal von Oelschlegels Lichtspiele hatte man abgerissen. Für sechzig Pfennig hatte sie dort als Fünfjährige mit ihren Geschwistern ihren ersten Film gesehen, »Zwerg Nase«. Und als die Nase des Zwerges wuchs und wuchs, bekam sie es mit der Angst zu tun und kroch unter den Klappsitz.

»Dich nehmen wir nicht mehr mit!«, sagten die Geschwister. »Für dich muss man sich ja schämen!«

Jahre später versammelte Ev-Marie Familie und Freunde um sich, um ihren siebzigsten Geburtstag zu feiern. Zwei ihrer inzwischen drei Enkelkinder waren dabei. Ein heiteres Fest. Anna hatte, wie bei allen anderen Familienfesten, eine kleine Rede vorbereitet, in der sie das Verhältnis zwischen der großen und der kleinen Schwester beleuchtete, die sich trotz aller Verschiedenheit heute auf Augenhöhe begegnen und aufeinander verlassen können. In Erinnerung an die gemeinsamen Reisen mit dem Zelt schenkte Anna ihr eine Reise nach Regensburg. Die Schwester hatte immer wieder davon gesprochen, dass sie dort noch einmal hinwolle. Der Dom, die steinerne Brücke, das Schloss Thurn und Taxis, das Hotel Kaiserhof, die Befreiungshalle, den Donaudurchbruch und das Kloster Weltenburg, das alles wollten sie sehen und erleben.

Anna plante und buchte und als sie die Schwester im Spätsommer in Malstadt abholte, bat diese darum, sie möge ihr behilflich sein, den kleinen Rollkoffer ins Auto zu tragen. Anna wunderte sich, denn das war nicht Ev-Maries Art. Sie war immer darauf bedacht, alles selbstständig zu erledigen. Sie hätte sich die Schulter und den Arm verrenkt, als sie einen Getränkekasten ins Haus getragen habe, erklärte sie ihre Bitte. Auf der Fahrt nach Regensburg bat sie darum, die Sitzheizung einzustellen, das täte ihrer Schulter bestimmt gut. Und als sie in der Regensburger Altstadt noch draußen in der Herbstsonne bei einem Glas Sekt saßen und »die Parade abnahmen«, wie sie immer sagten, wenn sie die vorbeiflanierenden Menschen beobachteten, verkündete Ev-Marie, sie wolle sich vor Ladenschluss noch ein Schmerzmittel in der Apotheke besorgen, damit sie die Tage unbeschwert genießen könne. Da beschlich Anna eine Angst um die Schwester, eine Angst, die sie kannte.

»Zuhause lässt du das aber medizinisch abklären!«

»Ach, was du immer hast! Ich will nicht wegen jedem Dreckle zum Doktor!«

Anna schwieg.

Die Tage in Regensburg vergingen wie im Flug. Jeden Tag nahmen sie sich eine andere Sehenswürdigkeit vor, genossen die südbayerischen Gerichte, tranken immer ein Glas Wein dazu und ließen es sich gut gehen. In einer kleinen Gasse in der Altstadt entdeckten sie die »Strudelei«, eine Manufaktur, die verschiedene Strudelgerichte von süß bis herzhaft anbot, an denen sie sich nicht satt essen konnten. Sie erinnerten sich an den Mittwoch, der immer als Süßspeisentag in der Familie galt: Reisauflauf, Karthäuser Klöße, Weckauflauf, Kartoffelpuffer, Riwanzel mit Kompott, Dampfnudeln mit Birnschnitz, Apfelpfannkuchen. Jedes Gericht wie eine Kindheit auf der Zunge.

Es dauerte noch ein paar Wochen, bis Ev-Marie den Mut hatte, zum Arzt zu gehen. Der Krebs war zurückgekehrt.

Anna hatte es geahnt und die Schwester gewusst, aber nicht wissen wollen.

»Ich mache nochmal eine Chemo-Therapie. Das hat mir doch wertvolle Jahre geschenkt! Vielleicht kann ich so Zeit gewinnen, meine Enkel noch eine Weile groß werden sehen. Ich bin einfach noch nicht dran!«, sagte sie am Telefon und Anna war froh, dass sie die Tränen laufen lassen konnte, ohne dass die Schwester das sah.

»Nein, du bist noch nicht dran!«, sagte sie mit belegter Stimme, »gemeinsam kriegen wir das hin! Ich komm, wenn du mich brauchst. Hab ja jetzt mehr Zeit.«

Sie befand sich im ersten Jahr ihres Ruhestandes. Vor einigen Jahren hatte sie sich qualifizieren lassen als Begleiterin im örtlichen Kinder- und Jugendhospizdienst, hatte also einige Erfahrung im Umgang mit Krankheit und Sterben. Sie wusste, worauf es ankommt, wenn sich Menschen auf den Weg machen mussten. Konnte trotz aller Empathie eine professionelle Distanz herstellen, um all das auszuhalten, was auszuhalten war. Aber jetzt, das spürte sie deutlich, jetzt war das etwas anderes. Da machte sich die Schwester auf den Weg, den schon der Bruder gegangen war. Fünfundfünfzig Jahre war das her und schmerzte immer noch. Der kleine große Bruder fehlte doch gerade jetzt. Ihre Phantasie reichte nicht aus, sich vorzustellen, wie der Bruder nach all den Jahren aussehen würde, welchen Weg er wohl gegangen wäre, wäre er noch da. Sie hielt das Telefon in der Hand und starrte auf die Tasten. Eben hatte die Schwester aufgelegt und sie meinte, alles wäre anders gewesen, würde sie jetzt Wolfgangs Nummer wählen können und ihm sagen, dass sie ihn bräuchten, beide.

In dieser Zeit gewöhnte sich Anna an, die Tür zum Schlafzimmer und zum Arbeitszimmer abends einen

Spalt offen zu lassen, damit sie das Telefon hören konnte, falls die Schwester anrief. Sie war angespannt, dachte tagsüber mehrmals an sie, wollte bereit sein, falls diese Hilfe bräuchte. Immer wieder rief sie dort an, um ihr etwas zu erzählen, von dem sie überzeugt war, dass nur sie es verstünde. Die beiden stellten so eine Nähe her und spürten, dass da etwas Kostbares Gefahr lief, verloren zu gehen.

Mindestens einmal im Monat verbrachte Anna einige Tage in Malstadt, um nach dem Rechten zu sehen. Sie fuhr die Schwester in die Klinik zur Chemotherapie oder zum Punktieren, da sich immer wieder Wasser in der Lunge sammelte, was das Atmen erschwerte. In den Tagen zwischen den Therapien machten sie kleine Ausflüge in die Rhön, mal zur Sennhütte, mal zur Thüringer Hütte, mal zum Dreiländereck, um dort die früher gerühmte Bratwurst im Kipf zu essen, aber sie schmeckte nicht mehr.

Und dann kam der Tag, an dem Ev-Marie die Schwester anrief: »Kannst du kommen? Mir geht's ganz dreckig.«

Anna ließ alles liegen und stehen und fuhr.

Sie fand die Schwester im Bett liegend vor, matt, bleich. Sie setzte sich auf die Bettkante, nahm die Hand und spürte, dass die Fingerspitzen kalt waren.

»Ich geb' dir eine kleine Wärmetransfusion!«, meinte sie und massierte die Hand.

Ev-Marie nickte und schloss die Augen. So solle es nicht zu Ende gehen, meinte sie. Nein, so nicht.

Sie hatte auf dem Weg zu einem Geburtstagsfest, zu dem ein Bekannter sie im Auto mitnehmen wollte, die Kontrolle über ihren Körper verloren. Ein Zustand, der sie zutiefst verunsicherte, denn Kontrolle über sich und ihr Leben gehörte zu den Dingen, die sie nie aufgeben wollte. Auch wenn viele Ereignisse in ihr Leben eingegriffen hatten, die sie nicht gewollt hatte und nicht steuern konnte, war doch ihr Körper zumindest im Bewusstsein das, was nur ihr gehörte. Bis zu dem Zeitpunkt hatte sie dem Krebs nicht das Feld überlassen. Jetzt zeigte er ihr eine Stärke, gegen die sie nicht mehr ankommen konnte.

Ev-Marie hielt sich tapfer, gestand sich keine Schwäche zu, riss sich zusammen, wenn die Söhne sie besuchten. Aber der Krebs bahnte sich seinen Weg. Die Tage wurden beschwerlich. Als Anna sah, wie die Treppe in den ersten Stock kaum noch zu bewältigen war, wie die Körperpflege alle Kräfte für den Tag aufzehrte, schaltete sie die Sozialstation ein und auch die Schwester fügte sich drein.

Schwester Eberharda, die Ordensfrau, die auch schon die Eltern in den letzten Jahren betreut hatte, kam regelmäßig auch außerhalb der Pflegezeiten. Anna hatte ihr einen Hausschlüssel anvertraut, damit sie jederzeit Zutritt haben konnte. Sie hatte im Landkreis einen Hospizdienst aufgebaut und ermunterte Ev-Marie, mit dem Rollator kleine Strecken zu laufen, auch dass sie unterwegs ein paar Leute treffen konnte, mit denen sie reden konnte. An Tagen, an denen es ihr gut ging, schaffte sie es sogar nach vorne an den Jakobsplatz und von dort an den Marktplatz, wo sie sich unter die Sonnenschirme setzte und einen Cappuccino trank.

Innerhalb der Familie teilte man sich den Sommer auf, so dass möglichst immer jemand bei ihr war. Fahrten zur Klinik übernahm auch ein langjähriger Freund, mit dem sie und Anna unbeschwerte Jugendjahre verbracht hatten und der sogar Ev-Maries Trauzeuge war. Das Netz aus Familie, Freunden und Nachbarschaft war eng geknüpft und belastbar. Auch wenn sie tageweise alleine war oder nur vom Pflegedienst betreut, war sie doch nicht einsam.

Die Fangarme des Krebses hatten nach der Lunge gegriffen. Wasseransammlungen dort, Atemnot, Schmerzen. Versuche, das in einer Spezialklinik in den Griff zu bekommen, misslangen. Hoffnung auf Hilfe, Zeitgewinn oder zumindest Erleichterung zerstob. Die Aufnahme auf die Palliativstation des benachbarten Krankenhauses war plötzlich wie die Ruhe nach einem heftigen Sturm. Anna verbrachte die Nachmittage dort, saß am Bett, nickte der Schwester zu, um zu zeigen, dass sie nicht sprechen müsse, wenn sie nicht wolle, dass sie da sei und dass es für sie beide nicht mehr brauche als das: da sein.

Die Söhne riefen an, hilflos, ungeübt, nach dem Befinden zu fragen, denn bisher war es so, dass die Mutter danach fragte, wie es bei ihnen gehe. Nie hatte sie geklagt. Sie komme zurecht, war die Antwort, die die Söhne aus der Verantwortung und Sorge entließ. Im Gespräch mit der Ärztin erfuhr Anna, dass die Schwester nur zeitlich begrenzt auf der Station bleiben könne, man müsse sie nach Hause entlassen, könne sie aber wieder aufnehmen, wenn sich die Situation akut verschlechtere. Der Sinne dieser Maßnahme erschloss sich Anna nicht. Hier schien es nicht um den Menschen zu gehen und eine würdige Gestaltung seines letzten Weges, sondern um die Kosten, die das verursacht. Den Kontakt zum nahen Hospiz in Meiningen scheute sie, denn sicher gab es auch dort längere Wartezeiten. Und ob die Schwester dem zustimmen würde? Anna zweifelte.

Gegen Abend saß sie am Bett auf der Palliativstation, zerteilte mit dem Taschenmesser, das sie immer in der Handtasche bei sich führte, einen Apfel, den sie mit der Schwester gemeinsam aß. »Hast du denn noch einen Wunsch, Ev-Marie?«, fragte sie. Die sah sie groß an und beiden war in dem Moment klar, dass sie darüber sprechen mussten, dass es bald zu Ende gehen würde. Schon am Nachmittag, als die Kunsttherapeutin den Anstoß zu einem »Familienbild« gab, das man gemeinsam entwickeln wollte, stand dies unausgesprochen im Raum. Wie ein Vermächtnis sollte Anna an ihrer Stelle mit Farbkreiden Nähe und Distanz der Familienmitglieder zueinander und zu ihr selbst, die im Zentrum des Bildes stand, darstellen. Anna wunderte sich ein bisschen über die Positionen, die die Schwester den einzelnen Familienmitgliedern zuwies, spürte aber auch die Verantwortung, die ihr selbst auf Grund der Nähe zur Schwester zukam.

Jetzt, als sie gemeinsam die Apfelspalten aßen, fragte Anna nach anfänglichem Zögern: »Wen sollen wir nach deinem Tod benachrichtigen?«

Nun war es gesagt. Anna spürte, wie ihr das Blut in den Kopf stieg, aber die Schwester nahm ihr die Unsicherheit: »In meiner Handtasche ist mein Adressbuch. Wir machen einen Haken hinter alle, die eine Anzeige bekommen sollen, aber erst formulieren wir die Anzeige.« Dass sie aus dem Schweigen ins Reden und nun ins Handeln gefunden hatten, tat beiden gut.

Ev-Marie wollte ein Gedicht von Rilke auf der Anzeige haben. »Ich lebe mein Leben in wachsenden Ringen, ... « Das habe sie durch Zufall gefunden und es sei ihr seitdem nicht mehr aus dem Kopf gegangen. Sie konnte es auswendig und während sie es für die Schwester zitierte und die Worte noch im Raum nachklangen, entstand zwischen ihnen ein Gewebe aus ruhigem Atem und einem Blick, dem beide lange standhalten konnten, bis sich Annas Augen mit Tränen füllten. Sie lächelte der Schwester zu, holte ihr Notizbuch und schrieb die beiden Strophen auf. Und als sie zu den letzten Zeilen kam, meinte sie: »Wahrscheinlich bist du ein Falke und kein Sturm oder großer Gesang.«

Beide lachten. »Weiß man's? Ich werd's dann schon sehen.«

Da die Söhne nicht kommen konnten, entschloss sich Anna zu bleiben und die Schwester in das Haus im Heiligengarten zu holen. Sie sollte dort sterben können, wo alle aus der Familie ihre Wurzeln hatten. Das rasch organisierte Pflegebett ließ sie im Erdgeschoss im Wohnzimmer aufstellen, damit Ev-Marie in den Garten schauen konnte. Der Garten, der die Familie in schlechten Zeiten ernährt hatte und den Kindern über Generationen hinweg ein Paradies war mit Bach, Baumhaus und Bunker, Wiese, Kapelle und Gartenhaus. Sie alle waren darin groß geworden, sind von dort aus in die Welt gegangen, aber immer wieder auch zurückgekehrt, als sei es ein Kraftort.

Als der Krankenwagen vorfuhr und die Schwester ins Haus getragen wurde, war beiden klar, dass es keinen Weg zurück gab. Anna hatte die Terrassentür geöffnet, um auf den Apfelbaum blicken zu können, unter dem alle als Kinder gespielt hatten. Sie stützte die Schwester, die sich mit kleinen Schritten dorthin bewegte.

»Er trägt heuer wieder viel und wird auch viel abwerfen. Die Äste sind zu schwach und zu alt, um alles tragen zu können. Da werden wir frischen Saft machen«, meinte sie.«

»So machen wir es«, erwiderte Anna, führte sie zurück zum Bett und legte den Sauerstoffschlauch zur Nase, um der Kurzatmigkeit abzuhelfen.

Als der Hausarzt kam, hatte er die notwendigen Schmerzmittel dabei und gab Anna seine Handynummer, damit sie ihn jederzeit erreichen könne. Seine Frau und er hatten seinerzeit die Praxis vom Vater im Erdgeschoss am Jakobsplatz übernommen und die Familie stets umsichtig betreut. Auch jetzt wollten sie da sein, das seien sie dem alten Herren und sich selbst schuldig, meinte er. Er werde vor und nach der Sprechstunde vorbeikommen.

Die Nacht war unruhig. Immer wieder rief Ev-Marie nach Anna, wollte auf die Toilette oder an den Tisch gesetzt werden. Es war, als könne sie die Füße nicht stillhalten, als wolle sie irgendwohin. Anna versuchte ihr klar zu machen, dass es so nicht weitergehen könne, spürte aber, dass die Schwester, von einer inneren Unruhe getrieben, Angst hatte, allein zu sein. Sie setzte sich ans Bett, hielt ihre Hand und schlief schließlich erschöpft im Sessel ein.

Am Morgen telefonierte sie mit ihrem Mann, er solle kommen, sie brauche ihn. Er versprach es für den nächsten Tag. Auch den Söhnen berichtete sie vom Zustand der Mutter.

Am Nachmittag kam Schwester Eberharda. Als erfahrene Sterbebegleiterin konnte sie Anna die große Unruhe erklären. Wer sich auf den Weg mache zu einem Ziel, das er nicht kenne, sei unruhig und nervös. Wichtig sei, dass man da sei. Mehr brauche es nicht. Sie bleibe jetzt ein paar Stunden hier und Anna solle in die Stadt gehen und einen Kaffee trinken oder sich hinlegen.

»Seien Sie unbesorgt. Ich bin da und mache, was nötig ist.«

Zu früheren Zeiten waren Anna und Ev-Marie immer um diese Zeit zu Ugo auf einen Espresso und eine kleine Portion Eis gegangen. Ugo, der freundliche Italiener in der Hauptstraße wunderte sich, als er Anna allein an einem Tischchen im Hof sitzen sah. »Wo ist die Schwester? Ich hab' sie lange nicht gesehen.«

Sie erklärte ihm knapp die Situation. Er wiegte mit dem Kopf, legte seine Zigarette in den Aschenbecher und ging ins Café: »Avete bisogno di un doppio espresso e di quattro palline di gelato!«, sagte er, wohl wissend dass Anna ihn verstehen konnte. Er kam mit einer großen Portion Joghurt-Eis, in dem vier Waffeln steckten, und dem Kaffee an den Tisch, denn er wusste, dass die beiden immer nur diese Sorte Eis bestellten, deren leicht säuerlichen Geschmack sie liebten. Und als Anna sich noch zwei Becher mit Joghurt-Eis einpacken ließ und bezahlen wollte, nahm er das Geld nicht an.

»Saluti alla sorella!«, rief er ihr nach und sie sah im Augenwinkel, wie er winkte und sich in den Zipfel seiner Schürze schnäuzte.

Sie hörte schon im Flur, dass Ev-Marie und Schwester Eberharda sich unterhielten und wollte das vertraute Gespräch nicht stören. Also stellte sie die beiden Eisbecher in den Kühlschrank und machte sich in der Küche zu schaffen. Als sie eine längere Pause vernahm, kam sie ins Wohnzimmer und drückte jeder einen Becher in die Hand: »Mit den besten Grüßen von Ugo!«

Ein Lächeln ging über die Gesichter und als jede mit dem Plastiklöffelchen ein bisschen Eis von den Kugeln schabte, auf der Zunge zergehen ließ und Ev-Marie schnurrte: »Mhm, Joghurt-Eis!«, und kleine Schmatzbewegungen mit Lippe und Zunge machte, spürte Anna, dass es gut war, wie es war.

Gegen Abend schaute noch einmal der Hausarzt vorbei und kontrollierte, ob die Schmerzmittel ausreichten, gab eine weitere Spritze und Anna sah der Nacht beruhigt entgegen, wagte es sogar, sich im ersten Stock schlafen zu legen. Es dauerte nur kurz, bis sie erschöpft einschlief.

Da sie die Türen einen Spalt offengelassen hatte, hörte sie mitten in der Nacht, wie die Schwester rief. Aus dem drängender werdenden Hallo-Rufen schloss sie, dass die Schwester wohl schon eine ganz Weile gerufen hatte. Besorgt lief sie nach unten. Sie müsse auf die Toilette, nannte sie als Grund. Doch das kann es nicht gewesen sein, stellte Anna fest, als sie sie zurück ins Bett brachte. Sie wollte sich nicht hinlegen, sondern blieb auf der Bettkante sitzen, in sich zusammengesunken, die Hände in den Schoß gelegt.

»Ich dank dir für alles, Anna!« Sie umarmte sie dabei und zog sie fest an sich. »Und jetzt hol bitte dein Taschenmesser und einen Eimer!«

Anna schaute sie verständnislos an. »Warum denn das?«

»Dass wir hier keine Sauerei anrichten ... Ich will, dass das hier zu Ende geht. Ich halt es nicht mehr aus.«

»Nein, so geht das nicht!«, sagte Anna energisch. »Wie soll ich damit fertig werden? Für dich ist es zu Ende, aber für mich fängt es dann erst an. Wir stehen das gemeinsam durch. Ich bin da und bleib da. So lange, bis du nicht mehr da bist.«

Anna setzte sich mit aufs Bett, nahm die Schwester in den Arm und strich ihr eine Weile über den Rücken. »Sollen wir was singen?«

Ev-Marie nickte. »Oh Haupt voll Blut und Wunden«.

Das habe sie schon als Kind gern gesungen und Paula habe es ihr beim Bügeln immer vorsingen müssen.

Ein Lächeln ging über das Gesicht der beiden Frauen, als Anna das Lied anstimmte. Weil sie jedoch nur die erste Strophe parat hatte, summte sie die weiteren. Die Schwester sang jedoch mit leiser, feiner Stimme:

»Wenn ich einmal soll scheiden,
so scheide nicht von mir,
wenn ich den Tod soll leiden,
so tritt du dann herfür;
wenn mir am allerbängsten
wird um das Herze sein,
so reiß mich aus den Ängsten
kraft deiner Angst und Pein.«

»Komm, wir beten noch ein »Vater unser« und ein »Gegrüßet seist du Maria«. Und als sie zum letzten Satz kamen: »... bitte für uns Sünder, jetzt und in der Stunde unseres Todes. Amen.«, schien für den Moment die Angst gewichen. Ev-Marie sank zurück ins Kissen und bedeutete ihrer Schwester, sie möge sie zudecken. Mit geschlossenen Augen lag sie da und ab und zu ging ein Zucken durch ihren Körper, das in den Händen so endete, als wolle sie etwas greifen. Anna saß daneben, strich über den Unterarm und die Hand, so als würde sie das Leben aus dem Körper streichen. Als ihr das bewusst wurde, hielt sie einen Moment inne, als wäre sie bei etwas ertappt worden, was ihr nicht zustünde. Also hielt sie die Hand und drückte sie fest, aber auch das schien ihr das Falsche zu sein.

Die regelmäßigen Atemzüge der Schwester zeigten ihr, dass die Unruhe einem tiefen Schlaf gewichen war. Auch Anna muss im Sessel eingenickt sein, denn das kurze

Klingeln der Krankenpflegerin der Sozialstation am Morgen ließ sie aufschrecken. Sie gab ihr einige Ratschläge, wodurch sie der Schwester Erleichterung verschaffen könne. Sie solle mit ein bisschen Butter und Honig die trockenen Mundschleimhäute benetzen, das würde auch den Durst nehmen, wenn das Schlucken schwerfalle.

Als der Hausarzt vor seiner Sprechstunde vorbeischaute, vertraute sich Anna ihm an und berichtete, was die Schwester von ihr verlangt habe. Das sei die Angst, auch das letzte bisschen Selbstbestimmung aus der Hand geben zu müssen. Sterben sei wie Gebären. Wenn der Prozess einmal in Gang gekommen sei, könne man ihn nicht aufhalten, man habe keine Macht mehr über ihn. Mit dieser Angst solle sie nicht gehen müssen. Er werde ihr etwas spritzen, damit sie diese Angstphase untertauchen könne. Anna war ihm sehr dankbar und wusste, dass es auch im Sinne der Schwester war.

Als sie den Arzt vor die Tür brachte, entdeckte sie eine Orchideenpflanze auf der Treppe mit einem Gruß des langjährigen Freundes. »Alles Gute! Gruß Werner«, stand auf dem Kärtchen. Er wusste um die Liebe der Schwester zu Orchideen. Anna trug die Pflanze ins Wohnzimmer und stellte sie neben das Bett. »Schau, Werner hat dir Blumen vorbeigebracht!«, sagte sie laut in der Hoffnung, dass diese Nachricht noch gehört werden konnte.

Am Nachmittag kam Annas Mann, erschrak über den Zustand beider Frauen und half so gut er konnte.

Als gegen Abend der Atem schwerer wurde und sogar Aussetzer hatte, beschlossen beide, den Pfarrer zu holen, der mit seiner Köchin in unmittelbarer Nachbarschaft wohnte, wo er seinen Ruhestand verbrachte, aber immer noch in der Gemeinde aushalf. Er hatte den jüngsten Enkel getauft und die Köchin hatte immer ein waches

Auge auf das Haus und die schwerkranke Bewohnerin, was Anna stets beruhigt hatte. Der Abend war schon fortgeschritten, als sie an seiner Tür läutete. Es gehe zu Ende. Wahrscheinlich bald.

Ja, selbstverständlich spende er seiner Nachbarin die Letzte Ölung. Ein bisschen habe er sogar darauf gewartet, dass er ihr diesen Dienst erweisen dürfe, aber sie sei ja immer so voller Hoffnung gewesen, dass alles wieder gut werde, da habe er sie mit dem Angebot nicht entmutigen wollen, als er sie kürzlich auf der Palliativstation besucht habe.

Kurz danach standen der Pfarrer, seine Köchin, Anna und ihr Mann im Wohnzimmer um das Bett. Anna hatte auf einem Tischchen zwei Kerzen aufgestellt, daneben Werners Orchidee und das alte Kreuz, ein Erbstück von Opa Will, das für die Mutter stets ein Wunderkreuz war. Für die Fronleichnamsprozession hatte sie es vor Jahren mit zwei Kerzen ins Fenster gestellt und durch einen Windstoß hatte der Vorhang Feuer gefangen und beinahe einen Zimmerbrand verursacht, das Kreuz aber war wie durch ein Wunder völlig unversehrt geblieben. Das ging ihr durch den Kopf, als sie auf die schwer atmende Schwester blickte. Aber welches Wunder hätte sie jetzt erbitten sollen?

Als der Pfarrer mit dem Ritus begann, die Fläschchen mit dem Chrisam-Öl und dem Weihwasser neben das Bett stellte, tauchten bei Anna Bilder auf, die sie jetzt nicht sehen wollte. Als sie vor 56 Jahren mit der Schwester am Sterbebett des Bruders stand, konnte sie nicht glauben, dass einer mit elf Jahren schon sterben sollte. Auch Ev-Marie war erst einundsiebzig und hätte noch so gerne gelebt. Jetzt musste auch sie aufbrechen, ging schwer atmend einen Weg und alle, die am Bett standen, sahen, wie sie sich anstrengte und konnten ihr doch nicht helfen. Der Pfarrer sprach die Gebete, salbte Stirn und Hände und als alle gemeinsam das Vaterunser gebetet hatten, war Anna seltsam ruhig geworden. So als habe sie alles getan, als bliebe nur noch die Begleitung, das Aushalten, das Dableiben, doch das war schwer genug.

Sie saß am Bett, hielt die Hand, versuchte den röchelnden Atem zu erleichtern, indem sie mit einem Tuch den Speichel entfernte. Wenn der Atem ruhiger ging und sie dachte, da könne noch etwas ankommen in der Seele der Schwester, sang sie leise eines ihrer Lieblingslieder: »Maria durch ein Dornwald ging«, denn, so kam es ihr vor, dass da ein dorniger Weg vor ihnen beiden lag. Und als sie an die Stelle kam, in der es hieß: »Da haben die Dornen Rosen getragen«, da wünschte sie sehr, dass Ev-Marie die Rosen bald sehen möge, dass sie bald loslassen könne.

Ein Klingeln an der Tür schreckte sie auf. Es war weit nach Mitternacht, als der älteste Sohn vor der Tür stand, kurz danach auch der geschiedene Mann. Anna tat sich schwer, den Mann am Sterbebett der Schwester zu sehen. Durch ihn war so viel Leid in die Familie gekommen. Da hatten sich zwei gefunden, deren Leben nicht wirklich zueinander passen sollte, auch wenn sie es gerne anders gehabt hätten. Eine frühe Trennung hätte manches gelöst, aber das brachte sie nicht fertig. Jetzt war es zu spät, auch für ein Vergeben.

Auch der Sohn erlebte die Mutter nur noch im Koma. Er hatte es nicht geschafft, rechtzeitig zu kommen, obwohl Anna ihm die Situation geschildert hatte. Er bedrängte den Arzt, er möge die Mutter noch einmal auftauchen lassen aus dem Tal des Sterbens, dass sie sehen könne, dass er gekommen sei.

Sie sei schon fast am Ziel, meinte dieser. Er wisse nicht, ob man ihr das wünschen solle.

Anna verstand einerseits den Wunsch ihres Neffen, seiner Mutter noch etwas sagen zu wollen, teilte jedoch die Einschätzung des Arztes, dass ein Zurück eine große Qual für sie bedeuten würde.

»Sie spürt, dass du da bist, glaub mir. Sie spürt das!« Er ging zurück ans Sterbebett und legte den Arm um seine Mutter. Anna ließ die beiden allein.

Sie verließ das Haus, lief durch das taufeuchte Gras zum Gartenhaus, setzte sich auf die Terrasse und atmete tief durch. Die kühle Morgenluft tat ihr gut. Wie oft war sie mit der Schwester hier gesessen? Schon als Schülerinnen hatten sie in den Ferien hier übernachtet, draußen gefrühstückt und gemeinsam die Tage geplant, später die Reisen mit dem Zelt. Einmal waren sie sogar bis zum November hier, als das Haus am Jakobsplatz umgebaut wurde. Ev-Marie hatte im Nachbarort Frickenhausen ihre erste Stelle als Lehrerin angetreten und erzählte voller Begeisterung von ihren Erlebnissen. Damals spürte Anna, dass es gut war, dass die Schwester nach zwei Semestern das Medizinstudium aufgegeben hatte, auch wenn der Vater darüber zutiefst enttäuscht war. Sie hatte nicht nur »auf Lehramt studiert«, sondern sie war Lehrerin durch und durch. Den »I-Dötzchen«, wie sie die Erst- und Zweitklässler liebevoll nannte, das Lesen, Schreiben und Rechnen beizubringen, dafür hatte sie ein Händchen. Und dass dieser Pädagogik-Bazillus damals im Gartenhaus auch auf sie übergesprungen ist, dafür war Anna ihr dankbar. Trotz aller Verschiedenheit war die Empathie, die beide für Kinder aufbringen konnten, neben dem gemeinsamen Humor und einer gewissen Leutseligkeit das, was sie miteinander verband. Stundenlang konnten sie einander von ihren schulischen Sorgenkindern und den Glückserlebnissen erzählen und wussten, dass sie bei der Gegenseite auf Verständnis trafen. Oft betrachteten sie gemeinsam die aktuellen Klassenfotos und konnten anhand des Gesichtsausdruckes der Kinder mit großer Sicherheit feststellen, wer von ihnen die Besten in der Klasse waren oder die Schlusslichter, ohne die Kinder persönlich zu kennen. Der Sommer im Gartenhaus war auch später für Ev-Marie und ihre beiden Söhne eine wichtige Zeit. Sobald die Temperaturen es zuließen, zogen sie von vorne nach hinten, gingen von dort aus in die Schule und verbrachten einen Großteil der Ferien dort.

Anna hörte, wie auf der Umgehungsstraße der Berufsverkehr stärker wurde und begann zu frösteln. Sie nahm noch einen Blick auf das sich langsam herbstlich färbende Laub, auf das kräftige Rot der Äpfel, die aus dem Baum leuchteten, unter dem sie alle groß geworden waren. Ab und zu fiel ein Apfel ins Gras. Wäre ein anderer Tag gewesen, hätte Anna sie aufgelesen und frischen Apfelsaft gepresst. Mit der Schwester hätte sie zum Frühstück ein Glas davon getrunken, sich mit der Zunge den Apfelschaum von der Oberlippe geleckt und Ev-Marie hätte, die Augendeckel genießerisch nach oben drehend, gesagt: »Mhm, der putzt durch!« Dann hätten sie beide gelacht und sich ein Brötchen genommen.

Anna ging zurück ins Haus und als sie das Wohnzimmer betrat, sah sie die Schwester im Arm des Sohnes liegen. Sah, dass es vollbracht war. Alle Anstrengung, alle Heftigkeit war aus ihrem Gesicht gewichen. Entspannt lag sie da. Das Gesicht, zuvor aufgedunsen und verzerrt vom schweren Atmen und vom Todeskampf, hatte wieder die Ebenmäßigkeit, um die sie die Schwester immer beneidet hatte. Ruhig lag sie da, entspannt, beinahe schön.

»Sie hat noch gespürt, dass du da warst und dich beschenkt mit der letzten halben Stunde ihres Lebens.« Anna setzte sich dazu, streichelte der Schwester über die Wangen und die Arme und spürte, wie die Wärme allmählich aus ihr wich. Beide blickten auf das Gesicht und schauten sich in die Augen, so als wollten sie sagen, dass jetzt alles gut sei.

Das Schweigen und die Stille im Raum wurden durchbrochen vom Klingeln an der Haustüre.

Der Frühdienst der Sozialstation stand vor der Türe. Die Pflegerin half Anna, die Tote zu waschen und anzuziehen. Für Anna stand fest, dass die Schwester nicht im dezenten Schwarz oder Grau im Sarg liegen sollte. Ein kräftiges Rot schien ihr angemessen. So holte sie aus dem Schrank Kleider, von denen sie wusste, dass sie sich darin wohl gefühlt hätte.

Als am Nachmittag die Mitarbeiter des Beerdigungsinstituts mit dem Sarg kamen und Anna die rote Decke auf die Schwester legte, unter der sie stets im Sessel ihren Mittagsschlaf gehalten hatte, sah es so aus, als lächele die Tote. Der Sohn legte ihr eine seiner Kinderzeichnungen in den Schoß, die sie seit Jahren neben ihrem Schreibtisch hängen hatte, eine Bastelarbeit seines Bruders und ihres ersten Enkelkindes, so als wolle er sie in ihrer Lieblingsrolle als Mutter und Großmutter festhalten. Zu dritt standen sie im Eingangsbereich des Hauses und sahen schweigend zu, wie der Sargdeckel geschlossen wurde und die Mitarbeiter den Sarg in den Leichenwagen schoben. Im Haus gegenüber stand die Pfarrköchin im Fenster und schnäuzte sich.

Als der jüngere Sohn mit seiner Familie kam, war es nicht leicht, den Kindern begreiflich zu machen, dass die Großmutter tot sei, mit der sie im August noch den dritten Geburtstag des Kleinen im Garten gefeiert hatten. Was ist der Tod für Kinder? Anna wusste, wie wichtig das Abschiednehmen war. Sie teilte die Meinung nicht, dass man die Kinder vor solchem Anblick schützen müsse. Sie hatte im Hospiz gelernt: Kinder suchen sich ihren eigenen Weg, mit dem Tod umzugehen. So war es für die Enkel zunächst auch spannender, im leeren Pflegebett, das noch mitten im Wohnzimmer stand, mit der Fernbedienung alle Liegepositionen auszuprobieren. So waren sie der Toten physisch näher, als sich die Erwachsenen vorstellen konnten, denen beim Anblick der fröhlich auf dem Sterbebett turnenden Kinder zunächst der Atem stockte. Der Siebenjährige malte ein Bild, auf dem zu sehen war, wie er beim Fußball ein Tor schoss, darüber schwebte eine Wolke, aus der die Großmutter lachend schaute. »Sie freut sich auch im Himmel, dass ich ein Tor geschossen habe!«, meinte er. Auch sein kleiner Bruder malte für die Oma ein Bild. Und als sie am Tag vor der Beerdigung mit den Eltern, Anna und ihrem Mann und ihrem Onkel ins Leichenhaus gingen, legten sie die Bilder in den Sarg und schauten unverwandt auf den Leichnam der Frau, der mit der herzenswarmen Großmutter, die sie erlebt hatten, nichts mehr zu tun hatte. Sie beobachteten verwundert, wie sich ihr Vater die Tränen aus dem Gesicht wischte, wie Anna ebenfalls weinte. Da begann etwas anderes, was sie nicht kannten.

Ein Jahr später, es war zu Beginn des Sommers, saß Anna mit ihrem Mann im Gemeindesaal der Liebfrauenkirche in Stuttgart und hörte einer Mitarbeiterin der

Caritas zu, die über die neuen Nachbarn informieren wollte, die in einem ehemaligen Altersheim eingezogen waren. Es waren Jesidinnen mit ihren Kindern aus dem Nordirak. Wo ihre Männer und ihre erwachsenen Söhne seien, wüssten die wenigsten und die, die es wissen, sind Witwen. Fünftausend Jesiden seien von Anhängern der Terrormiliz »Islamischer Staat« (IS) getötet, Frauen und Mädchen entführt, vergewaltigt und versklavt worden. Vierhunderttausend seien auf der Flucht und davon seien zwanzigtausend nach Deutschland gekommen und Baden-Württemberg habe ein Sonderkontingent von elfhundert Frauen und Kindern aufgenommen, die schwer traumatisiert seien. Etwa achtzig würden in den nächsten Tagen hier einziehen.

Anna schwirrte der Kopf von den vielen Zahlen und als man fragte, wer sich vorstellen könne, mit den Kindern zu spielen, Hausaufgaben zu betreuen oder beim Erlernen der deutschen Sprache zu helfen, hob sie die Hand. Ihre beiden Ehrenämter füllten sie nach ihrer Pensionierung nicht so aus, dass sie nicht auch Luft für so eine Aufgabe hatte. Noch dazu eine, die vor ihrer Haustüre lag.

Schon zwei Tage später rief man sie an, ob sie nicht den Kindern die Spielplätze im Viertel zeigen und vor allem das Überqueren der Straße einüben könne. In ihrem Dorf im Sinjar-Gebirge habe es wenig Autos gegeben und schon gar keinen Übergang über sechs Fahrspuren, zwei davon für die Straßenbahn.

Mit dreizehn Mädchen und Jungen machte sie sich auf den Weg. Den Müttern, die auch hier noch Angst um ihre Kinder hatten und sie ungern aus den Augen ließen, erklärte die Betreuerin auf Arabisch, dass Anna eine Lehrerin gewesen sei und dass man ihr vertrauen könne. In zwei Stunden sei sie wieder mit den Kindern zurück. Sie werde ihnen nur ein bisschen die Umgebung zeigen. Mit besorgtem Blick schauten die Mütter ihren Kindern nach. Die hatten Anna schon an die Hand genommen, wollten unbedingt ihre Tasche tragen und freuten sich sichtlich auf den kleinen Ausflug. Zwischen fünf und zwölf Jahren waren sie alt und hatten noch nie einen Spielplatz gesehen. In ihrem Dorf war die Straße der Spielplatz und die, die schon aus einem dortigen Flüchtlingslager kamen, kannten nur die staubigen Gassen zwischen den Zelten. Eine Schaukel, eine Wippe, ein Klettergerüst, ein kleines Karussell – was für ein Erlebnis! Und dann noch eine Trinkwasserpumpe, die über einen Wasserlauf in ein Becken mündete, in dem man barfuß herumwaten konnte: Kinderglück! Yaman, Hishiar, Basil, Nawroz, Basra und wie sie alle hießen, verloren schnell ihre Scheu und bald wich ein breites Lachen den ernsten und traurigen Gesichtern. Einer war über Tage unter der Erde gefangen gehalten worden, ohne Essen, ohne Tageslicht. Ein anderer musste zusehen, wie seine große Schwester verschleppt wurde, über deren Verbleib er nie mehr etwas hörte. Wo die Väter und großen Brüder waren, das wussten sie alle nicht.

Andere Mütter auf dem Spielplatz fragten Anna, woher das bunte Trüppchen denn komme, mit dem sie sich nur mit »Hallo« und Handzeichen verständigen konnte. Anna sagte es ihnen. Da wurden ihr Telefonnummern zugesteckt. Wenn sie Spielzeug brauche oder Kinderkleidung, solle sie sich melden. Und einige erzählten, sie und ihre Familien seien auch vor Jahren aus der Türkei, aus Albanien oder dem Libanon nach Deutschland gekommen, nur mit einem Koffer in der Hand und der Hoffnung auf ein besseres Leben. Das sei auch eine Flucht gewesen. Sie wüssten, was es heißt, neu anzufangen, die Sprache nicht zu können und von manchen ablehnend behandelt zu werden.

Und als plötzlich eine Glocke ertönte und der Wagen des Eisverkäufers am Eingang des Spielplatzes hielt, stürmten alle Kinder auf den kleinen Bus zu, auf dem eine Eistüte abgebildet war. Die jesidischen Kinder schauten Anna fragend an. Sie lachte, zog ihren Geldbeutel aus der Handtasche und bedeutete ihnen, dass sich jedes eine Kugel seiner Wahl aussuchen dürfe. Als die Erste an der Reihe war und der Verkäufer, ein Italiener, der schon in der dritten Generation in diesem Glücksbringergeschäft tätig war, merkte, dass das Mädchen die Eissorten nicht benennen konnte, aber sehnsüchtig auf das leuchtend blaue Eis schaute, sagte er laut: »Aha, Schlumpf-Eis!« Und weil die Kleine so strahlte, packte er mit seiner Eiszange noch eine Kugel Schokoladeneis drauf: »Schoko schmeckt immer!« Auch die anderen Zwölf traten an die Theke, wollten ebenfalls »Aha-Schlumpf-Eis« und jedem setzte er auch eine Schoko-Kugel drauf. Als es ans Zahlen ging, zwinkerte er Anna zu: »Heute Werbeaktion, zahle eins, schlotze zwei!«

Immer montags ging Anna zu den jesidischen Kindern. Sie spielten »Ich sehe was, was du nicht siehst« oder Memory und bald konnten sie die abgebildeten Dinge auch benennen. Ab und zu schaute auch eine der Mütter herein, setzte sich dazu und spielte mit, verschämt zunächst, dann aber mit zunehmendem Interesse und Freude, wenn sie merkte, mit welcher Leichtigkeit ihre Kinder die Sprache lernten. Sie ließen sich von ihnen besiegen, was eine ganz neue Erfahrung in der Familienhierarchie war.

Eines Tages kam Anna ins Wohnheim und wurde

nicht wie sonst schon auf der Treppe von den Kindern begrüßt. Alle Zimmertüren waren geschlossen und aus einer hörte sie ein lautes vielstimmiges Klagen. Am Morgen war die Nachricht gekommen, dass der Mann einer der Frauen zuhause im Nordirak erschossen aufgefunden worden war. Sie erfuhren es über die zahlreichen Handykontakte, die sie noch mit der alten Heimat verbanden. Die Betreuerin der Caritas klärte Anna auf, dass sie schon einige Stunden im verdunkelten Zimmer säßen und den Tod beklagten, auch die Kinder. Und während Anna unschlüssig im Flur stand und nicht wusste, ob sie gehen oder bleiben sollte, verstummte die Klage. Die Tür ging auf, die Frauen kamen heraus und machten sich daran, Brot zu backen. Als wäre ein Hebel umgelegt, heizten sie die kleinen Öfen an, auf deren Gitter sie die ausgerollten Fladen legten, deren Duft im Nu die Gänge und das Treppenhaus füllte. Sie luden Anna ein, mit ihnen zu essen. Sie blieb, zumal auch die Kinder sie dazu drängten. Man saß beieinander, trank süßen Tee und verteilte das noch warme Brot. Anna schluckte und kämpfte mit den Tränen. Eine der Frauen reichte ihr ein Teeglas und nickte ihr zu. Sie blickten sich an und die Andeutung eines Lächelns ging über deren Gesicht.

Die Kinder lernten schnell. Manchen gelang schon nach zwei Jahren Grundschule der Sprung auf die Realschule. Andere gingen auf eine Gemeinschaftsschule und entwickelten sich gut. Der klare Rahmen, den der tägliche Unterricht vorgab, half ihnen, gab ihnen Sicherheit.

Montagnachmittag kam Yaman zu Anna und ihrem Mann nach Hause, um dort Hausaufgaben zu machen, weil in der Flüchtlingsunterkunft keine Ruhe war und

Anna spürte, dass ihm das gut tat. Man trank erst Tee und aß Süßes. Oft brachte er auch Selbstgebackenes von seiner Mutter mit, die froh war, dass sich Anna und ihr Mann um ihn kümmerten, ihn erzählen ließen von den Erfahrungen, die auch er als Gefangener mit dem IS gemacht hatte. An seinen getöteten Vater und den vermissten großen Bruder hatte er wenig Erinnerungen. Einmal flog er in den großen Ferien mit seiner Mutter und der älteren Schwester für ein paar Wochen zurück in den Nordirak und besuchte Verwandte. Sein Dorf, in dem seine Familie eine kleine Landwirtschaft betrieben hatte, war dem Erdboden gleich gemacht worden.

»Weißt du, da steht nichts mehr, nur noch Trümmer. Und die Schule, in der ich Lesen und Schreiben gelernt habe, ist ein Schutthaufen. Aber du glaubst es nicht, ich habe dort unter den Steinen eine Seite von meinem alten Zeugnis gefunden.«

Es war der 24. Februar 2022, ein Donnerstag. Anna hatte einen dichten Tag hinter sich. Morgens Friseur, nachmittags online Mitgliederversammlung eines Vereins, der Autorenbegegnungen in Schulen organisiert und in dessen Vorstand sie schon über dreißig Jahre mitarbeitete. Sie hatte sich zwar daran gewöhnt, dass während der Pandemiezeiten vieles nur noch online stattfinden konnte, trotzdem vermisste sie die persönliche Begegnung. Sie war eine, die das leibhaftige Gegenüber brauchte, dessen Mimik sie studierte und so Stimmungen wahrnahm, auf die sie reagieren konnte. Online war nur eine Notlösung. Deshalb wollte sie weg vom Bildschirm, nur noch schnell die Nachrichten im Fernsehen verfolgen, um anschließend das Abendessen für sich und ihren Mann zu kochen.

Schon die ersten Sätze der Nachrichtensprecherin ließen sie erstarren. Russische Soldaten seien in die Ukraine einmarschiert. Sie spürte, wie sich alles in ihr zusammenzog. Schon die Tage zuvor war von Truppenbewegungen an der Grenze berichtet worden. Auch der amerikanische Präsident hatte von Informationen durch den Geheimdienst gesprochen, dass ein Einmarsch unmittelbar bevorstehe. Anna hatte es gehört und hielt es für typisch amerikanische Hysterie. Der redet noch einen Konflikt herbei, hatte sie gedacht. Da stecke vielleicht die amerikanische Waffenlobby dahinter, die einen neuen Absatzmarkt suche, mutmaßte sie. Einen Krieg mitten in Europa, nein, das gibt es im 21. Jahrhundert nicht, beruhigte sie sich. Freilich wusste sie von den kriegerischen Auseinandersetzungen im Donbass an der Ostgrenze der Ukraine und konnte nicht verstehen, warum man die Bevölkerung dieser Gebiete nicht demokratisch abstimmen ließ, ob sie bei der Ukraine bleiben oder sich Russland anschließen wollten. Einen Konflikt mit Gewalt lösen und nicht über Verhandlungen oder demokratische Entscheidungen, das war außerhalb ihres Denkens. Sie konnte nicht glauben, dass ein aufgeklärter und gebildeter Politiker allen Ernstes solche Wege beschreiten würde. Und nun war es geschehen. Die Bilder von zerbombten Häusern und in U-Bahnschächten Schutz suchenden Menschen zeigten eine Wahrheit, an die sie nicht glauben wollte. Angst stieg in ihr hoch. Eine Angst, die sie aus ihrer Kindheit kannte, wenn der Vater lange nicht von seinen Krankenbesuchen zurückgekommen war und sie befürchtete, dass er aus Versehen über die Grenze geraten sei. Eine Grenze, hinter der der Feind lauerte und der Feind war »der Russe«, wie sie damals sagten, der auf jeden schießt, der sich ihm in den Weg stellt. Und hier war wieder eine Grenze überschritten worden und der Feind war wieder »der Russe«. Sie spürte eine Angst, so wie sie bei einer Friedensdemonstration in den Achtzigerjahren vor einem amerikanischen Raketendepot erlebt hatte, als sich vor dem Schutzzaun Polizei versammelt hatte, hochgerüstet mit Helm und Visier und als sie mit Schlagstöcken auf die Schutzschilder klopften und so ein ohrenbetäubender Lärm anhob, der die Demonstranten einschüchtern sollte.

Dieser Schlachtenlärm, der in der Tagesschau zu hören war, war ernst, da wurde scharf geschossen. Damals bei der Demonstration wollten sie keinen Kampf, sie wollten ein Zeichen setzen, das gehört und gesehen werden sollte in der Republik. Das rhythmische Schlagen auf die Schilder hatte Anna nicht vergessen, auch nicht das Gefühl von Ohnmacht, das ihr damals den Hals zugeschnürt hatte. Jetzt war es wieder da. Sie saß vor dem Bildschirm und starrte fassungslos auf die Bilder von brennenden Häusern und flüchtenden Menschen.

Andere Bilder schoben sich dazwischen. Wie oft hatte Elisabeth, die Mutter ihres Mannes von der Flucht erzählt. Wie sie mit ihren beiden Söhnen, drei Jahre der eine und achtzehn Monate der andere, und ihrem zuckerkranken Mann aus Brünn geflohen war. Es sei der 23. April 1945 gewesen, wie sie auf einem Lastwagen vom Mendelplatz Richtung Westen gefahren waren. Den gepackten Koffer und den beladenen Kinderwagen mussten sie zurücklassen, damit möglichst viele auf der Ladefläche Platz finden konnten. Nur mit dem, was sie auf dem Leibe trugen, seien sie, jeder ein Kind auf dem Schoß, frierend unter der Lastwagenplane gesessen. Für ihren Mann habe sie Insulin in das Futter ihres Mantels genäht. Mehrere Wochen seien sie auf der Flucht gewesen, die völlig verschreckten Kinder weinend auf dem Schoß. Der Größere weinte, weil er eine Mittelohrentzündung hatte, der Kleinere, weil er nicht verstand, was um ihn herum vor sich ging und weil er die Angst der Eltern spürte. Immer wieder hatte Elisabeth davon erzählt, hatte es auch aufgeschrieben und Anna hatte es gelesen.

Jetzt sah sie neue Illustrationen zu diesen Erzählungen: Frauen, die ihre Kinder an sich drückten. Väter, die sie zum Abschied küssten und nicht wussten, ob sie sie wiedersehen würden, denn sie blieben als Soldaten in der Heimat zurück, um für Freiheit und Demokratie zu kämpfen, die sie nach dem Zusammenbruch der Sowjetunion für sich errungen hatten. Die Frauen und Kinder flohen in Zügen, Bussen und Privatautos, hatten ihre Haustiere bei sich. Die Jungen versuchten ihre Eltern und Großeltern mitzunehmen, die oft jedoch bleiben wollten. »Ich will lieber in der Heimat sterben, als in einem fremden Land zu leben«, sagte eine Alte in die Fernsehkamera.

Damals erlebten die Zivilisten den Krieg in den Bombenkellern oder hörten von den Soldaten, die auf Heimaturlaub kamen, was »draußen im Feld« los war. Jetzt fand der Krieg und die Flucht vor laufender Kamera statt. Bis in den letzten Winkel der Republik wurden die Bilder übertragen. Es waren alle im Krieg und alle wurden Kriegsteilnehmer oder Kriegsunterstützer, sei es, dass sie mit russischem Gas heizten oder Schokolade aßen, deren Hersteller weiterhin nach Russland lieferte.

Annas Mann saß wie versteinert vor dem Bildschirm. Schon immer war es so gewesen, dass er es nicht aushalten konnte, ein weinendes Kleinkind zu sehen. Das Fluchttrauma hatte sich tief in seine Kinderseele eingebrannt. Damals hatte er außer den Tränen kein Ausdrucksmittel für seinen Schmerz. Deshalb beugte er sich später zu jedem weinenden Kind hinunter und versuchte es zu beruhigen. Auf Eltern, die auf ein schreiendes Kind nicht reagierten, ging er zornig los. «Hallo, kümmern sie sich doch mal um ihr Kind! Das braucht sie jetzt!«

Er drängte Anna, Geld auf das Konto der Soforthilfe zu überweisen, die Hilfsgüter in die Ukraine brachte.

Obwohl Anna schon über vierzig Jahre in Stuttgart lebte, fühlte sie sich mit ihrer Heimat in der Rhön immer noch verbunden, war immer wieder dort gewesen, um nach dem Haus am Jakobsplatz zu schauen, das sie nach dem Tod der Eltern geerbt hatte. Einige Male in der Woche las sie auf ihrem Smartphone die Überschriften in der Online-Ausgabe der »Main-Post«, wo immer auch über die Ereignisse in Malstadt berichtet wurde. Jetzt las sie, dass man Hände ringend nach Wohnraum für die flüchtenden Frauen und Kinder suchte. Über achthundert waren inzwischen in der Region in Notunterkünften und Turnhallen untergebracht. Anna dachte kurz nach. In ihrem Haus stand das Erdgeschoss seit einiger Zeit leer. Ein Anwalt war in den Ruhestand getreten und sie hatte bislang für die Büroräume keinen passenden Nachfolger finden können. Aber war das als Wohnraum geeignet? Keine Küche, kein Bad. Sie rief einen der Handwerker an, mit denen sie das alte Haus in Schuss hielt, und besprach mit ihm ihren Plan. Als hätte der darauf gewartet, ihr beim Helfen zu helfen, besichtigte er noch am selben Tag die Gegebenheiten und gab grünes Licht: »Ja, das ist machbar. Wir bauen eine Dusche, Waschbecken und ein weiteres WC ein. Wir müssen zwar andere Aufträge nach hinten schieben, aber sie brauchen die Räume ja jetzt.« Anna war beeindruckt von der Hilfsbereitschaft der Malstädter.

Nach den ersten Flüchtlingsströmen von 2015 hatte man im Ort in der früheren Berufsschule eine Erstaufnahmestelle für Asylsuchende aus Syrien, Afghanistan und Afrika und Afrika eingerichtet. Ein Solidaritätskreis von Helfern betreut seitdem die geflüchteten Menschen bei Behördengängen, der Wohnungssuche und die Kinder bei den Hausaufgaben. Sie richten mit gespendeten Möbeln die Räume ein, sorgen für Handtücher, Bettwäsche und bringen Grundnahrungsmittel.

Für die Malstädter war es eine neue Erfahrung. Die Bürger der Kleinstadt, die jahrzehntelang im Schatten der Zonengrenze gelebt hatten, kannten Menschen anderer Nationalität und Hautfarbe nur von den Urlaubsreisen oder von einigen gastronomischen Betrieben, die sich im Ort niedergelassen hatten. Pizzerien, italienische Eisdiele, griechisches und chinesisches Restaurant, ja freilich. Gerne saß man dort, duzte sich mit dem Wirt, trank sein Bier oder einen Cappuccino. Die türkische Zahnärztin, ja freilich. Man trauerte mit ihr um den verstorbenen Mann und den verunglückten Sohn. Auf dem Malstädter Friedhof wurden sie bestattet. In Richtung Mekka, freilich. Der Zahnarzt aus Kroatien, der Internist aus Tschechien, ein Frauenarzt aus Afrika mit seiner Frau, einer hoch geschätzten Hebamme, der Pfarrer aus Indien. Sie alle gehörten dazu, freilich. Sie alle wurden gebraucht.

Dann, als die Erstaufnahmestelle für Flüchtlinge in der alten Schule eingerichtet wurde, war dem einen oder anderen Malstädter doch etwas bang vor den Fremden, denen sie beim Einkaufen oder auf dem Marktplatz begegneten, wo auf einer der Bänke freies WLAN eingerichtet war, dass diese in Kontakt mit den Daheimgelassenen bleiben konnten.

In der Malstädter Bürgerschaft gab es drei Gruppen. Etliche, vor allem ältere erinnerten sich an die eigene Flüchtlingsvergangenheit und standen der Entwicklung abwartend gegenüber, bedauerten, dass man die jetzt Geflüchteten nicht arbeiten ließ oder es sogar von ihnen forderte. Andere lehnten die Neubürger vehement ab. Deutschland solle deutsch bleiben. Eine kleine, aber sehr aktive Gruppe tat alles, dass man sie und ihre Kinder würdig unterbrachte, ihnen half, die Sprache zu lernen, Arbeit zu finden und hier Fuß zu fassen.

Und dann standen sie vor der Tür: Inna, Tatjana und Vira, jede mit zwei Kindern und einem großen Koffer in der Hand. Dazu Volodymir, das Patenkind von Inna, ein schüchterner hochgewachsener Junge von sechzehn Jahren. Sie kamen aus dem schwer umkämpften Donbass-Gebiet, waren froh, aus der Notunterkunft, die man in einer Turnhalle eingerichtet hatte, herauszukommen und etwas Privatsphäre zu haben. Die Mitarbeiterin des Sozialamts, als Russlanddeutsche selbst vor einigen Jahren ausgewandert, half über die ersten Schwierigkeiten weg.

Anna schaute in die ernsten Gesichter der drei Frauen. Sie waren wie sie selbst auch etwas fülliger und man sah ihnen die Strapazen der vergangenen Tage an. Alle hatten ein Übersetzerprogramm ukrainisch – deutsch auf ihrem Mobiltelefon, aber Vira, die die jüngste zu sein schien, durchbrach als die erste Schranke von Scheu und Fremdsein, indem sie Anna ihr Handy hinhielt, auf dem die Frage, »Wie lange dürfen wir hier wohnen bleiben?« zu lesen war.

Anna machte eine beschwichtigende Geste und sprach ins Mikrofon: »So lange, bis der Krieg zu Ende ist und ihr wieder nach Hause könnt!«

Vira wartete, bis die Antwort zu lesen war, lächelte und zeigte sie den andern. Die nickten und schienen erleichtert. Tatjana nahm Annas Hand und führte sie an ihre Wange. Und als Anna den Arm um ihre Schultern legte, hatten beide Tränen in den Augen.

Die kleineren Kinder schauten auf die frisch bezogenen Betten, streiften die Schuhe ab und schlupften völlig übermüdet unter die Decke. Es dauerte keine fünf Minuten und sie waren eingeschlafen. Inna und Vira fragten nach dem nächsten Lebensmittelgeschäft, sie wollten Fleisch, Kraut, Rüben und Rote Beete kaufen, um für die Kinder Borschtsch zu kochen. Anna drückte jeder von ihnen Geld in die Hand. Ihr Freundeskreis in Stuttgart hatte es gesammelt, um sie bei ihrem Vorhaben zu unterstützen.

Als sie am Abend ihrem Mann davon erzählte, meinte der, dass in der Fremde das heimische Essen das beste Mittel gegen Heimweh sei, das wisse er von seinen Eltern. Anna dachte an Oma und Opa Grau und die Kartoffelküchle, die sie auf der Herdplatte gebraten hatten, an deren Erzählungen aus der früheren Heimat. Gut siebzig Jahre war das nun her. Sie dachte an Emma und Rudolf Rossmann und ihre mühselige Heimarbeit und daran, dass deren Sohn »in Russland geblieben war«, und an das Ehepaar Böhm aus dem Sudetenland, deren Söhne zum Glück heil aus dem Krieg zurück gekommen waren. Sie dachte an Onkel Otto, der vor Moskau gefallen war, den sie gerne kennengelernt hätte, denn er sei so ein lustiger und netter Bursch gewesen, wie die Mutter ihr immer erzählt hatte.

Den anderen Mietern im Haus stellte Anna die neuen Mitbewohner vor. Man nickte und lächelte sich freundlich zu. Herr Birwend, der mit seiner Frau gleich nach der Grenzöffnung aus Thüringen nach Malstadt gekommen war, dort als Kalfaktor in einer Fabrik Arbeit gefunden hatte und am Jakobsplatz eine Wohnung, die er nur mit den Füßen nach vorne zu verlassen gedachte, wie er Anna einmal schmunzelnd mitteilte, Herr Birwend erinnerte sich, als er den drei Frauen gegenüberstand, dass er in der Schule Russisch gelernt habe. Noch heute wisse er, was Butter, Milch und Brot heiße. Und Frau Nader aus dem dritten Stock, die ebenfalls aus Ostdeutschland zugewandert war, schenkte den Frauen eine elektrische Nähmaschine, die sie nicht mehr brauchte. Herr Frei aus dem zweiten Stock half, wenn die Heizkörper nicht warm wurden und Frau Mayer von gegenüber machte zu Ostern für die Kinder Nester mit Süßigkeiten. Als wahrer Engel entpuppte sich Frau Teufel, die als russische Spätaussiedlerin in Malstadt gelandet war und als Hausmeisterin Treppen, Flure und Hof und sauber hielt, obwohl sie eigentlich Mathematik studiert hatte und in Kasachstan Lehrerin war. Sie nahm die Frauen unter ihre Fittiche, übersetzte beim Arzt oder im Jobcenter und half, wo sie konnte.

Bevor Anna nach der ersten Begegnung mit den ukrainischen Flüchtlingen nach Stuttgart zurückfuhr, ging sie hinter in den Garten zur Kapelle von Opa Will, die der mit seinem polnischen Helfer Pawel 1944 gebaut hatte. Seit langer Zeit war sie nicht mehr dort. Sie sah, dass der Vorplatz schon recht brüchig war und Efeu das Mauerwerk überwucherte. Die Tür fehlte, der Innenraum war leer. Offensichtlich hatten Kinder der benachbarten Schulen die Kapelle als Spielplatz für sich entdeckt. Trotzdem erkannte man noch an den Kieselsteinen, die die Tür- und die Fensteröffnung umrahmten, mit welcher Liebe Opa Will und Pawel die Kapelle gebaut hatten. Anna strich mit den Händen darüber, spürte die runden Kieselsteine, die die beiden in den feuchten Putz gedrückt hatten und dachte, dass von der Liebe immer etwas bleibt. Amor vincit omnia. Die Liebe besiegt alles, so hatte ihr Lateinlehrer den alten Vergil zitiert. Damals hatte sie das nicht verstanden. Was weiß denn eine Siebzehnjährige schon von der Liebe?

Danksagung und Hinweise

Ich danke meiner Freundin Gabriele Seifert-Christel für ihr behutsames Lektorat und meinem Mann Rainer Wochele für die Ermutigung, diese Geschichten und Erinnerungen aufzuschreiben. Seine kritische Begleitung war mir eine große Hilfe.

Die örtlichen und zeitlichen Angaben zur Zeit der nationalsozialistischen Herrschaft sind dem Buch von Helmut Schlereth entnommen: «Die Inschriften und Steinmetzzeichen der Stadt Mellrichstadt – Eine Chronik – nicht nur in Stein gehauen«, Mellrichstadt 2019.

Der Text bewegt sich auf der Grenze zwischen Autobiographie und Autofiktion. Textpassagen, die sich nicht aus der eigenen Erinnerung oder erinnerten Erzählungen speisen, sind literarische Fiktion, d.h.: So könnte es gewesen sein.

Wo es geboten erschien, wurden Namen verfremdet.